Comunidades Literárias e Projectos Nacionais

COMUNIDADES LITERÁRIAS E PROJECTOS NACIONAIS
AS REVISTAS MODERNISTAS *ORPHEU*, *PORTUGAL FUTURISTA*,
POETRY*: *A MAGAZINE OF VERSE* E *THE LITTLE REVIEW

AUTORA
Maria José Canelo

EDITOR
EDIÇÕES ALMEDINA, S.A.
Avenida Emídio Navarro, 81, 3D
3000-151 Coimbra
Tel.: 239 851 904 · Fax: 239 851 901
www.almedina.net • editora@almedina.net

CENTRO DE ESTUDOS SOCIAIS, Universidade de Coimbra
Colégio de S. Jerónimo, Apartado 3087, 3000-995 Coimbra, Portugal
Tel.: +351 239 855 570 • Fax: +351 239 855 589
www.ces.uc.pt • ces@ces.uc.pt

REVISÃO
Ana Sofia Veloso, Joaquim Veríssimo

DESIGN DE CAPA
EDIÇÕES ALMEDINA, S.A.

IMAGEM DA CAPA
Capas das revistas literárias *Orpheu* (1915), *Portugal Futurista* (1917),
Poetry: A Magazine of Verse (1915) e *The Little Review* (1919).

PAGINAÇÃO
João Jegundo

IMPRESSÃO E ACABAMENTO
Europress - Indústria Gráfica
1.ª edição: novembro, 2022

DEPÓSITO LEGAL
507489/22

Este livro contou com o apoio financeiro de Fundos FEDER através do Programa Operacional Factores de Competitividade – COMPETE e por fundos nacionais através da Fundação para a Ciência e a Tecnologia – FCT no âmbito do projeto UID/50012/2020.

ALMEDINA | GRUPOALMEDINA

BIBLIOTECA NACIONAL DE PORTUGAL – CATALOGAÇÃO NA PUBLICAÇÃO

CANELO, Maria José Florentino Mendes, 1968-

Comunidades literárias e projectos nacionais : as revistas
modernistas Orpheu, Portugal Futurista, Poetry: A Magazine of Verse
e The Little Review. – (CES)
ISBN 978-989-40-0838-5

CDU 821.134.3

Comunidades Literárias e Projectos Nacionais

As revistas modernistas *Orpheu*, *Portugal Futurista*, *Poetry: A Magazine of Verse* e *The Little Review*

Maria José Canelo

ALMEDINA

ces Centro de Estudos Sociais
Universidade de Coimbra

A Coleção CES/Almedina é o instrumento mais visível da produção científica atualmente desenvolvida no Centro de Estudos Sociais (CES) da Universidade de Coimbra.

Procura espelhar a atualidade e a interdisciplinaridade dos debates nas Ciências Sociais e Humanas que marcam a investigação aqui realizada.

Disseminar o trabalho de investigação e contribuir para a reflexão científica em curso constituem-se como os seus dois objetivos principais – sempre a partir de perspetivas históricas, culturais, políticas e sociológicas diversas, que não temam abraçar os novos desafios epistemológicos em emergência, sendo exemplo os diálogos com o Sul e desde o Sul.

A parceria que está na origem da Coleção procura potenciar as vantagens que resultam do encontro entre a produção científica realizada no CES – enquanto unidade de investigação de excelência reconhecida internacionalmente – e o prestígio das Edições Almedina.

Todos os manuscritos submetidos à Coleção CES/Almedina passam por um rigoroso processo de revisão por pares, em sistema de double-blind peer review.

Mais informações em www.ces.uc.pt/pt/publicacoes/ces-almedina

ÍNDICE

AGRADECIMENTOS

À Professora Maria Irene Ramalho, por me apresentar o mundo das *little magazines*.

Ao Centro de Estudos Sociais, onde este estudo germinou.

INTRODUÇÃO[*]

Num estudo recente acerca das pequenas revistas literárias que lançaram as bases daquilo que veio mais tarde a ser designado por modernismo, Sean Latham desafia-nos – leitores, estudiosos e críticos –,[1] a ler estas publicações "mais aventurosamente" (2011: 425). Com efeito, as revistas literárias exigem leituras mais desprendidas da ideia de narrativa, de ordem, de coerência temática, de autoria; mas, em troca, podem oferecer diversidade de perspectivas, de géneros e de vozes, assim como dinâmicas e relações inesperadas. A revista define-se pela comunidade e pelo diálogo, não pelo autor individual, e, como também vêm defendendo críticos como Andrew Thacker, estes periódicos breves (*little magazines*) deviam ser entendidos como "factores de significação" por si mesmos (2017: 75).

Desde cedo analisadas como barómetros das suas épocas, as revistas não têm, todavia, merecido atenção enquanto espaço cultural específico, com características únicas, na sua combinação de textos de géneros diversos, emoldurados pela visão das respectivas direcções ou dos conselhos de redacção, resultados de negociações a várias vozes, ao invés da autoridade individual tradicional. É tanto da organização dos números, de textos específicos do género – como os editoriais –, como da correspondência entre

[*] Por minha vontade, esta obra não segue as regras do Acordo Ortográfico de 1990.

[1] Não por indiferença, mas por uma questão prática, usa-se o masculino universal ao longo deste trabalho. Todavia, é um facto que, na época em estudo, as comunidades das revistas eram meios maioritariamente masculinos, sobretudo no panorama português; o estudo do caso norte-americano permitirá justamente identificar alternativas a esse modelo, ainda que não deixem de se assinalar tensões acerca do exercício de poder no seio das revistas.

quem dirige a revista e quem nela colabora que é possível perceber as motivações subjacentes às políticas de publicação, a selecção ou rejeição de determinados materiais, as negociações entre a direcção, o conselho de redacção e os autores. A revista é um projecto colaborativo e grande parte da sua identidade passa-se nos bastidores da correspondência e das reuniões de organização dos textos e materiais que formam cada número. Ler uma revista, mesmo que ela verse temas literários e artísticos, não é, portanto, a mesma coisa do que ler um livro.

Muitas destas publicações foram concebidas como laboratórios experimentais de atitudes e formulações artísticas com impacto social significativo. Fernando Pessoa, quando concebeu *Orpheu,* pretendia espantar os leitores burgueses e os poetas "lepidópteros", ambos incapazes de produzir a renovação da cultura nacional, os mesmos cuja erradicação do solo nacional Almada Negreiros exigia, poucos anos depois, em *Portugal Futurista.* As revistas permitiam testar de uma forma mais calculada a reacção do público a moldes e visões vanguardistas, polémicos e provocatórios; funcionavam como montras de exibição, que expunham ideias, embora vários tenham sido os episódios em que o impacto fez ricochete e acabou por destruir a própria publicação, como foi o caso de *Portugal Futurista.* O escândalo não apagou porém o gesto e estas revistas foram de facto catapultas de expressões culturais que vieram a definir épocas e gerações – o momento de *Orpheu* é um desses casos, a nível nacional; a reunião das várias vanguardas literárias e artísticas de início do século XX sob a designação de modernismo é outro, num âmbito bem mais alargado.

De facto, em muitos destes projectos é difícil separar a revista do grupo; não faria sentido tentar deslindar quem veio primeiro, porque não teria havido a comunidade da revista sem o projecto e vice-versa. Apesar das individualidades fortes e distintas dos artistas que nelas participavam, o espaço da revista também era um espaço de debate, decisões e evolução conjunta, criando o sentimento da comunidade que ia definindo um mesmo projecto. Por isso, as revistas são espaços colectivos – Clara Rocha chamou-lhes "lugar[es] de afirmação colectiva" (1985: 20) –, nos quais nenhum autor e texto deve ser lido individualmente, mas sempre em diálogo com outros do mesmo número. Daí que a própria comunidade da revista possa ser encarada como um projecto específico, um grupo de intelectuais e artistas norteado por uma ideia comum que a publicação visa concretizar, desenvolver e promover; por isso, Almada Negreiros e Pessoa falarão, já na década de 1930, de "nós, os de *Orpheu*" (Pessoa, 1980: 227) e Ezra Pound recordava, nas páginas de *Poetry: A Magazine of Verse,* que "uma renascença [cultural] é coisa feita – uma coisa feita por propaganda consciente"[2] (*Poetry*, 5.6, 1915: 283).[3]

As "pequenas revistas literárias", se quisermos seguir a terminologia inglesa, devem, pois, o seu nome a aspectos formais, já que normalmente os números eram curtos, e também à tiragem, uma vez que se dirigiam a pequenas comunidades de criadores, ideólogos e leitores. Eram comuns as dificuldades de financiamento, que passava mais pelas doações de benfeitores do que pelo rendimento da venda dos números; a seu tempo, a publicidade comercial acabou por seduzir algumas delas para o mercado de massas e levantar dilemas à sua índole elitista (Scholes, 2007: 217). Eram publicações fragmentárias, descontínuas, incertas, apresentando materiais em relações provisórias (Bennet, 1989: 480); ou, como assinalou Malcolm Bradbury (s.d.), salientando o seu carácter de fénix, publicações "efémeras, episódicas, suspeitas, sofrendo constantemente mortes e renascimentos". A heterogeneidade e também as dificuldades de acesso explicam porque é que os estudos deste campo têm sido escassos e, de uma forma geral, na sombra dos estudos literários, portanto, com ênfase ora no estudo de figuras individuais que vieram a atingir o reconhecimento no campo literário e nelas participaram, ora dos textos ali publicados por esses grandes autores. Porém, com a viragem cultural e a digitalização dos arquivos de revistas literárias (o Modernist Journals Project, das Universidades de Tulsa e Brown, iniciou o processo, em 1995), que agora permitem o acesso aos números que sobreviveram às pequenas tiragens, o campo sofreu um grande impulso e os estudiosos vêm reclamando a sua definição específica como estudos de periódicos modernos.[4]

---

[2] Todas as traduções são da minha responsabilidade.

[3] Nas referências às revistas analisadas, a numeração corresponde ao volume e ao número, ou seja, neste caso, 5.6 refere-se ao volume 5, número 6.

[4] Em Portugal, a cartografia deste tipo de publicações foi iniciada por dois estudos, na década de 1980, de Clara Rocha (1985) e Daniel Pires (1986), o primeiro, um estudo mais alargado e o segundo, um dicionário. No contexto anglo-saxónico, sobressai o projecto

O presente trabalho insere-se neste campo, ao propor-se analisar as revistas como um subgénero específico, com uma dinâmica própria e que exige uma metodologia e perspectiva crítica diferentes da meramente literária. Afinal, o que define a revista, ao contrário do texto acabado, é o seu carácter provisório e colectivo, de debate, experiência e teste de ideias e formas que só mais tarde poderiam ganhar corpo no livro ou na exposição, por exemplo. As revistas são espaços de fronteira: elas participam activamente na esfera pública, através da circulação e pelo impacto que têm no público: veja-se o escândalo provocado por *Orpheu* e a censura que apreende *Portugal Futurista* antes da saída do primeiro e único número; a mesma censura que, nos Estados Unidos da América (EUA), retém a remessa de *The Little Review* por quatro vezes, nos Correios Centrais, mas nunca toca em *Poetry: A Magazine of Verse,* pioneira do modernismo norte-americano, que opta, em várias ocasiões, por alinhar de forma bastante clara com o discurso nacionalista pedagógico. Mas, por outro lado, todas estas "pequenas" revistas são uma espécie de bastidores da cultura, envolvidas, neste caso, nessa "grande conversa que veio a ser o modernismo" (Churchill e McKible, 2007: 7).

O contexto da emergência das revistas aqui em estudo determinou o foco num tema específico, que é a construção da identidade nacional. Com a aproximação e eclosão da Primeira Grande Guerra, os projectos e as discussões estéticas e culturais são, dir-se-ia inevitavelmente, entrecortados pelo interesse e a apreensão crítica do impacto que as grandes disputas e rivalidades internacionais têm na realidade nacional. O mesmo contexto explica que os projectos culturais em análise tomem forma a partir de dois

---

organizado pela equipa liderada por Peter Brooker e Andrew Thacker: *The Oxford Critical and Cultural History of Modernist Magazines,* constituído por três volumes, o primeiro dedicado às revistas britânicas e irlandesas (2009); o segundo, às norte-americanas (2012); e o terceiro, às europeias, que inclui um estudo do caso português, assinado por Clara Rocha (2013). Em matéria de arquivos digitais, além do já referido, são também de referência o ProQuest Archive, que agrupa revistas britânicas, e o Spectator Project, este da Universidade de Rutgers. Mais recentemente, as revistas portuguesas foram também elas objecto de divulgação digital através de um projecto liderado pela Faculdade de Ciências Sociais e Humanas da Universidade Nova de Lisboa, que permite o acesso às revistas que deram origem ao modernismo português "Modernismo: Arquivo Virtual da Geração de *Orpheu*". Consultado a 22.08.2020, em https://modernismo.pt/index.php/orpheu.

espaços soberanos numa encruzilhada fundamental: enquanto, nos EUA, se procurava enterrar as memórias do passado colonial, consolidando uma posição de proeminência internacional, Portugal vivia, ao contrário, não só a agonia do império, como a humilhação de um estatuto de semicolónia da Grã-Bretanha. São duas nações em percurso inverso na balança de poder mundial, duas margens cuja relação com a Grã-Bretanha, ainda centro de autoridade, aproxima, como as aproxima também a necessidade de afirmação num plano internacional em mudança. Na recriação de cada uma destas individualidades nacionais através da revisão das ideias de identidade nacional, deparamos, na verdade, com gestos bastante próximos de dinamização de uma cultura que se percebe ora como ausente do panorama internacional, ora como desactualizada em relação ao que se vai concebendo como o moderno. De ambos os lados, as alternativas são entre reler e preencher de novo a tradição nacional, ou, pelo contrário, capitalizar na própria ausência de uma cultura como possibilidade de criação. Em todo o caso, a nacionalidade é sempre o centro dos projectos; como afirmava Almada Negreiros, referindo-se ao projecto da revista *Orpheu*: "[o]ra o que queriam os colaboradores de *Orpheu* era que houvesse Portugal e também portugueses. Portugueses sobretudo, visto que Portugal já há" (1992: 61). Pois se o território era uma realidade, urgia inventar a consciência da particularidade nacional que faltava, tal como, nos EUA, se acusava a inexistência de uma componente cultural que complementasse o crescente e imparável crescimento económico da nação, bem como a sua influência política. Daí que se note, tanto entre os intelectuais e artistas norte-americanos, como entre os portugueses, uma certa distância em relação à autoridade da tradição ocidental. É, portanto, na semelhança desse gesto que radica a intenção de demonstrar que as identidades modernistas norte-americana e portuguesa se constroem no próprio espaço da distância e no movimento, sem fixação, e, em certos aspectos, procurando apoio em argumentos pós-coloniais. Por isso, o contributo da arte para a definição e o preenchimento da identidade nacional e vice-versa emergem como questão fulcral nos debates em aberto nas páginas destas revistas.

Em simultâneo, porém, a maior facilidade de circulação e comunicação internacional, a atenção às várias vanguardas e os contactos com grupos internacionais afins testavam as ligações dos escritores e intelectuais às fronteiras e referências nacionais. Esta dualidade, e o facto de as revistas se assumirem como lugares contracorrente e de renovação da cultura nacional, permite vê-las como um espaço performativo da nacionalidade, ou seja, um espaço onde se ensaiavam novos discursos sobre a nação que se desviavam da pedagogia da narrativa dominante. Seguindo essa perspectiva ambígua entre o nacionalismo e o cosmopolitismo, este trabalho tomará o conceito de nação não apenas no seu sentido separatista e essencialista, mas como uma categoria discursiva necessariamente relacional (Jameson, 1995: 289-290). Pois embora a nação estabeleça desde logo a localização do discurso entre os seus limites físicos e a sua história, não deixa por isso de permitir interrogar as representações estabelecidas, seja a homogeneidade da cultura e identidade nacionais, seja a imutabilidade da tradição, por exemplo. Como a análise se propõe evidenciar, os discursos das revistas procuram uma síntese entre o nacionalismo e o cosmopolitismo (Ribeiro e Ramalho, 2001: 414), insatisfeitos com a estreiteza do provincianismo nacionalista, por um lado, mas incapazes de soltar completamente as amarras da cultura nacional, por outro.

Por sua vez, o método comparativo aqui proposto, que analisa várias revistas literárias que são parte da mesma constelação do modernismo, permite aplicar uma metodologia identificada por Andrew Thacker como o "campo do periódico", que consiste na análise em paralelo de revistas que partilham determinadas características noutros contextos nacionais. No entender de Thacker (2017: 80), esta análise tem a vantagem de demonstrar como as várias publicações partilham de diálogos transnacionais, para além da sua localização específica. O estudo comparativo também permite observar, na organização das próprias comunidades intelectuais das revistas e nas relações que se estabeleciam entre os seus membros, vários modelos de comunidade e diversos discursos de nação. Neste aspecto, é importante salientar que as revistas norte-americanas permitem também comparar modelos de direcção, concretamente direcções exclusivamente masculinas (nas revistas portuguesas) com direcções femininas, ou mistas (nas norte-americanas), assim como políticas de revistas que efectivamente publicavam material de artistas e escritoras mulheres, ao contrário do que acontecia em casos muito mais exclusivistas, como *Orpheu e Portugal Futurista.* De forma metafórica, as revistas – comunidades e projectos –, são microcosmos das visões de nação que nelas se vão esboçando e discutindo (Canelo, 2018).

Limitando este estudo ao período entre 1912 e 1918, proponho-me, pois, tratar *Poetry: A Magazine of Verse*[5] (1912-), dirigida por Harriet Monroe e Alice Corbin Henderson, com Ezra Pound como correspondente estrangeiro; *The Little Review* (1914-1929), dirigida por Margaret Anderson e Jane Heap, com Ezra Pound como director estrangeiro (a partir de 1917); *Orpheu* (1915), que tem em Fernando Pessoa o principal inspirador e o director do segundo número, de parceria com Mário de Sá-Carneiro; e *Portugal Futurista* (1917), onde pontifica a figura de José de Almada Negreiros. O primeiro capítulo apresenta a moldura teórica e contextual deste estudo, abordando as relações entre o modernismo, enquanto movimento estético e cultural, com os discursos do nacionalismo, o transnacionalismo e o imperialismo, com ênfase na narrativa da nação e no conceito de identidade nacional; como suporte teórico, serão particularmente úteis as teorias de Benedict Anderson (1983), Eric Hobsbawm e Terence Ranger (1993) e Homi Bhabha (1990; 1994). E uma vez que os projectos das revistas também se baseiam em comunidades imaginadas, essas teorias serão associadas aos principais argumentos do campo dos estudos de periódicos modernos, pelo que se procederá à definição mais concreta deste campo, com base nos estudos de David Bennett (1989), George Borstein (1991), Edward Bishop (1996), Sean Latham e Robert Scholes (2006), Suzanne Churchill e Adam McKible (2007) e Andrew Thacker (2017). Nos capítulos subsequentes, serão tratadas as várias revistas, em função das políticas literárias e culturais dos intelectuais que as dirigiram, com recurso ora aos materiais ali publicados, ora a textos da correspondência pessoal.

[5] Doravante referida apenas por *Poetry*.

CAPÍTULO 1

A NAÇÃO COMO CONSTRUÇÃO CULTURAL E O PAPEL DAS REVISTAS LITERÁRIAS: NEGOCIAÇÕES MODERNISTAS DA CULTURA NACIONAL

O nacionalismo baseia a noção de nação numa essência, um laço com a natureza que, ao apagar a possibilidade de intervenção humana na sua origem, naturaliza a nação, tornando-a uma entidade imutável e inquestionável. A nação assume-se assim como um organismo biológico, cuja legitimidade é indiscutível. Pelo contrário, a teoria da construção social vem sublinhar a capacidade humana do pensamento na ordenação e construção da realidade, que, ao mesmo tempo que desconstrói conceitos aparentemente legitimados pela natureza, desafia a nossa benevolência ante as desigualdades produzidas por determinado tipo de construções. Imaginar a nação é justamente um desses casos. Como uma categoria do pensamento, ou da imaginação, a nação revela-se como uma poderosa entidade de pertença, que resulta de uma série de condições históricas e sociais e cuja construção é baseada nas escolhas de quem tem o poder de as fazer, implicando por isso preferências, desvalorizações, negociações e exclusões. Nessa passagem da autenticidade ao artifício, a nação ganha a sua componente de humanidade – o "plebiscito quotidiano" de afirmação da comunidade imaginada e desejada, como disse Ernest Renan (1994: 17). O mesmo é dizer que, independentemente da sua genuinidade, ela é um produto simbólico e cultural e é nesses termos que devemos entender a sua realidade, essencialmente subjectiva e sujeita à mudança. Deste modo, a narrativa da nação pode ser encarada como um texto onde se desvendam os compromissos da literatura e da história literária com a cultura, como este trabalho se propõe demonstrar.

É justamente essa artificialidade do conceito de nação que tem sido explorada em estudos como os de Benedict Anderson acerca da natureza e funcionamento essencialmente imaginados da comunidade nacional, de Eric Hobsbawm e Terence Ranger sobre a invenção da tradição e de Homi Bhabha acerca da mobilidade das fronteiras, da hibridez das culturas e dos canais de comunicação entre os discursos central e minoritários, a que ele chama a pedagogia e a performance. Analisar, por ora, com algum cuidado, as estratégias gerais de construção da nação e as suas implicações permitirá vir a entender tanto o seu uso em projectos de orientação mais nacionalista, como o de Harriet Monroe, directora da revista *Poetry* e também as bases da poética pessoana, como a recusa da moldura nacional em projectos de índole declaradamente transnacionalista, como os de Ezra Pound, Almada Negreiros e certas políticas literárias de Fernando Pessoa. Nas páginas das revistas em questão, assistimos à emergência de ambos os discursos, pedagógico e performativo, que inevitavelmente se entrecruzam, interrompem, questionam – mas, mais do que excluírem-se, se complementam –, e cuja ambivalência constitui uma prova concreta da pulsação dessa nova entidade que se vai afirmando, a nação. Esses dois discursos são identificados com duas estratégias retóricas de apelo da nação formuladas por Homi Bhabha (1990): por um lado, a estratégia que Bhabha designa como pedagógica e entende como um discurso constitutivo do povo enquanto objecto, normalmente emanado das elites do poder político ou cultural; por outro, a estratégia a que Bhabha chama performativa, que marca um discurso ou encenação do povo enquanto agente. Fernando Pessoa sintetiza, aliás, essa duplicidade do funcionamento retórico da moldura nacional de forma bastante simples e clara, ao afirmar que o indivíduo é simultaneamente pai e filho da nação: "ela nos criou, somos seus filhos, e seus pais, porque a vamos criando" (1966: 437). Estas estratégias dão origem, respectivamente, a uma narrativa entrecortada que pretende comportar a diversidade cultural e por isso faz explodir os sistemas de representação e significação vigentes, os quais são a base da outra narrativa, a da história una, completa, contínua e coerente da nação.

Considerando a estratégia pedagógica nacionalista em primeiro lugar, ela é constituída como uma narrativa linear que representa uma comunidade coesa e homogénea, cuja união promove o silenciamento de individualidades e a invisibilidade de dissensões. É uma narrativa de ordem, na qual todos os significados convergem num mesmo fim ou ideia e de acordo com uma hierarquia clara. Este tipo de discurso resulta na construção de absolutos e abstracções, desde a atribuição específica de funções e papéis sociais, raciais e sexuais, a invenção ou apropriação de mitos e lendas, tradições, símbolos, uma língua, hinos e bandeiras, até à construção de uma história nacional, apresentada como um processo temporal contínuo, ao longo do qual são ampliados episódios gloriosos e apagadas humilhações e injustiças.

Na narrativa da nação, este desenrolar de acontecimentos frequentemente invade o tempo presente do leitor, ao usar o presente absoluto, ao mesmo tempo que acentua elementos de localização que reforçam a contiguidade dos acontecimentos, num efeito de arrastamento do leitor à participação no momento, sugerindo a sua partilha de responsabilidade nessa realidade comum. Através destas referências mais ou menos forjadas, a nação aprende a imaginar-se a si própria: concebe-se origens imemoriais, tão antigas quanto a própria natureza, numa comunhão temporal que justamente reclama a bênção legitimadora dessa natureza tradicionalmente tida como inquestionável. Ao mesmo tempo, a nação confia a si mesma uma missão futura, frequentemente de carácter universal, que é o seu significado, a sua autojustificação presente e, logo, o garante da sua sobrevivência futura.

Tomado como uma ideologia, o nacionalismo caracteriza-se pela demanda de autonomia, identidade, originalidade e autenticidade, destinadas a criar união entre pessoas com lealdades diversas, de forma tanto a legitimar a existência da nação, como a garantir que a arbitrariedade desta nunca seja questionada. Daí que o discurso nacionalista seja sempre duplamente identitário: ao conceber uma moldura de representação e explicação do lugar, do significado e do propósito da comunidade, ele inventa também um lugar e um significado para cada indivíduo no seio dessa comunidade que se associa e atesta a sua pertença e, neste sentido, assume uma função próxima da da religião. Claramente demarcada a nível territorial através das suas fronteiras, a nação surge como uma fórmula de união e significação de um povo cujas fontes de identificação mais fortes são normalmente a cultura, a história, a língua, a religião e a etnia, qualquer uma pretendida como representativa de uma experiência *comum* a todos os indivíduos da comunidade. É por demais óbvio que o Estado (o aparelho político) e a nação (a construção simbólica) se constroem reciprocamente; que a defesa da legitimidade da nação exige poderes políticos, e que estes só existem em função da existência e manutenção da nação e, embora não cabendo a este estudo aprofundar essa relação, interessa-nos tê-la em mente, na medida em que qualquer ameaça, mesmo tão irreal como a da poesia, às fronteiras imaginadas de qualquer das coordenadas delimitadoras da nação imediatamente se torna uma forma de interferência política.[6]

Por sua vez, o discurso transnacionalista, que, neste caso, uso para explicar políticas editoriais como as de Ezra Pound, aproxima-se mais da estratégia performativa teorizada por Homi Bhabha. No discurso transnacionalista, o sujeito propõe uma representação mais vasta do lugar de pertença, encontrando outras referências de identificação em fontes que não necessariamente as nacionais. Subjacente a esta ideia está a percepção da nação como categoria relacional, o que revela o seu carácter mundano: ao invés de estar presa a um território geográfico, ela participa activamente "num fluxo global de pessoas, ideias, textos e produtos" (Fishkin, 2005: 24). Por outras palavras, o discurso transnacionalista situa a identidade em contextos mais alargados, recusando os limites fronteiriços como provincianos, intolerantes e opressores. Sigo, aqui, a definição de Heidi Shukla e Sandhya Tinsman, que identificam este discurso como uma categoria que se foca em "histórias de ligação e interacção partilhadas por pessoas entre, para lá de, ou sob fronteiras e regiões nacionais – um paradigma directamente oposto às 'histórias nacionais' de países distintos, frequentemente limitadas e essencializadas, bem como ao princípio organizativo central de uma dicotomia Norte-Sul" (2007: 2). Todavia, o transnacionalismo não é, necessariamente, o antónimo do nacionalismo, ou uma categoria necessariamente emancipatória, nos discursos aqui em análise. Por um lado, porque a nação nunca é completamente descartada, uma vez que permanece como a referência da "desidentificação", isto é, nessa reconstrução da identidade ainda que pela negativa, a carga nacional permanece, sendo o expatriado e o exilado, figuras mais radicais de desterritorialidade, quem continua a carregar consigo

[6] Existem também Estados multinacionais (como a Espanha), mas a questão em foco é que, mesmo nestes, há um ideal de nação dominante que tende a excluir as diferenças, promovendo uma comunidade una, única e homogénea.

as referências culturais da nação de origem. Por outro, porque há formas de organização política opressoras que também são transnacionais – como os impérios. Em todo o caso, importa frisar que, na orientação crítica que organiza este estudo, a nação, embora seja concebida originalmente como uma categoria estável e fechada, depende sempre de Outros – internos ou externos – para a sua autodefinição e, portanto, é entendida como uma categoria relacional, como defendeu Fredric Jameson (1995: 289-290).

Mas como se mantém activo um poder apelativo tão forte como o da nação? Como se constrói o apelo de uma construção discursiva que leva os cidadãos a dar a vida por ela? Estas questões foram a força motriz do estudo *Imagined Communities*, de Anderson (1983). Acontece que, como este historiador assinalou, as nações são, na realidade, construções recentes, sistemas de significação que se sobrepuseram a outros, como a religião. Anderson afasta qualquer desejo de coerência nacionalista, ao revelar o traçado aleatório e imaginado das fronteiras, salientando justamente as componentes fundamentais de "imaginar" e "criar" que subjazem ao conceito e denunciando, com Ernest Gellner, que o nacionalismo não é o despertar nas nações da consciência de si próprias, mas sim a sua invenção de si próprias, normalmente pela mão das elites dominantes (1983: 15).

Afinal, qualquer comunidade que ultrapasse as dimensões da aldeia primordial é necessariamente imaginada, na medida em que os seus membros não conhecem pessoalmente todos os outros, apenas pressupõem – imaginam – a sua existência como "uma profunda camaradagem horizontal" (Anderson, 1983: 16), pelo que a definição de nação proposta por Anderson é a de "uma comunidade política imaginada – e imaginada como inerentemente limitada e soberana. / É *imaginada* porque os membros mesmo da mais pequena nação nunca conhecerão a maioria dos seus congéneres, não os irão encontrar, ou sequer ouvir falar deles, contudo, na ideia de cada um vive a imagem da comunhão" (*ibidem*: 15).

É, portanto, apenas no imaginar do território e da soberania que reside a única essência possível deste artefacto moderno, pelo que Anderson também argumenta que o que distingue as comunidades não é a sua falsidade ou autenticidade, mas sobretudo o estilo em que são imaginadas (*ibidem*: 16). A prova da artificialidade dessa pretensa essência é a sua maleabilidade, o facto de estar permanentemente sujeita ao processo de reinvenção, que lhe pode atribuir diversas formas, reinventar significados e destino, ou esvaziar e tornar a preencher os mitos nacionais com os conteúdos mais adequados às necessidades e interesses do momento, como vários passos da construção cultural nas revistas literárias em questão demonstrarão.

Outro ataque contra a pretensão de uma essência nacional é a teoria de que, na verdade, o nacionalismo moderno, paralelamente às necessidades políticas de um dado momento histórico, se constituiu como um sistema de referências por assim dizer oportunista, já que a sua implantação aproveitou o declínio da religião. Anderson refere como, após o Iluminismo, era quase inevitável a emergência de um quadro de referências secular, passando então a caber à nação dar novas respostas às maiores preocupações da humanidade: a morte, a continuidade e o desejo das origens A partir desse momento, dar a vida pela nação passa a atribuir um significado à existência que substitui o do sacrifício religioso, ao mesmo tempo que o sentimento nacional se torna o verdadeiro barómetro das paixões e desejos do indivíduo, em nome do qual ele deve praticar a abnegação e o autocontrolo (Mosse, 1985: 72). É, basicamente, esta capacidade da nação em redimensionar a existência humana que explica o apelo da causa nacional e a disposição do sujeito de sacrificar a vida pela nação.

Não menos importante porém para imaginar a comunidade nacional, continuando a seguir a tese de Anderson, foi a revolução temporal impulsionada pelo capitalismo de imprensa, a partir do século XVIII. Este crítico vê no romance e no jornal formas privilegiadas de reprodução de uma nova temporalidade de *simultaneidade,* definida mais tarde por Walter Benjamin como um tempo homogéneo e vazio, que vem permitir imaginar a horizontalidade da comunidade nacional, "criando essa admirável confiança na comunidade em anonimato que é a marca de água das nações modernas" (Anderson, 1983: 40). O capitalismo de imprensa foi, portanto, o meio de "inseminação ideológica" (Brennan, 1990: 52) que permitiu às pessoas imaginar a simultaneidade na partilha de uma série de acontecimentos, numa área ou território delimitados. Esta tese abre claramente espaço para uma defesa das funções e influência similar das revistas literárias na disseminação de noções de tempo e de espaço, na imaginação daquilo que Homi Bhabha (1990: 292) identificou como o apelo de "nationness", ou a qualidade intrínseca da nação. Apesar disso, importa considerar também o contributo específico da irregularidade e da fragmentariedade das revistas, ao contrário da continuidade das formas assinaladas por Anderson e que impacto poderá ter tido na imaginação da singularidade e estabilidade das comunidades.

As políticas de divulgação do ideário teórico e prático modernista dependeram, com efeito, em larga medida, da instrumentalização consciente da imprensa periódica – em particular, de revistas literárias como as analisadas neste trabalho. Todavia, os estudos do modernismo desvalorizaram por muito tempo estes bastidores da cultura, nomeadamente, o papel das políticas editoriais nos órgãos que cedo foram considerados os arautos das novas estéticas. Como escreveu Bornstein (1991: 2),

> Os críticos procederam como se os textos modernistas de algum modo lhes chegassem transparentemente inocentes de escolhas textuais ou teóricas, ao invés de serem os resultados dessas escolhas. Nesse sentido, o director veio a ocupar a posição muitas vezes atribuída à ideologia hegemónica pela teoria literária – era invisível, porque as escolhas geradas pareciam naturais e inevitáveis, em vez de construídas e contingentes.

Analisar o contributo destas revistas para a construção do modernismo é assim recuperar o papel dos seus directores numa redefinição da autoridade cultural que visava restaurar a importância da literatura e para a qual foi fundamental a mediação das revistas entre as obras e o público, bem como a sua intervenção no erigir de cânones literários que se tornaram garantes sólidos de determinados valores e ideologias. Ezra Pound, por exemplo, orquestrava minuciosamente a sua colaboração no trio *Poetry: A Magazine of Verse*, *The Little Review* e *The Egoist*, enquanto Fernando Pessoa e Almada Negreiros criaram *Orpheu* e *Portugal Futurista* com intuitos declaradamente desestabilizadores do panorama cultural, social e político nacional. Daí que seja praticamente irresistível a tentação de encarar a revista literária como uma espécie de metonímia da própria nação: na invenção do seu espaço/das suas fronteiras, na construção de um credo identitário, na reivindicação de um discurso próprio, na defesa de uma figura gestora da autoridade cultural, ou na angariação da sua comunidade imaginada de leitores. Partindo de uma comunidade assídua e identificada, os assinantes, e beneficiando de uma periodicidade e de um formato que lhe garantiam noções relativamente fixas de tempo e espaço, a revista ia criando uma relação de identificação e interdependência com o seu público/a sua comunidade imaginada de leitores.

Já as teorias de Eric Hobsbawm e Terence Ranger acrescem à denúncia da artificialidade da nação no que lhe apontam de forja tanto da sua antiguidade, como de autenticidade. Hobsbawm salienta a feição da tradição como prática indispensável à consolidação de uma noção de tempo que garante a memória fundadora da nação, a qual, por sua vez, visa garantir a consolidação do espaço. Mas a instituição dessa autoridade exige um exercício renovado da memória e aqui, demonstra Hobsbawm, entra aquilo que ele designa como a invenção da tradição enquanto prática complementar à naturalização da nação: "um conjunto de práticas, normalmente governadas por regras aberta ou tacitamente aceites e de natureza ritual ou simbólica, que procura inculcar certos valores e normas de comportamento e implica automaticamente continuidade com o passado" (1993: 1).

Uma das mais usadas fontes de invenção das tradições é o passado, refeito de acordo com as necessidades e especificidades do momento presente. Outro tipo de tradições são os símbolos, como o hino ou a bandeira, que, no Ocidente, foram, na sua maioria, inventados nos finais do século XVIII, ou já no século XIX, ou ainda tipos e figuras nacionais que dão corpo a uma imagem capaz de evocar a soberania nacional e criar sentimentos de comunhão entre as pessoas, todos eles gestos que, precisamente, reforçam o imaginar da comunidade como Benedict Anderson o descreveu. O conceito de invenção da tradição vem então reforçar o aspecto da temporalidade vazia e homogénea que referi a propósito da imaginação da nação, ao salientar a ambiguidade da vivência do tempo nas tradições: estas criam espaços ou momentos de imobilidade, isto é, com uma forte ligação ao passado, mas dentro de um presente caracterizado, pelo contrário, pelo movimento e pela transformação (Hobsbawm, 1993: 2).

Como Anderson, Hobsbawm também interroga a fixidez dos espaços nacionais, salientando como foram as grandes movimentações populacionais, as diásporas de vária ordem dos finais do século XVIII, que, ao mesmo tempo que provavam o poder do imaginar – à distância – da nação de origem, interrogavam, através da presença de migrantes, a validade da noção de unidade nacional da nação de acolhimento. A quebra das fronteiras dos seus espaços de origem (fronteiras territoriais, temporais, culturais ou linguísticas) leva os migrantes, exilados e refugiados a revelar as temporalidades paralelas, as vivências, percepções e significações diversas do espaço, da cultura e da língua, inviabilizando a definição absoluta e una destas categorias (Hobsbawm, 1990a: 86 ss.). As grandes migrações populacionais na verdade reencenaram outras, mais ou menos contínuas, que atravessaram toda a história da humanidade, revelando um longo percurso de invasões, conquistas e misturas de povos e culturas que invalida completamente a pretensa homogeneidade do discurso nacionalista da linhagem da casta nacional e da autenticidade das suas origens, da mesma forma que expõe toda a subjectividade das suas escolhas e exclusões.

Homi Bhabha, crítico pós-colonial de origem indiana que inicia o seu percurso académico na ex-metrópole, a Grã-Bretanha, surge exactamente como um viajante desse movimento diaspórico que Hobsbawm faz protagonista da história e é a partir da margem que ele se propõe reescrever a história da nação, como Ezra Pound e Fernando Pessoa em larga medida fizeram. Bhabha afirma, aliás, que a única forma possível de aproximação à realidade múltipla e heterogénea da nação é a adopção de uma posição de viagem que recuse qualquer tipo de fixação – até mesmo na própria escrita, a qual tem de ser também ela dupla –, de maneira a que possamos mover-nos "entre formações culturais e processos sociais sem uma lógica causal 'centrada'" (1990: 293).

A teoria deste crítico ocupa-se da possibilidade de intervenção dos discursos minoritários e é útil para demonstrar como é que as vanguardas modernistas, pertencendo embora a elites culturais, se constituíram como discursos suplementares, tanto no sentido da alternativa, como da completude, qual o funcionamento do discurso alternativo que construíram e em que medida este minava o discurso central – ou, como diria Bhabha, abria espaços de significação suplementar. Para este intelectual, o efeito de uma cultura de resistência é tão somente instalar um princípio de ambivalência que, esse sim, possibilita a subversão através da indecidabilidade que cria – e, sobretudo, por demonstrar como a lógica da separação cultural apenas serve a hierarquização que sustenta o exercício de autoridade. Bhabha (1994: 86, 89) defende que a afirmação de uma cultura subalterna passa pela apropriação das formas culturais centrais, mas fazendo, todavia, um outro uso da diferença que sustenta a subordinação.

Desmascarando qualquer ambição de representação exacta e justa do tempo, do espaço e do povo de uma nação, Bhabha assume o poder político e literário do apelo da nação, no qual distingue as duas estratégias que já referi e que este crítico faz corresponder a dois tipos de discurso também em jogo nas revistas literárias em questão, o central e o minoritário – as estratégias pedagógica e performativa. Para Bhabha, estas estratégias não só se entrecruzam, como criam um espaço e um tempo intermédios, o liminar (*in-between*), do qual emergem precisamente a heterogeneidade e as contradições próprias da nação. O liminar é então o verdadeiro espaço da construção cultural:

> A fronteira que marca o conceito de 'eu' da nação interrompe o tempo autogerado da produção nacional [a estratégia pedagógica] com um espaço de representação que ameaça a divisão binária com a sua diferença [a estratégia performativa]. A nação, ela própria trancada, alienada da sua eterna autogeração, torna-se numa forma liminal de representação social, um espaço que é internamente marcado pela diferença cultural e por histórias heterogéneas de povos em disputa, autoridades antagónicas e localizações culturais em tensão. (Bhabha, 1990: 299)

O discurso performativo, porque também ele construído na instabilidade do tempo presente, tem maior capacidade de aproximação desse espaço liminar do que o pedagógico.

Como se processa então a intervenção do discurso minoritário no central? Bhabha considera a função do discurso minoritário como suplementar no sentido derridaiano e, nesta acepção do termo, é já o próprio discurso central que comporta desde sempre o espaço do discurso minoritário, porque dele necessita como o Outro que garante a sua diferenciação, isto é, a sua existência. A função suplementar do discurso minoritário é a de desalojar as totalidades, por exemplo, arrastando a vivência do presente para a narrativa passada do discurso pedagógico, no sentido de a interromper, porque o deslocamento ou a fragmentação de certos segmentos de tempo, espaço ou significado implicam sempre a emergência de outros, e é neste processo que a coesão do passado desaparece. Isto é, ao situar-se entre as duas estratégias pedagógica e performativa, nesse espaço liminar, é o suplemento que revela o verdadeiro estatuto da cultura nacional como um espaço contencioso e performativo, que existe no meio das representações pedagógicas de completude e das representações performativas de parcialidade e movimento (Bhabha, 1990: 299).

A suplementaridade das vozes minoritárias está aliada à questão da diferença cultural. Se a observação do presente permite constatar a hibridez própria da cultura nacional, Bhabha defende que essa heterogeneidade tem de ser valorizada em termos de diferença e não de diversidade. Para este intelectual, o conceito de diversidade não é mais do que um subterfúgio que justifica a separação de culturas e continua a alimentar noções de utopias e universalismos (Bhabha, 1994: 34). Pelo contrário, a diferença, que funciona só ao nível do performativo, porque se situa no espaço entre o significante e o significado, permite acompanhar a realidade da cultura, conferindo-lhe autoridade à medida que se constrói: "O objectivo da diferença cultural é rearticular a soma de conhecimento da perspectiva da singularidade significativa do Outro que resiste a totalização [...] para perturbar o cálculo do poder e do conhecimento, produzindo outros espaços de significação subalterna" (Bhabha, 1990: 312). Assim, só uma definição de nação baseada na hibridez cultural possibilitará a escrita de histórias nacionais antinacionalistas.

Retomando a perspectiva histórica marginal de Eric Hobsbawm, Bhabha defende que são justamente os indivíduos deslocados do seu espaço de origem os mais apetrechados para lançar um outro olhar sobre as duas nações: a de origem e a de acolhimento, um olhar dividido pela distância, que permite apreender a fragmentariedade, as disjunções, as ambivalências e as contradições. Portadores de duas línguas, ou da mesma língua em temperaturas e tonalidades diferentes, são eles os escolhidos para escrever, a dois tempos / duas vozes / duas personalidades / dois lugares, naquilo a que Bhabha (1990: 293) chama a "escrita dupla" construída a partir de uma posição "de viagem". Tanto Ezra Pound, como Fernando Pessoa podem ser tomados como intelectuais que experimentam essa extraterritorialidade: Pound, porque olha para os EUA a partir da distância de um exílio que ele próprio escolheu, em Londres, a ex-metrópole, com a qual os EUA ainda acertam formas de relação.[7] Fernando Pessoa, na medida em que regressa

[7] Ezra Pound abandonou os EUA em 1908 e estabeleceu-se na Europa, originalmente em busca de um espaço de maior liberdade e inspiração criativa que não encontrava nos EUA.

a Portugal depois de uma longa permanência em território colonial britânico, a África do Sul, que também tem, para ele, os seus laivos de exílio. É durante esse período que Pessoa recebe uma educação britânica que lhe vai proporcionar a diferença do olhar com que regressará à pátria – para a aperceber estrangeirada e carente de uma nova essência.

Ao observar a escrita da nação, nos discursos modernistas em análise nestas publicações, notamos, por exemplo, o enveredar por estratégias pedagógicas em *Poetry: A Magazine of Verse,* dada, por um lado, uma consciência ainda forte da influência da ex-metrópole sobretudo a nível dos padrões da alta cultura, mas também o desejo de fortalecer a dimensão espiritual e de criatividade da nação, já que o crescimento material era um dado adquirido. Para Monroe e Henderson, o projecto nacional funciona como um todo, pela necessidade de coesão e de harmonia, e a nacionalidade é identificada como essência que falta acordar – narrando-a, o que, em *Poetry,* significa dar-lhe uma forma poética. Daí que a presença, nas páginas da revista, de diferentes culturas (um ensaio de multiculturalismo) e indigenismo, apoiados pelas directoras, não sejam soluções de compromisso que realmente valorizam os discursos minoritários dentro do espaço norte-americano, mas tão somente construções exclusivistas destinadas a fortalecer uma cultura WASP[8] que se queria nacional. É por isso que o imigrante branco é identificado como nativo e o negro, como Outro.

Para a direcção de *Poetry* e para Harriet Monroe muito claramente, qualquer ameaça à desunião do sujeito nacional resulta num ataque à integridade da nação. Pelo contrário, o projecto de Pound, que parte da ex-metrópole, prevê a fragmentação da realidade e do sujeito da nova nação, na medida em que a sua manutenção como unidade não só a tornaria mais passível de aproximação à forma envelhecida da ex-metrópole, como limitaria aquilo

Essa decisão veio a converter-se num auto-exílio que primou não só pela sua influência directa na emergência e desenvolvimento da estética modernista, mas também por posições controversas a favor do fascismo italiano e do anti-semitismo que acabaram por o tornar *persona non grata* no país de origem.

[8] O acrónimo WASP designa os cidadãos dos EUA de origem caucasiana (White), anglo-saxónica (Anglo-Saxon) e que professam o protestantismo (Protestant), que são, regra geral, descendentes dos colonos que migraram da Europa do Norte para se estabelecerem nas colónias britânicas.

que Pound acredita ser a vantagem específica da juventude e rudeza da experiência norte-americana – a possibilidade de reinvenção permanente, num exercício contínuo de vitalidade e rejuvenescimento, uma ideia a que quase se poderia aplicar o apelo/ordem com que Almada Negreiros encerra "A Cena do Ódio", destinada ao nunca publicado número 3 da revista *Orpheu*: "Põe-te a nascer [sempre]" (*Orpheu*, 3, 1984: 73).

Também Fernando Pessoa parte da necessidade de reformulação da cultura nacional, que passa pela sua libertação de um colete de forças estrangeiro que, enquanto a mantiver presa no espaço nacional, apenas reforça a sua perda de influência internacional. Embora a raiz da sua estética revele um cariz pedagógico, ao tentar reaver no passado a essência da portugalidade que tem um apelo universalista, propostas como a heteronímia, que estilhaça o sujeito poético, como as estéticas interseccionista e sensacionista fragmentam tempos e espaços, sugerem uma orientação performativa de afirmação do indivíduo contra a anomia nacional, que vem a ser desenvolvido também por Almada Negreiros. Assim, enquanto a retórica de Pessoa se socorre ainda de um tempo algo messiânico, que acentua as vertentes passada e futura e a partir daí constrói uma missão nacionalista, Almada Negreiros vem, ao jeito de Ezra Pound, associar ao projecto em processo, em *Orpheu* e *Portugal Futurista*, a dimensão do tempo presente da acção, ou seja, colocar claramente a ênfase na performatividade.

De uma forma ou de outra, torna-se evidente que estes discursos que encontramos em evolução nos primeiros momentos do modernismo português e norte-americano, informados que são pelas mesmas ansiedades de identidade e diferença, acabam por destinar à nação a mesma missão de preenchimento de significado e propósito, a liderança. Portanto, ambas estão minadas de intenções imperialistas, evidentes nas retóricas do excepcionalismo norte-americano e na sua congénere, o universalismo português, embora nenhuma delas se assuma como tal. Deste modo, ambas funcionavam de forma complementar no refazer da identidade nacional: a vertente pedagógica, porque inventa as fontes de autenticidade, a performativa, porque apela a uma vocação transnacional que, idealmente, forneceria visibilidade e influência à cultura nacional.

A base comparatista deste estudo parte do pressuposto de que, na segunda década do século XX, há um contexto histórico que incita aos nacionalismos e que Portugal e os EUA se encontram ambos nas margens do sistema mundial, visto que o império britânico não tinha ainda colapsado e fazia sombra, por um lado, às pretensões de afirmação internacional da sua ex-colónia na América e, por outro, às do império português que com ele sempre mantivera uma aliança desigual, evidenciada poucas décadas antes na decisão prepotente da Grã-Bretanha sobre as pretensões imperiais de Portugal em África (o episódio do chamado mapa cor-de-rosa, considerado infame para os portugueses), cuja memória reverberava ainda no imaginário nacional. As revistas proporcionam assim um palco onde as negociações culturais, nomeadamente o imperativo nacionalista e a ambição transnacionalista na construção do modernismo podem contribuir para um melhor entendimento da cultura da época. De uma forma geral, conclui-se que os debates em curso nos projectos destas publicações na realidade se complementavam: ora fortalecendo a definição de uma identidade nacional, ora preparando o espaço para receber a sua influência além-fronteiras; ora inventando à nação um passado e um futuro legitimadores, ora apontando na direcção do presente de realização.

Os discursos literários e culturais em análise emanam, de facto, de elites culturais que se autoconstituem como centros de autoridade de uma nova arte que é entendida como radical na expressão da imaginação nacional e apoiada em mitos aparentemente incompatíveis: o velho e o novo, a tradição e o progresso. Em 1912, pouco tempo antes do aparecimento da revista de poesia com maior longevidade dos EUA (continua a ser editada à data da publicação desta obra, em 2022), *Poetry*, a sua directora, Harriet Monroe, evidenciava, numa publicação literária londrina, *The Poetry Review*, o receio de que a arte dos EUA se dissolvesse por entre a vastidão da nação:

> Nos Estados Unidos hoje o poeta [...] sofre com a descentralização do gosto e da autoridade literária. O seu mundo não é uma 'coterie' numa capital, com um grupo de críticos entrincheirados cujo juízo, certo ou errado, gera comentário; mas alguns leitores inacessíveis espalhados por uma área vasta. (*The Poetry Review*, 1, 1912: 469)

Daí que Monroe reclamasse o aparecimento de um movimento cultural que redescobrisse, organizasse e unisse a cultura nacional:

> As pessoas são intensamente imaginativas [...] e pedem um poeta moderno verdadeiramente interpretativo. A simpatia do público não está morta, mas está longe e dispersa e inconsciente. Um esforço organizado para a unir e informar pode ser o mais necessário; talvez este seja uma das maiores conquistas do século. (*The Poetry Review*, 1, 1912: 469)

O desejo de Monroe pela formação de uma *coterie* intelectual norte--americana tinha paralelo no do grupo de *Orpheu*, que Almada Negreiros veio a definir precisamente como a invenção da "*élite* portuguesa, a qual não estava em parte nenhuma", uma vez que, à data, "[e]stava desabitada a cabeça de Portugal" (1997: 60). Preocupações semelhantes demonstrava Ezra Pound, um dos fundadores do modernismo anglo-saxónico, quando, em 1917, ao iniciar a sua colaboração com a revista *The Little Review*, escrevia à directora, Margaret Anderson: "Temos de construir um partido de inteligência mais forte na América. Acho que a reunião de pequenas revistas com o espírito certo é uma maneira como outra qualquer" (Scott *et al.*, 1988: 138).

Fernando Pessoa, por sua vez, concretiza em *Orpheu* os planos de um periódico próprio que acalentava desde 1908 e a revista é enquadrada num conjunto de empreendimentos a que o intelectual português chama "projectos patrióticos", dos quais também faz parte "provocar aqui uma revolução" (Pessoa, 1966: 8). É o mesmo Pessoa quem denuncia, em carta de 1915 a outro colaborador de *Orpheu*, Armando Côrtes-Rodrigues, a projectada acção das *blagues* modernistas sobre o meio cultural da época, quando, referindo-se ao lançamento de uma antologia do novo movimento interseccionista que só *Orpheu* acabará por divulgar, acaba por afirmar:

> [s]erá todavia útil – penso – lançar essa corrente [...] não com fins meramente artísticos, mas [...] como uma série de ideias que urge atirar para a publicidade para que possam agir sobre o psiquismo nacional, que precisa [ser] trabalhado e percorrido [...] por novas correntes de ideias e sentimentos que nos arranquem à nossa estagnação. (1959: 74)

Da ideia de Pessoa não diferia muito a de Harriet Monroe, que defendia assim, num editorial de *Poetry*, "Will Art Happen?", o estabelecimento da revista literária como motor de reabilitação da arte: "É uma boa política, sem dúvida, aplicar o estímulo – pelo menos, põe as pessoas a pensar, cria correntes que podem viajar invisivelmente e exercer alguma influência, mais cedo ou mais tarde" (*Poetry*, 10.4, 1917: 208). E a revista de Monroe foi, com efeito, o motor da renascença poética nos EUA que abriu caminho ao modernismo.

Da mesma forma, Ezra Pound concretiza, em *The Little Review,* um projecto já antigo de agitação do meio literário através de uma revista sua; décadas mais tarde, em 1935, este poeta e político cultural avaliava assim o contributo significativo das publicações periódicas na transformação das letras norte-americanas: "Há vinte anos, as pequenas revistas serviram para quebrar um monopólio, libertar a comunicação, sobretudo no que respeita às letras, de um controlo opressivo" (Pound, 1973: 242-243). São, pois, as revistas literárias modernistas que forçam o caminho adentro de representações centrais de nacionalidade com as quais os seus intelectuais não se identificavam, demonstrando, nesse gesto, toda a artificialidade da identidade nacional como construção cultural, bem como alguns dos meios de legitimação de que essa tarefa de construção se socorre. O que as páginas destas revistas acabam por deixar observar e acompanhar é o percurso de invenção das identidades culturais e sociais.

No que toca à forma como as comunidades intelectuais das revistas se organizavam, e tendo em conta o seu potencial de reflectirem as bases ideológicas dos projectos nacionais em reinvenção nas suas páginas, merecerão atenção especial as políticas de género. Na verdade, o poder editorial e a voz das mulheres eram percebidos como ameaças, num momento em que existia, por um lado, um clima belicista em crescendo, que promovia a masculinidade e a força; por outro lado, assistia-se à emergência das lutas dos primeiros movimentos feministas reclamando o direito ao voto; finalmente, o aumento do público e o crescimento da cultura de massas eram vistos pelas elites artísticas como conducentes a uma feminização da cultura. Daí que o espaço do feminino tenha sido habilmente gerido em termos de ficções de representação e de desvalorização de mulheres no meio editorial e artístico, denotando uma profunda misoginia, no caso do modernismo português.

No caso do modernismo norte-americano, o poder das directoras mulheres (totalmente ausente das publicações portuguesas), por um lado, e a decisão de publicar materiais assinados por mulheres, por outro, demonstram que as mulheres iam conquistando algum espaço no mercado de publicação, pelo que estas diferenças merecerão consideração nesta análise. Veremos que, mesmo independentemente da misoginia de intelectuais como Pound, de certas tomadas de posição ambíguas da parte de Harriet Monroe, Alice C. Henderson ou Margaret Anderson e Jane Heap (co-directoras, respectivamente, de *Poetry* e *The Little Review*), o certo é que as publicações norte-americanas conseguiram uma divulgação tanto da sensibilidade feminina em matéria de selecção e direcção, como da poesia escrita por mulheres, o que não se verifica nas revistas portuguesas (Ramalho, 2017; Marek, 1995). O seu papel nos bastidores da cultura, ao seleccionar quem e o que era publicado foi determinante para a definição do que veio a ser o modernismo (Ramalho, 2017: 46).

A natureza híbrida e fragmentária das "pequenas revistas", que David Bennet classifica como "uma produção descontínua e de final aberto, de materiais heterogéneos em relações provisórias" (1989: 486), criou durante muito tempo resistência à análise crítica destes bastidores da cena literária enquanto objectos específicos e espaços de produção cultural de pleno direito. Antes de mais, a dificuldade de acesso aos vários números de algumas destas publicações, ademais com periodicidade incerta, mas também a dificuldade de análise da estrutura múltipla e fragmentária destes "aglomerados textuais" remeteram as revistas para a periferia da história literária. A emergência, nas duas últimas décadas, do chamado campo de estudos de periódicos modernos, que beneficiou da criação dos arquivos digitais deste tipo de publicações em algumas universidades anglo-saxónicas, inverteu essa tendência. O arquivo Projecto de Revistas Modernistas, em finais do século XX, veio permitir aos estudiosos ter à mão as colecções completas dos primeiros periódicos modernistas anglo-saxónicos. Na sequência desses esforços de divulgação das revistas, estudos de mapeamento do campo viram a luz do dia. Foi pioneiro o estudo recente em três volumes de Peter Brooker e uma equipa de organizadores, na série *The Oxford Critical and Cultural History of Modernist Magazines:* o primeiro, dedicado às publicações das Ilhas Britânicas, o segundo, às dos EUA; o terceiro, mais abrangente, às congéneres europeias.

Em Portugal, ainda que mais recentemente, foi criado o arquivo Modernismo – Arquivo Virtual da Geração de Orpheu, ao mesmo tempo que têm surgido artigos e monografias a registar no âmbito dos estudos de periódicos modernos, sem esquecer, todavia, os pioneiros, na década de 1980, *As revistas literárias do século XX em Portugal,* de Clara Rocha (1985) e *Dicionário das revistas literárias portuguesas do século XX,* de Daniel Pires (1986). A celebração recente do centenário da publicação de *Orpheu* contribuiu para essa revisão do momento cultural do chamado primeiro modernismo português, com destaque para o volume colectivo *Orpheu e o Modernismo Português*, coordenado por Paulo Samuel (2016) e o número especial da revista *Pessoa Plural* (n.º 11, 2017), dedicada ao tema "Modernismos Portugueses: contextos, facetas e legados da geração *Orpheu*", que apresenta alguns estudos comparativos e outros de recorte transnacional; finalmente, e sem ser exaustiva, saliento o estudo mais recente *Portugal Futurista e Outras Publicações Periódicas de 1917,* de Ricardo Marques (2018), que se debruça especificamente sobre aspectos da edição da revista.

Nesta linha de análise, o presente estudo realça aspectos atinentes às especificidades da revista literária, articulando-os com o tipo de debates que se geraram no seio das comunidades de intelectuais e artistas que nelas colaboravam. A forma do periódico exigirá também o recurso de uma metodologia específica e, neste aspecto, optar-se-á por seguir as propostas de Andrew Thacker, identificando os "códigos de periódicos" e o "campo do periódico" (2017: 75-80), na medida em que contribuem para uma definição mais específica do género da revista. Procurar-se-á, assim, observar, na constituição das revistas e das suas comunidades leitoras, além da produção de determinados discursos sobre a nação, uma construção paralela à da comunidade imaginada como Benedict Anderson no-la desvendou, associada ao poder da imprensa de massas.

Mais do que entender estas publicações como o barómetro da época, pretende-se aqui desvendá-las como comunidades em si, que nascem deliberadamente da necessidade de afirmação de outras formas de entender a realidade, que nos permitem entrever, no seu carácter fragmentário, espelhos de comunidades-nações também elas descontínuas e híbridas. A independência do projecto da revista é garantida pelo financiamento dos próprios colaboradores e de simpatizantes do seu ideário e geralmente acompanhado por um desprezo manifesto pelo consumo generalista que seria o que normalmente sustentaria publicações deste género. Assim era nos anos de arranque de *The Little Review* e também da *Orpheu*, esta, aliás, assumida desde o início como uma mera pedrada no charco, pelo que não se previa que fosse além do primeiro de quatro números (foram publicados apenas dois). Por sua vez, o caso de *Poetry* é emblemático do outro lado da barricada, isto é, começou por ter uma base financeira estável e repartida pela alta burguesia de Chicago, pelo que o seu discurso, de início novo principalmente na reivindicação do reconhecimento da poesia, acabaria por negociar o seu espaço com o discurso central, ainda que nem sempre abra mão da exclusividade da sua comunidade e do radicalismo das suas representações, posição que deve muito à vice-directora, Alice Corbin Henderson, que contrabalançava a inclinação conservadora de Harriet Monroe. Já *Portugal Futurista* é de tal modo radical que não chega a ser distribuída, apreendida que é pelas autoridades no dia da distribuição, uma história aliás similiar a *The Little Review*.

É lícito apontar que o alcance dos ideários destas publicações era limitado, tendo em conta que a tiragem das revistas era bastante reduzida. Falhando as referências a números exactos, foi possível apurar os seguintes: um máximo de 3000 exemplares, no caso de *The Little Review,* era, pelo menos, o número que Ezra Pound projectava (Scott *et al.*, 1988: 171). Uma tiragem ligeiramente superior, no caso de *Poetry,* que tinha um financiamento mais sólido e um apelo menos exclusivista, e entre 450 e 600 cópias nos dois números de *Orpheu* (Saraiva, 1984: x) e que *Portugal Futurista* não deveria ter excedido em muito.

Não se pretendendo embora explorar o impacto das revistas no seu público numa perspectiva de resposta do leitor, mas tão somente seguir de perto as movimentações literárias e culturais dos intelectuais em questão, é um facto que o meio literário se ressentiu com o aparecimento dessas publicações: a imprensa portuguesa construiu e alimentou um escândalo de resposta a *Orpheu* que durou quase meio ano, apoderou-se das suas formas de expressão malditas e assim foi divulgando, enfim, as personalidades responsáveis pelo movimento e até o mito de *Orpheu*; em Chicago, *Poetry* foi acusada de "subornar a musa", ao reivindicar a profissionalização do poeta, enquanto *The Little Review* e *Portugal Futurista* foram sentidos como claros atentados à moralidade instituída. Por outro lado, é, sem dúvida, através das pequenas revistas literárias que Ezra Pound foi criando toda uma reputação de político literário que o afirmaria como uma das mais influentes personalidades da cena literária anglo-saxónica deste século. Assim se torna evidente que estas revistas, por marginais que fossem, conseguiram inscrever um outro discurso que interrompia de forma significativa o discurso central.

CAPÍTULO 2

POETRY: A MAGAZINE OF VERSE A REINVENÇÃO DA LENDA DA TRIBO, EDS. HARRIET MONROE, ALICE C. HENDERSON & EZRA POUND

Seis anos após a fundação de *Poetry*, Harriet Monroe, a sua directora, reflecte sobre as escolhas e a identidade da publicação:

> Quando *Poetry* começou [...] podia ter-se tornado no que é agora *Little Review*, o órgão de um pequeno e exclusivo grupo de expatriados de topo e superintelectualizados, de Londres; ou, como espero, [*Poetry*] se tenha tornado no órgão de uma vida imaginativa mais elevada e mais consciente mais concentrada e independente, neste país. (*Poetry*, 13.2, 1918: 92)

Ao fazer alusão, por contraste, ao grupo de intelectuais radicados em Londres, Monroe refere-se à tertúlia de Ezra Pound, T. S. Eliot, Wyndham Lewis e James Joyce que naquele centro europeu ia construindo uma versão cosmopolita do modernismo que lhes granjeou a fama de serem "Os homens de 1914" e cujos ecos chegavam aos EUA através de *The Little Review*, uma revista literária mais recente do que *Poetry* e que, a partir de 1915, lhe começou a fazer frente, suplementando outra orientação, de longe mais radical e elitista do que a de *Poetry*.[9] Ezra Pound foi durante algum tempo colaborador em ambas as revistas, exercendo maior ou menor influência sobre as políticas editoriais das directoras das publicações em causa,

[9] Foi Wyndham Lewis quem baptizou o eixo internacionalista masculino do modernismo anglo-americano como "os homens de 1914", em *Blasting and Bombardiering* (1937: 252) *apud* Nicholls (1995: 166).

as quais, não tendo embora ficado para a história como "As mulheres de 1914", dirigiram dois periódicos com uma influência sem dúvida decisiva na circulação de ideias acerca de uma das mais urgentes questões culturais nos EUA da época: a construção e definição de uma identidade nacional. Esta consolidaria não só a soberania nacional, nesta nação de cento e quarenta anos ainda com muitos ressentimentos coloniais, como resgataria para os EUA um lugar de direito na tradição literária de língua inglesa. *Poetry* e *The Little Review* apresentam propostas diversas, uma de orientação mais local, a outra, mais cosmopolita, mas a causa de ambas era comum: o reconhecimento da nação americana como centro de autoridade cultural.

Menos uniforme do que *The Little Review*, *Poetry* começa por se apresentar como uma arena híbrida de tendências poéticas, mas a este trabalho interessam sobretudo o localismo de Monroe e o cosmopolitismo de Pound. *Poetry* afigura-se, de início, tanto para Monroe, poeta e jornalista de Chicago, como para Ezra Pound, então crítico literário e poeta debutante auto-exilado em Londres, como o instrumento ideal para uma renovação cultural nos EUA, que passa pela legitimação da poesia e pela profissionalização do poeta; e é essa identificação inicial de anseios e projectos que cativa Monroe a ponto de convidar Pound para correspondente estrangeiro de *Poetry*. A atracção é, nesta altura, mútua e o entusiasmo de Pound é bem patente ao acrescentar aos seus serviços o bónus da exclusividade da publicação da sua poesia na revista de Chicago. No entanto, ao longo do período da sua colaboração (que termina em 1918), vão emergindo várias diferenças de concepção da natureza e função da poesia, do poeta e da comunidade, radicadas em representações distintas da cultura e da nação norte-americanas, que explicam as estratégias diferentes de ambos na luta por um lugar central para a cultura nacional. De uma forma geral, Harriet Monroe entendia a emancipação cultural da nação como um movimento de dentro para fora, isto é, de uma margem (como os EUA ainda eram, embora a sua promoção a centro estivesse já em curso) que de si própria faria o centro, porque a sua geografia e a sua história eram elas próprias encarnações desse movimento expansionista; nessa afirmação independente como centro, Monroe recusava terminantemente alianças com a Europa. Pound, pelo contrário, não se intimidava com a vastidão da nação, confinando-a claramente a uma simples província que urgia, todavia, arrastar para o centro – a Europa –, num movimento no qual não era tanto a margem que invadia o centro, como o centro que absorvia a margem, porquanto o contributo específico desta viesse a ser reconhecido.[10]

O compromisso de base desta publicação é o de desenvolver e articular a vida imaginativa nacional, no sentido de criar a *consciência* da nação, por meio da poesia. Conforme afirma Alice Corbin Henderson, directora--adjunta de *Poetry* entre 1913 e 1917 e cujos editoriais vêm em larga medida complementar os de Monroe, "aquilo de que precisamos primeiro, penso eu, é reconhecer a nossa própria individualidade, as nossas próprias tradições. Talvez não seja tanto o caso de nos faltar a tradição, como o poder de a reconhecer" (*Poetry*, 9.4, 1917: 217). Assumindo o potencial cultural da nação como um objecto acabado, o que se fará em *Poetry* será, basicamente, criar-lhe uma narrativa – acrescentar-lhe a forma poética –, pois, como Monroe afirmava no editorial de abertura, é a palavra que perpetua os feitos nacionais e que imortaliza, pela transmissão, "a lenda da tribo".

No projecto de Monroe, a escolha da poesia está directamente ligada ao seu objecto de culto que é a nação, o que nos é revelado na sua própria concepção de poesia, que tem uma forte componente criativa e ético-moral. A revista é inaugurada com um editorial em jeito de parábola, onde um jovem guerreiro herdeiro do poder, à morte do seu pai, lhe assegura a permanência do reino através do poder perpetuador da palavra: "Cravarei a tua glória em palavras ricas e redondas – [...] palavras perfeitas que os teus filhos irão usar no coração para sempre" ("As It Was", *Poetry*, 1.1, 1912: 21). Para Monroe, além de sinónimo de imaginação e criatividade, a poesia transcende a palavra e cria a realidade, ou seja, materializa a imaginação, por isso a edificação das grandes cidades e a construção do Canal do Panamá, bem como toda a conquista do continente americano, são poesia – a que falta, todavia, a palavra escrita que imortaliza a acção humana. A poesia é, assim, poder espiritual, poder de acção e poder de memória. A insistência de Monroe no género poético revela também as suas preocupações com a renovação espiritual do povo norte-americano, que era necessária para contrabalançar o materialismo crescente, assim cimentando a afirmação

[10] Ezra Pound classifica os EUA como uma província, em *Patria Mia and the Treatise on Harmony* (1962 [1912]: 31).

política e económica da nação. Sem essa criatividade própria e orgulho nela, a cultura americana continuaria a ser sistematicamente ignorada ou desvalorizada nos centros acreditados do conhecimento e da cultura, que permaneciam europeus (a Grã-Bretanha e a França).

Para prosseguir o seu projecto, *Poetry* tem de definir o seu público, mas as fronteiras da comunidade imaginada de leitores que é o público da revista não são uma questão pacífica entre Monroe e Pound. Aliás, a divisa que aquela escolhe para a revista – "Para ter grandes poetas, temos de ter também grandes públicos" –, de Walt Whitman (o grande inspirador da revista), pode bem ser vista como o símbolo dessas versões diversas que cada um tinha da sociedade americana, logo, do público potencial da publicação.[11] Além da imagem de identificação total do indivíduo com a nação, construída no poema a que a divisa da revista remete, a afirmação de Whitman assenta no ideal democrático de uma sociedade onde todos os leitores, independentemente da sua classe, origem ou ocupação, têm o direito de desenvolver e revelar o seu talento criativo inato, carecendo apenas de orientação no sentido das fontes de inspiração, de um espaço de divulgação e de um público: "A arte não é um fenómeno isolado de génio, mas a expressão de uma relação recíproca entre o artista e o seu público", defende Harriet Monroe ("The Audience II", 5.1, 1914: 32), reforçando esse apelo participativo ao público e partilhando com ele a responsabilidade pelo projecto da revista. Já Ezra Pound define a natureza da comunidade leitora em função da sua concepção aristocrática da arte, segundo a qual os artistas são "um punhado de espíritos inteligentes [que] acabam por orientar os restantes" ("The Audience", *Poetry*, 5.1, 1914: 30) e o talento é adquirido, requer trabalho e aplicação, pelo que só um punhado de eleitos a ele pode aspirar.

Sem programa definido, nem preferências declaradas, a característica mais saliente da revista é uma política editorial de porta aberta, reivindicada com orgulho desde o primeiro número, que lhe permite justamente cumprir o intento de receber e representar todas as tendências poéticas e todas as vozes dos vários quadrantes, nas várias latitudes de língua inglesa – sendo

[11] A origem da divisa provém do verso "Produz grandes Pessoas, o resto virá", do poema "By Blue Ontario Shore", o mesmo onde Whitman invoca indiferenciadamente a "America" e "Mother" e apela à identificação total do indivíduo com a nação. O primeiro título deste poema foi justamente "Poem of Many in One" (cf. Whitman, 1959: 242).

este último talvez o único critério distinto. Portanto, a intenção elitista não deixa de se aliar a um forte populismo (Canelo, 2000), uma aliança paradoxal, mas que Monroe gere habilmente e poderá explicar a longevidade da publicação. A intenção de diversidade de estilos, tons e vozes é o bastante para entender o alcance pretendido a nível de identificação, e consequente angariação de camadas diversas da população, ao mesmo tempo que expõe a própria visão nacionalista da directora acerca da diversidade, todavia unida no mesmo fim. Com efeito, a construção da comunidade leitora, e o imaginário que a sustenta, permite-nos tomá-la como símbolo da própria comunidade nação. Daí que as estratégias literárias e, neste caso, também poéticas, usadas para imaginar e manter coeso esse público acabam por ser representativas de um desígnio maior. Nesse sentido, identificamos estratégias de apelo directo à comunidade leitora, sobretudo na recorrência do possessivo "nosso", nos editoriais como na poesia, quer de Henderson, quer de Monroe, como "a nossa tribo" (*Poetry*, 12.4, 1918: 210), ou "a nossa nação extensiva, de muitos sangues e credos" (*Poetry*, 11.3, 1917: 156), num ideal de comunhão que faz da poesia o elo e a perpetuação dessa mesma união. Essa identificação é ainda mais explícita nos apelos directos ao leitor através do pronome pessoal "Tu", ou até "Tu – irmão", em diversos poemas. A temporalidade e a representação do espaço também são jogadas a favor da construção de uma dada ideia de união e comunhão. A nível temporal, o passado é presentificado, no sentido de reactualizado e legitimado e o futuro, um horizonte infinito; no tocante ao espaço, evidenciam-se as estratégias de criação de um sentimento de pertença ao lugar. O apelo aos mitos bíblicos que serviram de base à colonização da América, parte da memória colectiva, são outra estratégia forte de sintonia entre o público e o imaginário em construção, a ela recorrendo sobretudo Harriet Monroe, ora com citações directas, ora através de metáforas e imagens. Na verdade, toda a retórica (teórica e poética) de Harriet Monroe assenta no mito da América como o Novo Éden, a que a (ideia da) promessa fundada num passado imemorial guardado na natureza e a missão de regeneração do mundo inteiro se propagam num futuro ilimitado, em cumprimento de uma missão divina. Este recurso ao mito (que, como veremos, não é exclusivo da retórica pedagógica nacionalista) vai preparando a cultura para acolher e justificar os gestos imperialistas que já marcavam, nessa época, e continuaram a marcar, a actuação dos EUA no contexto internacional, ao mesmo tempo que reforça a ideia do direito de propriedade ao território. Aliado ainda à ideia de missão, o mito tende assim a unir os americanos no seu sentido de herança e propósito, como defende Sacvan Bercovitch (1981: 12) acerca da retórica uniformizante de base da cultura dos EUA.

Ao longo dos primeiros anos de *Poetry*, assistimos à expansão gradual da comunidade leitora, que começa por se limitar à cidade de Chicago, onde a revista é fundada, passando pela comunidade da região centro-oeste (o *Midwest*), alargando-se depois às fronteiras da própria nação, até que, primeiro por afinidade de causa (pós-colonial), depois por afinidade linguística, almeja representar todo o continente americano e o mundo de língua inglesa, respectivamente ("The City and the Tower", *Poetry*, 10.1, 1917: 31-35), como, aliás, fica explícito nas palavras de Monroe: "Um espírito como o deles [os pioneiros], se nós o possuirmos e agirmos sobre ele como eles fizeram, irá construir o futuro do mundo" ("A Century in Illinois", *Poetry*, 13.2, 1918: 91). Apesar de todo o idealismo dos discursos de Monroe em geral, o certo é que esta mulher acaba por revelar-se uma grande profetisa da influência internacional que o seu país veio, de facto, a desempenhar, a partir do fim da Primeira Grande Guerra. Assumindo-se embora como margem, os EUA reclamam um lugar nesse centro cujo alargamento se prevê e cujo grande trunfo – ou grande arma – é a língua, a qual será simultaneamente gerida como factor de aproximação e de diferenciação.

Uma das questões fundamentais para Monroe e Pound é, de facto, a da língua, não sendo o nacionalismo linguístico estranho ao projecto de Monroe. Essa preocupação não estará, aliás, muito longe da razão que leva Pound a inventar o próprio imagismo, se considerarmos as palavras de Pound, em carta a John Quinn, acerca da urgência em depurar o inglês americano como forma de possibilitar o autoconhecimento dos falantes: "A mim, parece-me que a América nunca encarará de frente *coisa alguma*, seja animal, mineral, vegetal, política, internacional, religiosa, filosófica ou OUTRA COISA qualquer, até se habituar à afirmação perfeitamente simples" (Pound *in* Materer, 1991: 148).[12] Pois se Monroe prevê as possibilidades de expansão

[12] Nas traduções das citações conservei os itálicos, as maiúsculas e os outros tipos de ênfase. Nos casos em que alterei de alguma forma o original, surge essa indicação.

do inglês, também avisa que a renovação cultural que é preciso apressar só acontecerá se o uso da palavra for justo, preciso e, num momento histórico de diferenciação como este, diferente. Neste ponto, reside outro laço entre a identidade poética e a identidade nacional, porque a renovação da expressão é a afirmação de uma cosmovisão própria e esta é a prova de uma identidade única. Daí os apelos a uma renovação linguística esforçada em adequar as palavras à realidade, em depurar a retórica e em descobrir novas formas que substituíssem as medidas e os ritmos importados. Por outras palavras, investia-se na fundação de um código linguístico e formal que reconhecesse o contributo específico dos EUA e que enfim mostrasse, como escrevia Corbin Henderson, que "[n]ão é que o poeta americano não consiga escrever como o seu contemporâneo inglês, mas antes que não quer" ("American Verse and English Critics", *Poetry*, 11.4, 1918: 211). O programa imagista de Pound, por um lado, e a defesa do verso livre, cujo grande paradigma é a poesia de Whitman, por outro, porventura os dois contributos mais relevantes desta revista para o desenvolvimento do modernismo anglo-americano, vêm exactamente tornar a palavra mais justa e a imagem mais precisa e, ao mesmo tempo, libertar a expressão de constrições métricas e rítmicas.

A língua (a herança linguística da primeira expansão britânica) é gerida como factor de aproximação, mas só enquanto potencialmente geradora de uma comunidade imaginada mais alargada (justamente no sentido em que Fernando Pessoa fundia posse do território e posse da língua, na ideia da língua como pátria). Esse alargamento da influência nacional não é contudo inocente. Mais do que realizar qualquer forma de universalismo cultural ecuménico, de que o modernismo transnacionalista também havia de se dizer defensor, o que Monroe prevê na expansão da língua inglesa é o reforço da capacidade de influência dos povos que falam essa língua, idealmente unidos no seu intuito; pois, afirma Monroe:

> Hoje, Deus deve ver com alarme a dispersão da língua inglesa por toda a terra, apercebendo-se de que tal união na palavra cria uma força mística 'à qual nada fará frente' [...] Esta palavra, que é falada na Austrália e na Nova Guiné, na África do Sul e na América do Norte e na pequena ilha-mãe –, se se tornar no veículo de uma força irresistível, a via de [uma] imaginação colectiva [...] [i]rá ela estabelecer uma corrente de democracias e instalar a sua norma de

liberdade nas outras nações? Será que aqueles que a falam estarão de tal forma ligados por cordas místicas de simpatia que 'nada fará frente àquilo que eles imaginaram fazer'? ("The City and the Tower", *Poetry*, 10.1, 1917: 32-35)

Por outro lado, a língua sustenta intuitos de diferenciação quando se reclama a diferença (condição de autonomia) em função de toda a realidade que transformou a cultura, ou seja, que deu origem a uma outra cultura. Monroe defende que a renovação formal e linguística é realizada, antes de mais, pelos novos usos da velha língua, ou seja, pelos espaços pós-coloniais para onde o inglês foi levado, onde se desenvolveu uma realidade feita de realidades e relações diversas das da metrópole, pelo que é preciso autorizar e abarcar os contributos dessas margens. Essa é a ideia que Monroe deixa bem explícita, num dos primeiros números da revista, referindo-se a Rabindranath Tagore:

> Pode ser que sejam mãos estranhas a revelar o novo tesouro, que, neste emaranhado de nações do século XX, a beleza da língua inglesa tenha de ser redescoberta por um qualquer imigrante russo ou viajante do Turquestão. Hoje em dia, não é um poeta da raça anglo-saxónica, mas sim um hindu com poder divinatório em inglês que tem a visão mais pungente da nova beleza. ("The New Beauty", *Poetry*, 2.1, 1913: 25)

Mas o que também não podemos deixar de ver nas palavras de Monroe é o lamento de que, entre os novos usos reconhecidos da velha língua, não se encontre um poeta norte-americano, quando as mesmas palavras deixam perceber que essa mestria se prendia também com ansiedades xenófobas, numa altura em que os EUA acolhiam milhões de imigrantes de regiões do globo que se afastavam cada vez mais dos europeus das primeiras vagas: "mãos estranhas [...] um qualquer imigrante russo ou viajante do Turquestão". De resto, a mestria linguística de Tagore é ela própria autorizada em função de remotos laços de sangue: afinal, é Monroe quem também se apressa a salientar-lhe as características fisionómicas arianas, reatando assim os laços da nova poesia com uma ancestralidade imaginada, ainda anterior à da própria Europa; pois, como adiante demonstro, a afirmação do inglês dos EUA como uma nova língua conforme elaborada em

Poetry implicará uma atarefada selecção de inclusões e exclusões puramente ideológicas.

É exactamente com vista a obstar a esse perigo de que seja alguém de fora da comunidade linguística nacional a "desvendar o tesouro" da "nova beleza" contido na língua inglesa – isto é, o seu potencial disseminador de uma dada identidade – que Monroe, ainda que inconscientemente, adere ao imagismo. É óbvio que a adopção da estética que Pound inventa não tem propósitos imperialistas imediatos, mas o aproveitamento e, sobretudo, a justificação de Monroe acerca dos benefícios da aplicação da nova estética à língua nova que se reivindicava casam perfeitamente com a sua visão da disseminação futura da língua inglesa mediante o progresso das tecnologias de comunicação. Harriet Monroe toma claramente o imagismo como um método eficaz de depuração da língua que facilitará a sua disseminação e o seu poder de influência sobre outros povos e outras nações:

> [O Imagismo é] um protesto contra a tacanhez e o provincianismo [...] ele tenta quebrar barreiras que há séculos bloqueiam as artes. A grande arte da poesia foi trancada em mais ainda [do que a tacanhez e o provincianismo] por fronteiras estreitas de raça e de língua; mas [...] tem de sair [...] e abrir as suas asas aos ventos do mundo inteiro. ("Its Inner Meaning", *Poetry*, 6.6, 1915: 304-305)

Com isto não se pretende afirmar que *Poetry* surja com o desígnio de ser pura e simplesmente o órgão de um projecto cultural nacionalista, ou que a arte é um simples instrumento político, nesta revista. Pretende-se, sim, dizer que as políticas literárias da revista estão frequentemente entrelaçadas com preocupações que, remetidas ao âmbito da cultura nacional, não deixam, de modo algum, de revelar muitas consequências a nível político.

O que move Harriet Monroe na criação de *Poetry* começa por ser um projecto literário que defenda o valor da poesia a par das outras artes, e, sobretudo, crie para Chicago a vertente cultural do seu crescimento económico e político, simultaneamente inventando um centro de autoridade que defina os parâmetros estéticos para o renascimento poético nacional (e note-se que o financiamento da revista era assegurado pela burguesia comercial de Chicago). A atenção privilegiada que Monroe dá às exposições e feiras nacionais e internacionais é outra prova tanto da sua ênfase no valor celebratório nacional que é a essência destes momentos de exposição, comparação e competitividade entre as nações, como da promiscuidade entre o seu projecto poético e o crescimento político e económico da nação norte-americana. Em "At the Fair" (*Poetry*, 7.1, 1915: 35-38), por exemplo, Monroe apresenta a feira internacional de San Francisco como um marco no contacto entre nações, ao inaugurar um momento de aproximação entre o Panamá e o Pacífico tornado possível, naturalmente, com a construção do canal. De uma outra perspectiva, seria por certo legítimo perceber nesta exposição justamente a celebração do imperialismo florescente norte-americano em direcção à América do Sul e ao Oriente que o grandioso feito de engenharia intercontinental também possibilitava.[13]

À medida que o programa da revista vai ganhando forma, com Monroe ao leme, aproveitando algumas ideias de Ezra Pound e rejeitando totalmente outras, o perfil da revista começa a definir-se no sentido do localismo e do nacionalismo, de uma arte "apta, na sua expressão humana, a uma região e uma raça", como Monroe formula ("The Great Renewal", *Poetry*, 12.6, 1918: 324). O recurso ao localismo é uma das estratégias mais eficazes de identificação com o público, apostando-se na divulgação de poemas bem situados no solo nacional e que reflectiam a realidade americana e recorriam ao discurso próximo da oralidade, de molde a fundamentar a especificidade nacional, o conjunto dos particularismos locais, numa norma linguística própria. E assim, à medida que *Poetry* vai demarcando melhor o seu território poético, vai recusando as propostas internacionalistas de Ezra Pound, as quais defendiam a constituição de um centro metropolitano forte, à semelhança de outros na Europa, que articulasse, dinamizasse e divulgasse a cultura nacional e a pusesse em contacto com a excelência da poesia e da prosa internacionais.

[13] A relação da directora de *Poetry* com este tipo de acontecimento tem, aliás, uma forte tradição, tendo em conta a sua participação na Feira Mundial de Chicago de 1893, a chamada Exposição Colombiana, altura em que mostrava já sérias preocupações em relação à pobreza da vida cultural de Chicago e da cultura nacional em geral. Da mesma forma que, vinte anos mais tarde, Monroe tentará colmatar essa situação através da empresa organizada de *Poetry*, esta exposição constituiu o ensaio da sua intervenção no domínio público através da poesia, com a composição de um poema nacional – "The Columbian Ode". O poema encontra-se na antologia de Monroe, *Chosen Poems. A Selection from my Books of Verse* (1935 [1892]: 75-85).

Outro aspecto a destacar é o facto de não haver pontos de contacto entre a concepção democrática da arte de Monroe e a aristocrática de Pound. Na opinião de Monroe, a poesia, destinada a ensinar e a dar prazer, deve ser acessível a todos, por isso recusa a concepção elitista do poeta e da arte que Pound defende. Monroe crê que a superioridade do poeta intimida e afasta o público comum e assim falha na criação de um sentido de união entre as pessoas. Monroe também defende que a educação para a beleza deve começar pela apreciação do que é familiar, logo, o poeta deve cantar o local e assim a arte acrescenta à vida e é afirmativa da vida. Por tudo isto, qualquer representação da realidade rege-se por noções de humor generoso e de beleza. Estes versos de Wallace Stevens, um dos poetas favoritos de Monroe, decerto sumariam bem a sua poética: "Ele [o poeta] é a transparência do lugar onde vive / E nos seus poemas encontramos paz" (Stevens, 1984: 251).

Defendendo, portanto, uma identidade poética que confunde vida e poesia, é coerente que *Poetry* apoie o desenvolvimento de uma crítica literária confinada à estética, que, em última análise, contribui para a representação da nação como estrutura homogénea, porque lhe dispensa um olhar analítico sobre si própria, passível de revelar rupturas contrárias à uniformização desejada. Para avaliar melhor o contributo de Poetry para o desenvolvimento de uma crítica literária que validasse a estética e as políticas de publicação da revista implica examinar a perspetiva de *Poetry* em relação à rede de periódicos mais vasta do seu tempo. Andrew Thacker desenvolve a noção de campo de periódicos a partir do conceito de campo de Pierre Bourdieu (2017: 80), para frisar que uma análise comparativa de publicações contemporâneas permite perceber melhor as várias opções em jogo, bem como as suas implicações. A questão da crítica literária aparece nas páginas da revista por meados de 1918, no confronto entre as directoras de *Poetry* e Randolph Bourne e Van Wyck Brooks, associados ao projecto de outra pequena revista da época, mas de recorte socialista, *The Seven Arts.* O debate permite-nos observar um momento crucial de discussão da natureza da crítica que viria a emparceirar com a nova literatura em gestação.

Bourne e Van Wyck Brooks defendem o valor da arte como indicador sociológico, pelo que a crítica literária a desenvolver, ao revelar as diferenças no seio da nação, se irá simultaneamente revelando a si própria: "[uma crítica] relativamente ao movimento mais abrangente de ideias e movimentos sociais e a sua peculiar cor intelectual e espiritual do seu tempo [...] uma expressão de vida grávida de possibilidades" (*Poetry*, 12.6, 1918: 342). Ao contrário, para as teóricas de *Poetry,* a arte era um fenómeno isolado e o talento poético, uma essência, o que justifica o posicionamento do poeta em relação a absolutos e não a uma contextualização histórico-social variável. A partir daqui, a análise da poesia é posicionada dentro de um esquema próprio, puramente estético, como advoga Corbin Henderson: "a mente criativa [...] não deriva diretamente desta ou daquela influência. A realização artística pode ser tão acidental e independente quanto as descobertas científicas" (*Poetry*, 8.5, 1916: 254), reivindicando dois estatutos importantes para a afirmação da arte: um de autonomia e o outro de ciência, que convergem na mesma ansiedade – a inquestionabilidade da arte. Enquanto o estatuto de autonomia implica leis próprias que garantem a autoridade, o de ciência baseia-se em critérios de objectividade, rigor e *verdade,* que reforçam a autoridade. A crítica defendida pelos intelectuais de *The Seven Arts* é entendida por isso como uma ameaça: por um lado, em relação ao funcionamento da arte dentro de um círculo que lhe garante a impermeabilidade ao social, ou ao político; por outro, em relação a uma imagem arrumada e estável da nação que não é intenção das teóricas de *Poetry* perturbar com articulações fragmentárias do estético com o social. Em termos da crítica literária, presenciamos a ascensão da tendência crítica que viria a dar origem ao chamado *new criticism* (a nova crítica, uma alavanca preciosa na canonização do modernismo) e a rejeição da alternativa – uma crítica de cariz sociológico que se batia por uma análise orgânica, de todo contrária à ideia de isolamento e desresponsabilização em que foi fundado o *new criticism*. A perspectiva da direcção *de Poetry* era a de uma nação já pronta, coesa e harmónica – uma amálgama de diferenças ("*e pluribus unum*" são metáforas típicas da unidade da nação e recorrentes, sobretudo nos editoriais de Monroe); esta nação canta na mesma voz, na mesma língua, a mesma canção, cuja fórmula é bastante próxima daquilo que viria, décadas depois, a ser identificado como o multiculturalismo.

Na orientação crítica de *Poetry* sobressai também a recusa do biografismo, que se evidencia se analisarmos aspectos da organização gráfica da revista, portanto, em termos dos seus códigos. Os poemas eram normalmente isolados dos respetivos dados biográficos dos autores, sendo as referências biográficas reduzidas a duas ou três linhas e colocadas na penúltima página do número, assim separadas dos poemas por toda a secção da prosa. Todavia, e significativamente, na biografia minúscula de cada poeta era indispensável a referência ao *local* de proveniência, que seguia imediatamente o nome: "O Sr. Carl Sandburg, de Chicago", "a Menina Louise Driscoll, de Catskill, Nova Iorque", "a Menina Amy Lowell, de Brookline, Mass.", salientando tanto o lugar como origem, como o papel de cada poeta como arauto e, assim, criador, do seu lugar de origem. A sobrevalorização da origem local sobre outros aspectos biográficos encontra eco nas expectativas do próprio público: em Julho de 1917 (*Poetry*, 10.4, 1917: 220-221), pode ler-se, noutra secção distinta, "Correspondência", a satisfação expressa de um leitor em ver a sua terra reconhecida na geografia poética da nação, em *Spoon River Anthology*, do poeta Edgar Lee Masters, cujos poemas são publicados originalmente na revista de Monroe e Henderson.[14]

Na legitimação nacionalista de uma identidade nacional é fundamental o recurso à antiguidade e pureza da natureza, justamente a fonte temática mais pródiga em *Poetry*, que vem a preencher a metáfora da "Nova Beleza", anunciada por Monroe logo nos primeiros números da revista. Monroe apresenta esta natureza, por um lado, como um reservatório espiritual, fonte de rejuvenescimento no Novo Mundo (à boa maneira de Crèvecoeur e dos filósofos transcendentalistas) e, por outro, como um objecto informe, à disposição da acção humana. A ideia encaixa na retórica excepcionalista da naturalização da "América-mito", o ideal de perfeição que permanece no imaginário nacional e que, enquanto mito, apaga a história e assim a responsabilidade humana na apropriação da natureza, com todas as implicações políticas também em relação às populações nativas (Ramalho, 1994). Essa retórica cobre toda a conquista do continente, com o efeito de naturalizar momentos de apropriação, violência e epistemicídio. Em *Poetry*, o interesse pela natureza relaciona-se com a construção do nativismo que, ao pretender aproximar-se da experiência e da cultura índias, simplesmente se apropria deles através da sua tradução nos moldes e palavras ocidentais, como veremos, mais adiante.

[14] *Spoon River Anthology* é publicado na publicação congénere *The Reedy Mirror*, em 1915, recebe críticas excelentes em *Poetry* e é considerado a grande oportunidade perdida por *Poetry*.

Em "Mother Earth" (*Poetry*, 2.1, 1913: 13-16), Monroe arroga-se a evocar o momento anterior à criação da própria natureza, numa construção radical da ancestralidade. Nesta fábula poética, a dádiva da vida provém da terra, reforçando o laço do sujeito ao local, dando forma ao que Henderson viria a definir como "uma identidade fundida", no sentido de compósita e onde as várias componentes se diluíam (*Poetry*, 11.6, 1918: 337). A atitude da terra é toda ela de dádiva, inclusive para com a última criação, o homem, cuja missão é completar a natureza, e está prevista, logo sancionada, desde as origens:

> Ela arranca um poema, uma esperança,
> Um plano arrogante
> De vida que a há-de encontrar
> Conhecer e completar.

Esta é uma ideia que ressurge em poemas como "Song of Earth's Meaning" (*Poetry*, 2.4, 1913: 131-133), de Richard Burton, no qual a conquista da natureza é legitimada como missão e autojustificação da existência humana: "O homem *deve* conquistar, a sua alma ganhar".

Mas o canto verdadeiramente grandioso da conquista da natureza é o épico "Our Canal" (*Poetry*, 3.5, 1914: 153-158), de Harriet Monroe, que celebra a tecnologia como força imparável e gloriosa sobre a natureza. Além da localização precisa (o istmo do Panamá, na América Central), a importância deste poema decorre do seu intuito legitimador de uma obra de engenharia de facto admirável à época, que inscrevia a influência transnacional dos EUA na poesia. Este é também o poema de Monroe que ela faz acompanhar de um gesto pedagógico claríssimo, o editorial "Our Modern Epic" (*Poetry*, 3.1, 1913: 23-26). O poema "Our Canal" vem, em larga medida, executar os preceitos dispostos no editorial, o qual considerava a construção do canal como a grande epopeia moderna só comparável aos feitos mitológicos dos grandes heróis clássicos. Monroe vê na empresa tanto um feito da ciência, como do génio, mas é, acima de tudo, mais uma etapa na missão redentora norte-americana, justificada sempre em termos de passado e de futuro. Monroe repete toda a retórica de eleição americana, apresentando a nação como um instrumento do destino, num momento em que o pioneiro técnico encontra no Panamá a nova fronteira.

A construção do canal, inaugurado em 1914, na verdade materializa o poder imperialista dos norte-americanos na zona, tendo em conta que, dada a sua situação geográfica, o Panamá era uma via comercial privilegiada, que sempre fora alvo de disputas pelos países vizinhos, e interessava aos EUA manter a ordem numa zona fundamental de recepção e escoamento dos seus produtos. A construção do canal alargava as vias de tráfico, no sentido de sustentar o crescimento económico, mas também evitar que a Europa interferisse nas frágeis democracias da América Central e do Sul, papel que a doutrina de Monroe reservara aos EUA desde 1823.[15]

A nova passagem marítima serve, assim, de metonímia a toda a industrialização norte-americana e a toda a conquista do continente, acrescendo à sua importância o facto de a construção da passagem poder ser defendida, pelo menos teoricamente, como um contributo importante para a aproximação e entendimento entre os povos: "a nova auto-estrada pelo destino das nações", a ponte entre o Ocidente e o Oriente, ou, como dirá o poema, "um caminho para o Espírito Santo" – uma imagem que faz dos barcos dos EUA veículos de transmissão do amor divino. O poema acrescenta pouco ao discurso do editorial, mas a forma poética permite-lhe cumprir todos os preceitos do género épico, que desde logo lhe assegura um valor exemplar: é a própria nação que está representada no poema, através do herói colectivo (os construtores do canal). Mas, enquanto na épica clássica o tempo da narração é o pretérito, Monroe recorre aqui estrategicamente ao presente, o que resulta num efeito de aproximação do leitor às acções narradas, tornando-o um espectador mais próximo da participação nos acontecimentos, o tempo do ritual e da tradição.

Por outro lado, o recurso à estrutura dialógica narrador/trabalhadores permite expor a lição ainda mais explicitamente. Sempre que o narrador pergunta "O que estais aqui a fazer [...]?", a possível associação de intrusão é imediatamente afastada pela resposta: "Oh, construímo-vos a última

[15] Várias foram as vezes em que os EUA intervieram no território, a partir de 1846, inclusive militarmente, em 1885, sempre a pretexto da protecção da via de tráfico internacional. A própria atribuição das obras a técnicos norte-americanos (depois de disputa com o governo francês) foi assegurada justamente em troca da independência da república panamiana, em 1903, numa encenação típica de defesa dos valores democráticos em função de interesses políticos e económicos.

maravilha do mundo / Que não se faz com as mãos". A estratégia do diálogo mais não é do que um exercício de definição da identidade americana, que resulta em larga parte do seu confronto com a outra, o Panamá. As descrições racistas e o recurso aos estereótipos – "riso preguiçoso [...] praça sonolenta" –, visam acentuar o contraste que autoriza a influência externa dos EUA, um desequilíbrio de forças a que Monroe alude, no editorial, em termos claramente colonialistas: "E então, o Panamá, a república pequena e ridícula [...] elevada à honra de ser o pano de fundo do nosso épico!". De resto, a "causa" ali também é classicamente norte-americana e ainda hoje por demais familiar:

> é a mesma luta de sempre
> Da escuridão para a luz;
> Nunca acabará
> Até que o último escravo seja livre!

que entronca na retórica típica do colonialismo, da missão civilizadora, de benfeitoria e progresso, que, no caso dos EUA, tem a vertente específica da exportação de um modelo político emancipatório, a democracia ("construir-vos-emos o estado perfeito").

Já a naturalização poética das cidades é particularmente conseguida nos muito apreciados por Monroe "Chicago Poems", de Carl Sandburg (*Poetry*, 3.6, 1914: 191-192), que, ao mesmo tempo, concretizam a vocação localista que a directora também preconizava. O poema mais ambicioso nessa linha será porventura "Prairie", também de Carl Sandburg (*Poetry*, 12.4, 1918: 175-184), uma versão actualizada e já bem localizada de "Mother Nature", o poema de Monroe antes referido. Ultrapassando a narração da cidade em "Chicago Poems", "Prairie" não só atribui a voz à própria natureza, acompanhando a sua transformação em urbe, como pretende visualizar, na dimensão do poema, a extensão da pradaria. Claro na localização – entre as Montanhas Rochosas e os Montes Apalaches –, que é reforçada pela recorrência do advérbio "Aqui", o poema de Sandburg consegue fortalecer o sentimento de pertença ao lugar mediante duas estratégias retóricas. A primeira é a indefinição do Eu poético que a um tempo é construído como uma entidade separada da pradaria, um seareiro ("Ó mãe pradaria, sou um dos teus filhos / [...] / Irmão dos debulhadores de milho"), enquanto, noutros momentos, se confunde com a própria natureza. A segunda estratégia é precisamente essa outra identificação da voz poética com a pradaria, que torna particularmente forte a reivindicação de pertença. De facto, é o próprio lugar, a natureza, que reivindica os indivíduos e não vice-versa. Assim, a planície, símbolo de uma continuidade inabalável – "Estou aqui depois de as cidades partirem. / Estou aqui antes de as cidades chegarem" –, e assumindo o seu carácter de maternidade ancestral – "a pradaria, mãe de homens" – reivindica várias vezes os construtores das cidades: "Eles são meus". Contudo, esses eleitos têm uma identidade específica: são os edificadores das cidades, os imigrantes que assim vieram cumprir a missão de completar a natureza. Ao mesmo tempo porém, a mesma planície deixa partir, indiferente, os índios – aqueles que porventura mais legitimamente se reclamariam seus filhos: "Eu que vi os nascimentos e as mortes vermelhas / De filhos e filhas, aceito paz ou guerra, não digo nada e espero", como se esse movimento inverso da vida fosse natural.

Ou seja, o silêncio cúmplice da natureza sanciona uma narrativa que justifica, à conta da construção das cidades gloriosas, claros momentos de violência, como os da expropriação, do genocídio e da devastação cultural das tribos índias. Atente-se na clara pedagogia dos versos "Mil homens peles vermelhas gritaram e rumaram a lugares novos à procura de / milho e mulheres; um milhão de homens brancos vieram e ergueram arranha-céus", como banalizam a apropriação da propriedade através da mera substituição de habitantes das terras, evitando os dramas individuais por imposição da linearidade do percurso da nação, numa clara estratégia pedagógica. Trata-se, afinal, da chamada "vontade de esquecer" que Homi Bhabha identifica na estratégia nacionalista, própria da imposição de uma cultura sobre outra, que acaba por fraccionar o tempo e a história, na medida em que a vivência do índio é abafada. Há uma temporalidade que é desalojada e é coberta pela temporalidade dos vencedores, um movimento que legitima e homogeneíza a expansão da nação de herança anglo-saxónica (Bhabha, 1990: 310).

Ao contrário desse silêncio, a natureza emancipada na figura da cidade é muito mais afirmativa e agressiva; manifesta vontade própria, que se projecta para lá das suas fronteiras, ao reclamar o reconhecimento da sua identidade: "Aqui vi uma cidade erguer-se e dizer às pessoas em todo o mundo:

'Ouçam, sou forte, sei o que quero'". A planície abraça, assim, o despontar das cidades, cujo crescimento é paralelo a um percurso linguístico próprio – "Omaha e Kansas City, Minneapolis e St. Paul – irmãs na mesma casa, lançando calão, crescendo". A história dessas cidades é também a construção das memórias e das tradições, "coisas velhas que nunca envelhecem", que lhe asseguram uma permanência como a da própria pradaria, ficando no ar o forte apelo ao futuro: "Digo-te, não há nada no mundo só um oceano de / a-manhãs, um céu de a-manhãs". O apelo a um "Tu" indefinido, que percorre uma série de figuras de cenas quotidianas: "O bombeiro acena a um professor de uma escola do campo, num trenó: / Um rapaz, cabelo amarelo, cachecol vermelho e luvas, num trenó", causa um efeito de familiaridade que aproxima o leitor, mas é sobretudo a construção da identificação com a planície que inventa uma moldura identitária ao próprio leitor, mas de uma identidade colectiva, que é tipicamente pedagógica, porque nela são apagados os destinos e as diferenças individuais.

Poetry participa ainda de forma relevante na invenção da cultura popular; por exemplo, através da divulgação de poesia que versa aspectos do quotidiano familiares ao público, quer através de personagens reais, quer de tipos do imaginário nacional, quer ainda na construção do folclore (editorial "The Seven Arts", *Poetry*, 9.4, 1917: 215). Exemplificando o primeiro caso, encontramos "Annie Shore and Johnnie Doon", de Patrick Orr (*Poetry*, 5.4, 1915: 160), premiado por *Poetry,* que se empenha na construção poética de tipos locais, fazendo uso de um discurso coloquial, que aproxima o próprio poema da canção, o qual podia ser, também pela temática, uma balada *country*. Já a vice-directora, Alice C. Henderson, apela à descoberta do legado popular nacional, a que se irá, de facto, proceder, quer através da recolha de mitos indígenas, como o de Pocahontas, quer da renovação de mitos nacionais, como o do *cowboy*, ou ainda da invenção de uma tradição literária popular nacional através da apropriação de formas tradicionais trazidas pelos colonos. É o caso dos jogos tradicionais do século XVII, levados para a América pelos pioneiros e, entretanto, desaparecidos em Inglaterra (assim alegam os teóricos de *Poetry*), que se pretende venham a ser reencontrados, ou refeitos, através da poesia dramatizada do poeta Vachel Lindsay. Assim são apresentados os seus "jogos de poemas", no número 89 (1916), alegadamente criados a partir de recolhas entre as populações das montanhas da

Carolina e do Tennessee, que Lindsay pretende fazer entroncar na tradição de folclore e das danças tradicionais.[16]

Já o mito do *cowboy*, oriundo da cultura mexicana, ganha forma poética autorizada com a publicação da balada "High Chin Bob" (*Poetry*, 10.5, 1917: 225-227), assinalada logo no número seguinte como *folk-song* em processo (*Poetry*, 10.6, 1917: 320), já que as canções dos *cowboys* são consideradas o tipo de poesia popular americana (WASP) mais original, ligada à terra e à realidade do continente ("Cowboy Songs and Ballads", *Poetry*, 10.5, 1917: 256). Eric Hobsbawm, ao reflectir sobre a invenção das tradições, refere precisamente o mito norte-americano do *cowboy*, que remonta à última década do século passado, como modelo de apropriação e de apagamento da origem. A realidade do *cowboy*, escreve Hobsbawm, é, na verdade, a do gaúcho mexicano, mas essa origem cultural foi completamente apagada, assim como a denominação primeira (Hobsbawm, 1990b: 195). Alice Corbin Henderson lamenta, por outro lado, a falta de material poético dos pastores, outra figura do Oeste, mas, ao aperceber-se de que estes eram mexicanos (logo, as baladas seriam em espanhol), apressa-se a planear a sua apropriação através de traduções: "Seria interessante ter as canções deles transcritas e traduzidas como mais um contributo para o fundo nacional de poesia popular" ("Cowboy Songs and Ballads", *Poetry*, 10.5, 1917: 259).[17]

Este momento ilustra bem a apropriação linguística e cultural que acompanhou a expansão territorial dos EUA, neste caso em consequência da guerra com o México (1846-1848), a qual expande a nação às terras do Novo México, Colorado, Texas e Califórnia, numa sede de território que se prolongará até ao início do século XX, através da apropriação de possessões coloniais espanholas, como Cuba e as Filipinas. A colonização espanhola é claramente substituída pela colonização norte-americana, ainda que esta tenha permanentemente ao seu dispor uma retórica de missão salvadora que encobre a sua própria ganância. *Poetry* não deixa de constituir um espaço de consolidação do novo enquadramento destes territórios recentemente conquistados, mormente através da incorporação na língua inglesa de

[16] Atente-se ainda na apropriação das lendas e baladas das montanhas do Kentucky, oriundas da Escócia e entretanto perdidas, que se alega terem sobrevivido no seu estado puro naquelas regiões remotas dos EUA ("Reflected Folk-Lore", *Poetry*, 12.1, 1918: 46).

[17] O termo usado é poesia *folk*, no sentido de poesia das classes populares.

vocabulário castelhano (os *pueblo* e *arroyos*, os *pecos*, os *corrals*, os *taos* e a *mesa*), como o faz também do índio, reclamando o reflexo na língua de uma especificidade do continente americano que supostamente denota a diferença cultural dos EUA. Essa incorporação encontra-se, por exemplo, nos poemas do Arizona, de John Gould Fletcher, em "Pedro Montoya of Arroyo Hondo", de Alice Corbin Henderson (*Poetry*, 11.2, 1917: 86-87), ou "On the Great Plateau", de Edith Wyatt (*Poetry*, 5.4, 1915: 157-159). Mas nesta consubstanciação da sua individualidade linguística através da incorporação no inglês de palavras que descrevem realidades conquistadas às nações vizinhas, a nação americana pratica afinal o mesmo exercício de subjugação do Outro de que procura libertar-se, forjando uma unidade multiculturalista a partir de evidentes diferenças de grupos oprimidos no seio da sociedade.[18] O multiculturalismo resulta numa simples resolução harmónica da diferença racial, étnica e cultural dentro da diversidade dos EUA. Na opção por uma construção deste tipo não deixa de estar implícita a rejeição do seu reverso: o da possibilidade da convivência da diferença. Em *Poetry*, a ideia da multiplicidade cultural é esboçada em finais de 1915, quando Corbin Henderson descreve essa especificidade americana como um *melting-pot*, um cadinho onde se fundem as diferenças culturais e étnicas dos vários grupos que compunham a sociedade norte-americana ("Japanese Poetry", *Poetry*, 7.2, 1915: 95). Mas a teorização mais clara no sentido da definição da identidade nacional baseada, por um lado, na pluralidade cultural e, por outro, na recusa da herança europeia, é concomitante com o envolvimento dos EUA na Primeira Grande Guerra, evento ao qual a revista

[18] Note-se como, aparentemente, *Poetry* tenta a aproximação aos países da América Central, por uma questão de comunhão de passado colonial, publicando poemas de tendência panamericanista, que, todavia, não é necessariamente partilhada por esses países, os quais na verdade se sentiam cada vez mais uma periferia dos EUA. A divulgação desta poesia em *Poetry* (como as traduções de poetas peruanos e o artigo sobre José Santos Chocano, 11.5, 1918: 260-264, ou "My Nicaragua", 11.2, 1917: 77-79, de Salomón de la Selva) coincide com uma aproximação política e económica que os EUA já tinham em curso, inaugurada com a doutrina de Monroe. *Poetry* dá igualmente voz a estados ainda oprimidos colonialmente (veja-se, como exemplos, os números 6.3, 1915: 107-112; 7.1, 1915: 25-29; 10.4, 1917: 205-210; ou 12.5, 1918: 233-239). Entre muitos outros, *Poetry* publica ainda poemas da Irlanda e recensões, poesia original (em inglês) e traduções da Índia (Rabindranath Tagore é publicado pela primeira vez em inglês nesta revista).

também não fica indiferente, e prende-se naturalmente com a necessidade de cimentar o consenso em relação ao envolvimento na guerra.

Em conformidade com a recusa da identidade europeia, a multiplicidade cultural é o garante da originalidade da nação, isto é, da sua definição como Outro, na medida em que permite a apresentação da cultura nacional como essencialmente distinta das culturas europeias apresentadas tradicionalmente como etnias homogéneas. Este posicionamento de fora do Eu ocidental, e especialmente britânico, demonstra exactamente o quanto o esforço de definição do povo norte-americano em termos rácicos, e até racistas, está ainda entrelaçado com a libertação da nação dos últimos laços coloniais. A construção da diferença – todavia *branca* – presente no poema de Lindsay "Our Mother Pocahontas", que apresentarei de seguida, toma forma no editorial de Alice Corbin Henderson onde se defende a libertação da herança anglo-saxónica e a identificação com as culturas indígenas (*Poetry*, 10.6, 1917: 172), mas rejeitando sempre qualquer laço ou afinidade com a cultura negra. Essa intenção nativista depara, todavia, com barreiras, a partir do momento em que há uma crença profunda em diferenças biológicas, como o prova o recurso frequente à noção de raça, nos textos das duas intelectuais de *Poetry*.

O esforço de concepção de uma sociedade multicultural apresenta-nos, porém, não só uma nação que rasga laços coloniais, mas sobretudo uma potência emergente que necessita de validar a sua diferença, mas seleciona minuciosamente os termos da diferença. Outra metáfora usada amiúde nas páginas da revista é a do mundo em miniatura: "Neste país, povoado por todas as raças da terra, temos a maior oportunidade de simpatia internacional alguma vez oferecida a uma nação poderosa", reclama Monroe ("Christmas Indeed", *Poetry*, 13.3, 1918: 147), o que, começando pela designação neutra de transnacionalismo, terá de ser denunciado como imperialismo.[19]

[19] A influência da poesia oriental na revista reflecte-se tanto a nível da concretização dos preceitos teóricos imagistas de simplicidade, precisão e imediatismo. *Poetry* reclama a primazia na apresentação de traduções da poesia chinesa como modelo programático (*Poetry*, 11.5, 1918: 271), como a nível de influência sobre os poetas americanos: veja-se os poemas de *Lustra*, de Ezra Pound (*Poetry*, 3.2, 1913: 56-58), "Lacquer Prints", de Amy Lowell (*Poetry*, 9.6, 1917: 302-307) e "Profiles from China", de Eunice Tietjens (*Poetry*, 9.3, 1916: 117-121). O interesse pela poesia oriental reflecte uma atitude geral de aproximação

A invenção da continuidade histórica (a pedagogia) através da poesia – a que a própria Monroe atribui a função de "recriação da raça" (*Poetry*, 10.5, 1917: 263) –, fica patente na construção explícita do mito literário e cultural com base no poema "Our Mother Pocahontas", de Vachel Lindsay (*Poetry*, 10.4, 1917: 169-172). É a partir da personagem índia recapturada no poema de Lindsay que Harriet Monroe reinventa para os EUA um mito fundador: "Pocahontas é elevada a um estatuto épico e à fonte e símbolo do nosso amor pela natureza" ("Still Alive", *Poetry*, 11.4, 1918: 216). Monroe pretende assim fundar no laço do índio com a natureza a pretensa relação do americano com o novo mundo, um "amor à natureza", onde, todavia, o sangue do negro não havia de entrar. Vachel Lindsay fazia parte do quinteto de poetas nacionais – "poetas americanos" – que *Poetry* elegeu, juntamente com Robert Frost, Carl Sandburg, Edgar Lee Masters e Sherwood Anderson, e Monroe gabava-lhe, antes de mais, a graciosidade e melodia dos poemas, de que este é um exemplo, com a sua infalível rima emparelhada. Ao ler "Our Mother Pocahontas", não deve escapar-nos a dedicatória que rege este grupo de poemas: "For America at War", pois a guerra acelera a necessidade de diferenciação entre o novo e o velho mundos, que o mesmo é dizer, entre a velha e a nova ordem geopolítica que o conflito prometia redefinir. É a guerra que dá novo ânimo ao nativismo que *Poetry* vinha construindo, estimulando igualmente poemas abertamente patrióticos, como a ode "América", de Harriet Monroe (*Poetry*, 13.3, 1918: 133-135). O poema canta a maturidade da nação americana, findo o ritual de iniciação que foi a sua entrada na guerra (em Junho de 1917) e, através de metáforas do multiculturismo, cristaliza a nação como um todo, ao mesmo tempo que sugere o derrame da nacionalidade como uma bênção.[20] Numa altura em que os poderes do velho continente envolvidos na guerra estão desacreditados e exaustos e a

a Oriente, de que faz parte o crescimento dos interesses económicos dos EUA nessa zona do globo, que veio a culminar na instituição da política de "Porta Aberta", em 1899. Foi essa mesma atitude que justificou a anexação do Hawai e das Filipinas em 1898, pontos estratégicos a caminho de um Oriente que o canal do Panamá tornava mais próximo.

[20] Comparando esta ode de Monroe a um poema homónimo de Alice C. Henderson de 1912 (*Poetry*, 1.3, 1912: 81), emerge nitidamente, entre a timidez de um (no primeiro, mal soava o eco de Whitman, "*Oiço a América a cantar*"), e a arrogância estampada nas hipérboles do segundo: "O meu país ergueu-se alto, à altura do mundo", a evolução da posição político-económica dos EUA.

Europa está mais decrépita do que nunca, a nação norte-americana emerge como a grande salvadora, imaculada e cheia de vida, por contraste. É tempo, pois, de afirmar a diferença, daí que Lindsay eleve a herança de Pocahontas e não a de Rolfe:

> John Rolfe não é o nosso antepassado –
> Nós erguemo-nos da alma dela
> Que ficou na maravilhosa terra nativa
> [...]
> A nossa mãe, Pocahontas

O gesto sugere a renúncia a toda a herança ocidental, desde o sangue saxão, ao orgulho teutónico, os alardes noruegueses e eslavos, os sonhos italianos e os feudos celtas.

Este poema antecipa justamente dois momentos políticos cruciais de construção de uma identidade étnica norte-americana que coroaria defesas nativistas como justamente as que observamos em *Poetry*. Em 1924, são promulgadas a Lei da Imigração e a Lei da Cidadania Índia; enquanto o primeiro restringe brutalmente a imigração europeia (e asiática) e passa a seleccioná-la em função da ancestralidade dos imigrantes europeus entretanto já tornados americanos, o segundo funciona como o reconhecimento político do nativo, pretendendo ser uma negociação de igualdade que, no entanto, não revelará tanto o mesmo grau de participação efectiva do índio na nação, como o desejo de elevação da nacionalidade norte-americana ao mesmo grau de nativismo do índio. As duas leis são a expressão clara de uma mera manobra política que revela, por um lado, uma recusa e, por outro, um desejo de assimilação que nada tinha a ver com a realidade, porque os índios na verdade recusavam a cidadania conforme entendida pelo poder político (Michaels, 1995: 30-31).

Para Monroe e Henderson, *Poetry* encena, nas suas páginas, uma aproximação legítima ao índio que dá a nota de autenticidade à identidade multicultural da nação. Essa aproximação à cultura nativa é feita através da publicação das traduções e "interpretações", designação dada aos poemas escritos por americanos não índios acerca da realidade nativa ou imitando a poesia índia, que têm a sua origem no contacto prolongado com as tribos e na empatia com temáticas e formas da poesia índia. Este é mais um dos processos ilustrativos da estratégia de apropriação que marca toda a presença WASP no continente, na medida em que os grupos étnicos indígenas são privados de voz própria. O facto de não haver poemas assinados por índios e de a questão da importância do ponto de vista nunca chegar a ser consciente (está totalmente ausente da discussão crítica que o assunto desencadeia), revela a centralidade da experiência WASP no continente como o fulcro do discurso pedagógico de *Poetry.* De resto, a temática índia é importante, na medida em que a ligação intrínseca à terra informa precisamente o sentimento de pertença e enraizamento que se quer reforçar entre a comunidade leitora. Ao mesmo tempo que a poesia cativa pelo seu carácter ritualista e enquanto expressão *comunitária,* também comemora e *cria*, tendo assim bastantes semelhanças com a função poiética da poesia como Monroe a entende. Já a nível formal, os chamados "poemas índios" parecem casar na perfeição com as teorias imagistas importadas da Europa, ou seja, fornecem uma escola 'espontânea', entranhada no solo americano e, no entanto, com muitas afinidades com o imagismo modernista. Isto mesmo sugere Carl Sandburg, com algum humor: "Definitivamente, cresce a suspeita de que o Homem Vermelho e os seus filhos cometeram plágio directo dos imagistas e vorticistas modernos" ("Aboriginal Number", *Poetry*, 9.5, 1917: 255). Depois do encontro colonial reconhecidamente desastroso, em solo americano, com o Outro, este momento de encontro com *a literatura* do Outro não se coíbe de repetir a exploração e a aniquilação da diferença.

Constance Lindsay Skinner, como autora das primeiras "interpretações" de poemas índios que surgem em *Poetry*, dá resposta aos apelos nativistas da revista. Os seus poemas "Songs of the Coast-Dwellers" (*Poetry*, 5.1, 1914: 1-19) não só são agraciados com o segundo prémio no terceiro concurso de *Poetry* (*Poetry*, 7.2, 1915: 103), como vêm a ter seguidores. Este grupo de poemas constitui por certo o melhor exemplo da apropriação de que falei acima, pela estranheza latente em relação à realidade do índio e, em consequência disso, a forma como esta é forçada a encaixar dentro de parâmetros ocidentais que assim a adulteram, além de ser demasiado explicativa, o que não é próprio da poesia índia.[21] A composição destes poemas como mescla

[21] Como o demonstrará uma leitura atenta de poesia índia como a publicada, por exemplo, em Lauter (1994: 70-96).

consciente da matéria-prima temática índia e da cosmovisão ocidental mais refinada fica clara nas palavras de um poeta que adere ao movimento "nativista", Lew R. Sarett, que descreve o processo sobretudo em termos de adaptação, ao confessar que a sua preocupação com a honestidade e o realismo não o coibiram porém de "elevar" os versos aqui e ali, de modo a evitar os lugares comuns (*Poetry*, 13.2, 1918: 106-107). O efeito deste processo é óbvio nos poemas de Skinner "The Conqueror of Women" (*Poetry*, 5.1, 1914: 3-5) e "Song of the Young Mother" (*ibidem*: 12-16), que mais não são do que descrições de tipos e rituais, com o recurso à apresentação na primeira pessoa, pretensão primeira de dar voz ao próprio índio, mas apenas com intuitos de verosimilhança e fidelidade ao original, pois acaba por revelar todo o artifício poético ao expor as camadas de interpretação exteriores à cultura índia. No primeiro poema, é absurdo ver um índio retractar-se como "o Dandy", ou definir as mulheres com um estereótipo por demais familiar à cultura ocidental – "rouba-maridos". Já em "Song of the Young Mother", a jovem mãe índia é usada para questionar a experiência ocidental, quando se lê "Uma vez, perguntei ao meu pai – parecia tão estranho / Uma donzela não arranjar problemas para sua própria desgraça. / Ele riu-se e disse: 'É o nosso costume; sim, um velho costume –'" não será tanto uma mulher índia que fala, como uma mulher branca que expõe o sofrimento silencioso das mulheres vergadas ao peso da tradição, independentemente da cultura em que se situem, já que o núcleo deste poema é a maternidade. É uma representação que não se afasta muito das que surgem na poesia de origem WASP, como, por exemplo, em "The Housemother", de Karle Wilson Baker (*Poetry*, 7.2, 1915: 78).

Por contraste com a apropriação da poesia índia, a relação de *Poetry* com a poesia negra é emblemática do processo de rejeição que as construções culturais regra geral também envolvem, revelando a conflituosidade que Homi Bhabha aponta como inerente à vivência de qualquer cultura em si (Bhabha, 1990: 5). O contributo da poesia negra é dispensado, ao contrário do que o anúncio acerca da nova poesia norte-americana que Harriet Monroe deixa na revista londrina *The Poetry Review* poderia fazer esperar, mostrando como a diferença era exibida, em certas circunstâncias, mas depois, *in loco*, a mescla cultural em forja se assemelhava muito mais a uma cópia da identidade europeia contestada, mas segura (*The Poetry Review*,

1.10, 1912: 469). Em todos os números de *Poetry* entre 1912 e 1919, são raríssimos os poemas de autores negros. Uma das excepções é a publicação da série "Three Negro Spirituals", de Fenton Johnson (*Poetry*, 12.3, 1918: 136-137), que reflectem a herança negra cuja incorporação na cultura norte-americana foi talvez menos problemática, a música. Esta invisibilidade de um grupo tão significativo na sociedade americana reflecte a construção de um cânone poético claramente racista, que geralmente limitava aos brancos o direito à representação da experiência no continente americano.

Alice C. Henderson, por exemplo, revelava esse esforço de homogeneização da cultura branca, ao encaminhar os poetas negros para a construção de uma tradição própria, afastando a possibilidade de uma experiência comum, e assim acentuando a superioridade da cultura branca – afinal, o *modelo* a partir de cuja aproximação ou afastamento se media a autenticidade da experiência e sensibilidade negras: "Assim que o negro se torne educado, vai começar a ter pensamentos de branco, ou a tentar [...] [S]e a sua arte chegar a valer alguma coisa, ele tem de tentar dar expressão àquilo que é essencialmente seu" ("Poetry of the American Negro", *Poetry*, 10.3, 1917: 158). Numa sociedade em que a hegemonia cultural era branca, a directiva de Henderson implica, inevitável ou pelo menos tendencialmente, o isolamento e a alienação da comunidade de origem africana, revelando como a identidade cultural aqui em construção era traçada em termos raciais. Henderson *quer* uma sensibilidade artística distintamente negra, se possível com laivos de folclore, por isso remete o poeta negro para a exploração das fontes da cultura negra, do folclore à música, bem como para a invenção de uma linguagem distinta da do branco: "ele deve inventar um novo idioma baseado no discurso característico da sua gente". É ao uso do dialecto que Henderson quer confinar os poetas negros: "Normalmente, quando o poeta negro dispensa o dialecto a favor do Inglês, a sua língua torna-se pálida e académica e o seu pensamento, mais uma vez, não é seu de verdade, mas a diluição fraca de um qualquer modelo europeu dissolvido" (*ibidem*), enclausurando a sua poesia naquilo a que o próprio Dunbar (1952: 309) chamou "Um tilintar numa língua avariada". Obviamente que esta limitação linguística afastaria os artistas negros do apelo universal ambicionado para a poesia norte-americana e, consequentemente, excluiria a comunidade da identidade nacional projectada além fronteiras.

Em 1914, em "Too Far from Paris" (*Poetry*, 4.3, 1914: 105-111), Alice Corbin Henderson deixava claramente transparecer as teorias racistas que presidiam às políticas estéticas e culturais de *Poetry*, ao esclarecer que a experiência individual que se pretendia representativa da nação era branca, independentemente da mescla cultural:

> Tudo o que devemos ao solo nativo em si mesmo é índio ou negro e este último – não se sabe ao certo quanto – é de origem africana. Estes [materiais], embora muito interessantes, não nos pertencem em qualquer sentido racial. São exóticos e qualquer tentativa de ser nacional através do uso deste material levanta justamente essa questão.

Contudo, à política cultural da revista não causa repúdio a imitação branca dos modelos negros, num alargamento do espaço de interpretação para a criatividade do branco que é paralelo ao estreitamento do campo de experiência do negro. Enquanto o negro é restringido ao folclore e ao dialecto, *Poetry* passa a premiar poesia como a de Vachel Lindsay, de inspiração declaradamente afro-americana, como é o caso do poema "The Booker Washington Trilogy" (*Poetry*, 8.3, 1916: 109-121), que imita espirituais negros. O mesmo se aplica ao também elogiado "Congo" (este não publicado em *Poetry*), aos quais Monroe louva, nas páginas da revista, a "simplicidade primitiva" própria de culturas menos sofisticadas. A selecção de poemas de inspiração negra na tradição considerada nacional, norte-americana, no momento em que o cânone os acolhe, é devidamente acompanhada por uma cartilha do próprio Lindsay (*ibidem*: 146-148), na qual sobressai uma observação a respeito da construção deste tipo de poemas, que denota o quanto as elites culturais dominantes ainda estavam enredadas em estereótipos negativos acerca da cultura afro-americana: "Tentei deixar de fora do enredo a estupidez, pois já não é essencial quando se tenta criar trabalhos tropicais ou puramente afro-americanos".

Vemos como, na esteira de Walt Whitman, o poeta branco se arroga o direito de cantar no lugar do índio e do negro, e, sobretudo, de passar a subscrever técnicas e formas de expressão do Outro destinadas a enriquecer a tradição branca. O gesto é perfeitamente complementado com atestados de infantilidade como o de Alice C. Henderson já referido, os quais, enclausurando o negro na sua tradição se não inventada pelo menos impedida de colher influências exteriores, garantem uma fonte permanente de autenticidade para imitação dos artistas brancos. A tradição ocidental constrói assim não apenas o caudal maior, mas os afluentes, que devem permanecer em subalternidade. Vozes negras que ousassem desafiar estes preceitos eram extremamente maltratadas e desacreditadas, como era o caso do director da revista literária *The Boston Transcript*, William Stanley Braithwaite. Também escritor e poeta, Braithwaite nunca escondeu a sua rejeição da ideia de uma escrita exclusivamente de negros, sendo talvez por este tipo de divergências que excluía sistematicamente *Poetry* das antologias anuais de poesia norte-americana que fez publicar entre 1913 e 1929. Braithwaite era severamente castigado pela ousadia dessas omissões da revista-centro, por exemplo na correspondência entre Pound e Alice C. Henderson, onde era amiúde referido em termos racistas, sendo os epítetos ofensivos ao ponto de Pound pedir a Henderson que destruísse as cartas depois de as ler.[22]

A identidade sexual, ou o género, é outra arena de poder na revista. Além da liderança feminina, *Poetry* empenha-se na divulgação de poesia de mulheres, a par de artigos críticos e de opinião também de autoria feminina, onde sobressai a colaboração de Amy Lowell e Eunice Tietjens. Muito embora Harriet Monroe dificilmente possa ser considerada uma feminista (título que se aplica de direito às directoras de *The Little Review*), é inegável a sua sensibilidade para com a ausência de autoras mulheres no panorama cultural da época e a sua intenção de dar voz a esse grupo. *Poetry* vem, de

[22] É particularmente reveladora a carta que Pound escreve a Henderson, a 16 de Janeiro de 1913, em linguagem profundamente insultuosa, com recurso a termos derrogatórios típicos da cultura racista dos EUA, como *coon* (sem tradução em português), demonstrando Pound plena consciência do quão odiosa é a linguagem que usa, ao pedir a Henderson que destrua a página onde escreve estas palavras "Lamento <saber que> o Braithwaite é preto [sic]. Dei-me ao trabalho de lhe mostrar mais desprezo do que alguma vez pensei mostrar a alguém se não a um homem da mesma raça [...] Um *coon* de Boston!! Isso explica muita coisa. Ainda assim, o tipo de inteligência dele é bastante difícil de distinguir do da maioria dos seus camaradas de cara pálida. Pobre coitado! Por favor, destrói <esta> última folha" (p. 15). A partir de certa altura, Braithwaite passa mesmo a ser referido entre Pound e Henderson simplesmente como "o negro da rua Beackon" (Cartas de 23 de Janeiro de 1917, de Pound a Henderson e de 17 de Fevereiro de 1917, de Henderson a Pound), *in* Nadel (1993: 181, 190).

facto, a cumprir as intenções que Monroe declarara à revista londrina *The Poetry Review*, no editorial "Modern American Poetry", acerca da necessidade de divulgação da visão poética de mulheres (*The Poetry Review*, 1.10, 1912: 472). Com a entrada dos EUA na guerra, porém, e dado o reforço do discurso nacionalista, torna-se clara a ênfase no binómio sexista de acção e passividade, que vem minar a orientação inicial da revista. Nesta altura, são as vozes masculinas que cantam a força e repetem imagens de estabilidade que combinam melhor com a retórica nacionalista de Monroe. Neste aspecto, a retórica da revista, e a prioridade dada ao tema da maternidade, confirma a instrumentalidade do género na construção da nação, como defende Nira Yuval Davis (1997), quando assinala que as mulheres tendem a ser reduzidas a meros veículos da reprodução, no discurso pedagógico, um estereótipo que se alimenta também de outras representações tradicionais da terra como mãe e da mulher como próxima da natureza, agregando ambas as facetas de disponibilidade total, passividade e silêncio.

Um dos poemas de apresentação da revista, em Outubro de 1912, é "I Am the Woman", de William Vaughan Moody e anuncia já as tendências diversas que marcarão a poesia da autoria de mulheres e sobre mulheres nesta revista. Para começar, é um poema que, embora de índole progressista, é escrito por um homem, numa apropriação da voz feminina que encena um gesto típico dos poetas modernistas: na sua pretensão de serem o todo, a síntese, engolem a voz feminina, silenciando as mulheres, enquanto simultaneamente se desresponsabilizam por isso, sob pretexto de as representarem. Este poema indicia também a inversão que assinalei quanto à posição das mulheres, que se nota ao longo do percurso de *Poetry*, que passa de "arca da Lei e sua transgressora", a "arca da Lei e o braço sagrado que a sustenta", o que também explicará que a esmagadora maioria de poemas sobre o amor que surgem em *Poetry* não seja interrogativa e antes reforce características tradicionalmente consideradas femininas, de que "Eros Turannos" (*Poetry*, 3.6, 1914: 206-207), de Edwin Arlington Robinson, é um exemplo. No entanto, é o poema "Canticle of the Race", de Edgar Lee Masters (*Poetry*, 11.1, 1917: 1-5), que, na época áurea do nacionalismo, vem confirmar a divisão clara de papéis masculinos e femininos, logo na divisão em secções do próprio poema: "Song of Men" e "Song of Women". Correndo ambos em paralelo na exaltação da beleza física masculina e feminina, cada uma é porém representada por uma metáfora diferente, associada a um binómio carregado de significado – "força" e "carne". Não podemos deixar de apreciar também a redescoberta do corpo conforme foi assumida e representada por movimentos sociais e artísticos no início deste século, cuja filosofia funcionava no sentido de complementar o discurso nacionalista para redefinir a sexualidade num contexto de respeitabilidade essencial à estabilidade da nação (Mosse, 1985: 52-53, 64-65). Nas representações da sexualidade apresentadas no poema, deparamos precisamente com o culto da luz e da natureza que constituíam o ambiente de pureza onde crescia uma sexualidade saudável, destinada a assegurar a salubridade da própria nação (a sua reprodução). É nesta ideia que assenta toda a representação da força física do homem contra a passividade e imutabilidade das mulheres: "E uma coisa não feita é a carne da mulher", que é uma chama acesa, mas sempre controlada: "Uma chama que descansa; / É uma chama que nenhum vento faz voltar-se, / Uma chama que persegue". A imagem de imobilidade faz sobressair o dinamismo do homem, presente desde o início no movimento dos corpos viris e perfeitos, a cuja representação também não será alheio aquele momento histórico preciso de exportação da juventude norte-americana para as frentes de combate na Europa. A primeira secção, onde soam, aliás, ecos do poema "Sunday Morning", de Wallace Stevens, constitui o fulcro do poema, apresentando o homem como o garante da raça.[23] Por isso, a exaltação da beleza do corpo masculino e a exibição da força física explicam a conquista – da mulher, como da terra: "A força do homem é para criar / a carne da mulher". Na secção "Song of the Women", a beleza física da mulher já não evoca, no entanto, significados associados à acção ou à construção, mas tão somente se cristaliza numa imagem carnal que existe só enquanto objecto de desejo masculino, um desejo que é metáfora da conquista da própria terra: "A carne da mulher é solo, mas a Primavera / É o prazer do homem".

Nos seis primeiros anos de *Poetry*, apenas dois poemas são desafiadores do discurso estabelecido: "The Forsaken" (*Poetry*, 4.1, 1914: 9-11), de Amy Lowell e "Cross Patch" (*Poetry*, 8.1, 1916: 23-31), de Horace Holley, que

---

[23] Cf. Secção VII do poema "Sunday Morning" de Wallace Stevens, também publicado em *Poetry* (7.2, 1915: 81-83).

exploram alternativas às representações do feminino. No primeiro, deparamos com o tema arrojado e ambicioso do aborto, que fica, todavia, por uma sugestão muito velada; por entre uma retórica muito sentimentalista, a hipótese é afastada em função de sentimentos de amor maternal e de fidelidade à memória do pai da criança. Já "Cross Patch" envolve a rejeição da maternidade, justificada em função da liberdade da mulher. A androginia é aqui tocada ao de leve, no drama de uma feminilidade marginal, representada na figura de uma amazona domesticada. Todavia, essa identidade nunca chega a ser plenamente assumida e a imagem final é de uma mulher infeliz, isolada e incompreendida, sugerindo que a liberdade não pode preencher a mulher.

A cedência do espaço feminino ao masculino, neste período do modernismo, como se sugere em *Poetry,* não se explica todavia apenas pelo posicionamento nacionalista da revista. Philip Cohen, ao reflectir acerca da construção de uma identidade política nacional heterossexual, conforme defendida pelas sufragistas no início do século, aponta que a mudança de direcção no sentido da diferenciação dos sexos foi estratégica (1996: 711-716). A luta pela diferenciação era uma forma de imaginar a cumplicidade com os homens, porque as mulheres acreditaram que poderiam desse modo demonstrar, e justificar, a complementaridade das tarefas de cada género e assim valorizar o papel feminino. Daí que não seja de estranhar que a poesia de *Poetry* dê maior ênfase à função exclusivamente feminina da maternidade, através do qual as mulheres retomavam o seu papel tradicional de guardiãs da continuidade da nação. Acaba assim por se revelar, na poesia de *Poetry*, essa atmosfera de harmonia de interesses que concorre para o perfil afirmativo da revista e a sua posição não conflituosa na construção da nação.[24]

[24] Philip Cohen (1996: 711-716) refere que a inversão na atitude feminista foi gerada pela "traição" da 14.ª emenda, a qual, concedendo o direito de voto aos homens negros, causou um ressentimento profundo nas mulheres, acabando por ser duplamente prejudicial para a luta da comunidade negra, ao afastar as sufragistas da luta pelos direitos dos negros. Embora a defesa da diferenciação de papéis venha a ter consequências negativas a longo prazo (acabando por reforçar estereótipos), é bem sucedida naquele momento preciso, pois coloca a mulher ao lado do homem, de acordo com os ideais de partilha do poder, conforme queriam as sufragistas. Cohen explica também como a aliança entre os sexos protege a integridade da nação, ao manter dentro das fronteiras nacionais a identidade sexual, a qual, a par da classe, possui um apelo de identificação fortemente internacional.

A revista de Monroe consegue assim afirmar uma posição claramente nacionalista dentro do esquema modernista e é indiscutível que o seu apelo mais alargado garantiu a apreciação não apenas dos "poetas americanos" mais tratados neste trabalho, mas também de outros, como Wallace Stevens e William Carlos Williams, que iam então despontando e cuja reputação seria mais difícil de estabelecer através de revistas mais especializadas e talvez mais radicais, mas também por isso mesmo mais irregulares e de mais curta duração. Da mesma forma, deve ser salientada a direcção todavia firme de uma mulher, num contexto literário que vingou pela masculinidade e cuja relação com o projecto másculo do modernismo de Ezra Pound pode afinal revelar outro tipo de negociações literárias pouco exploradas pela história literária (Hanscomb e Smyers, 1987; Loeffelholz, 1992; Elliott e Wallace, 1994). Tendo em conta que a identidade de *Poetry*, como orgulhosamente americana e orgulhosamente abrangente, dificilmente foi beliscada pelo sarcasmo antinacionalista de Pound, é impossível não suspeitar que Monroe manobrou muito inteligentemente a influência daquele na sua revista. Ela permitiu a intromissão do jovem e prometedor poeta a quem admirava e respeitava, mas nunca se converteu ao seu credo transnacionalista, nem se envergonhou quando Pound escarneceu do provincianismo da revista, chamando-lhe "gazeta de paróquia", numa carta dirigida a Alice Corbin Henderson, em 1916 (Pound *in* Nadel, 1993: 138).

A adesão ao programa imagista de Pound, a sua divulgação nas páginas de *Poetry*, permitiu a Monroe oferecer ao público um programa que ela própria se mostrava incapaz de conceber, mas que servia mesmo muito bem os preceitos temáticos que vinha delineando, na medida em que a precisão da imagem tornava mais imediatos os quadros poéticos da realidade americana que ela queria ver surgir. O modo como condescendeu em publicar certos poemas satíricos de guerra aberta à sociedade norte-americana, sem contudo deixar de os contrabalançar com outros materiais e de os negar ao longo dos seus próprios poemas e textos teóricos, onde incitava e encorajava sempre a sua América e os seus poetas profetas, não poderá deixar de levantar suspeitas acerca do quanto a filosofia de Pound não terá sido meramente usada para benefício da própria revista, popularizando-a através da polémica.[25] Ademais, Monroe ia publicando a poesia internacional que

[25] Cf. Marek (1995), e também a recensão crítica do estudo de Marek publicada na *Revista Crítica de Ciências Sociais* por Canelo (1997: 201-205).

Pound enviava, mas, salvo excepções como as de Yeats ou Tagore, nunca deixou de dar primazia à produção nacional, assumindo o provincianismo como forma de defesa em relação ao colonialismo, não como um objectivo em si, mas como fase proteccionista temporária, até que a arte nacional atingisse a maturidade e a segurança para ombrear com as suas congéneres internacionais ("Colonialism Again", *Poetry*, 10.2, 1917: 93). De entre os motivos de orgulho ante a empresa da revista, sem dúvida que a resistência à influência "ditatorial" de Pound é um dos que se destacam, como se depreende da comparação que Monroe estabelece entre *Poetry* e *The Little Review*, em 1918, na citação com que iniciei o estudo desta revista, na qual a consciência de uma imaginação nacional em *Poetry* claramente se destaca da *coterie* elitista e "hiperintelectualizada" da revista onde Pound pontuava.

Embora a primeira tentação seja a de contrapor Ezra Pound a Harriet Monroe, como expoentes de duas focalizações, e localizações, opostas da cultura, a do exílio e a do nativismo, talvez seja mais razoável encarar estes dois intelectuais como duas possibilidades da mesma tradição, distintos nos métodos muito mais do que nos objectivos e ansiedades. Para Pound, a questão da rejeição do nacionalismo não pode ser vista em termos de rejeição da nação; na verdade, a sua obsessão com a emergência de uma cultura nacional nos EUA parece não ser menor do que a de Harriet Monroe. A sua expressão é diversa, mas a consciência da nação, por um lado, e a própria identidade nacional, por outro, estão sempre presentes mesmo nos actos mais iconoclastas deste intelectual. Embora Pound seja um defensor do desenraizamento da arte e do artista, a sua atitude na questão do renascimento cultural da América liga-o a diversos aspectos que identificamos com a cultura americana. A sua rebeldia, por exemplo, enquadra-se perfeitamente numa tradição americana de rejeição da tradição que é, afinal, a origem da própria nação como estado indcpendente; também o seu projecto cosmopolita, todas as influências internacionais, da literatura francesa à cultura clássica e ao confucionismo, que ele quer fazer confluir numa nova cultura é comum em sociedades de imigração como os EUA. Finalmente, a própria condição do exilado remete para duas referências essenciais na história norte-americana, os chamados Peregrinos, fundadores da nação e os nómadas exploradores da fronteira que a consolidaram. Pound posiciona-se, aliás, claramente nessa tradição nómada que primeiro construiu a nação e que ele opõe à sociedade sedentária, enterrada no materialismo e no comodismo, que caracteriza os EUA do seu presente e é um dos alvos favoritos das suas sátiras, como é visível em *Patria Mia* (Pound, 1962: 21).

A diferença essencial que separa Pound de Monroe tem a ver com representações diversas do estado da cultura nos EUA. Se, para Monroe, a tradição literária nacional depende de avivar e aprender a valorizar um potencial já formado, para Pound trata-se de construir tudo praticamente do início, o que quer dizer que a maturidade cultural da nação começaria a partir da aplicação dos seus programas didácticos. Para este teórico, mesmo as referências culturais anteriores foram apenas ensaios de poder, ou começos, de que Whitman é, na sua opinião, um excelente exemplo. A relação de Pound com o mito cultural Whitman é avaliada já a partir do exílio, num texto de 1909 intitulado "What I feel about Walt Whitman" (Pound *in* Cookson, 1973: 115-116), e é significativa pelo que revela do seu posicionamento ambíguo em relação à nação de origem, pela forma como considera Whitman o bardo nacional, a fonte da identidade.[26] Tal como Pound recusa a tradição de Whitman no aspecto do conteúdo e da forma, mas acolhe o gesto em si ("A parte vital da minha mensagem, extraída da seiva e fibra da América, é a mesma que a dele"), assim recusa a imagem de atraso, mediocridade e rudeza que lamenta ser aquela que os EUA projectam. No entanto, Pound jamais enjeita a sua nacionalidade (como T. S. Eliot fez, por exemplo), por isso se assume como "um Whitman que aprendeu a vestir colarinho e camisa", mas, ainda assim, "um Whitman". Ou seja, ele é o herdeiro do gesto whitmaniano de engrandecimento e celebração que projecta internacionalmente a nação, simplesmente, não vai seguir a maneira de Whitman; vai reinventá-la.

Nesse retomar da tradição reside outra das diferenças que separam Pound e Monroe. Pound ousa interrogar a definição da nacionalidade americana do eu-cosmos e da nação-universo que Whitman fundou, enquanto Monroe adere às fórmulas sem questionação, fundando nelas, afinal, a própria estratégia abarcadora da sua revista. A proposta de Pound, assumida no poema "A Pact" (*Poetry*, 2.1, 1913: 11-12),

[26] Sobre Whitman como a referência incontornável do modernismo, veja-se: Ramalho, 1990, 1993 e 1995a.

Venho a ti como uma criança crescida
[...]
Sou velho o bastante para fazer amigos.
Foste tu quem rachou a lenha nova,
Agora é tempo de esculpir,

abre, pelo contrário, a possibilidade de diálogo ("Que haja comércio entre nós"), a possibilidade de discussão da concepção whitmaniana de uniformidade da nação e consequente neutralização da diferença, que é tendência das representações nacionalistas totalizantes, a que Pound contrapõe o valor da individualidade. Pound assume-se, aliás, exactamente como o *indivíduo* que Whitman profetizou, impondo-se então a si próprio a tarefa de continuar a demanda de Whitman – "entalhar a madeira" que Whitman cortou –, mas de forma adequada às necessidades de um momento em que o nacionalismo resvala para o provincianismo. Por isso, a parte específica do pacto que cabe a Pound significa dar forma individual, isto é, isolar os casos de excelência que podem prestigiar internacionalmente a nação americana, como passo seguinte à sua popularização além fronteiras, que Whitman já realizara; afinal, também é Pound quem escreve, em carta a Harriet Monroe, em 1912, que "[a] glória de qualquer nação é produzir arte que possa ser exportada sem envergonhar a sua origem" (Pound *in* Paige, 1950: 9). Mas, no essencial da retoma da tarefa de Whitman, Pound coloca-se na sua cultura nacional, que o mesmo é dizer, assume uma raiz ("Temos ambos uma seiva e uma raiz"), mesmo que fisicamente esteja fora dessa cultura.

Em 1917, num dos seus artigos na revista *New Age*, Pound delineia a seguinte definição que seria extensível à representação da nação: "A humanidade é um grupo de indivíduos, não é um *todo* dividido em segmentos ou unidades" (Pound, 1973: 170). Esta contudo não deixa de lembrar um verso do grande bardo nacional: "O compacto americano é inteiramente [formado] por indivíduos" (Whitman *in* Miller, 1959: 249). À sua maneira, Whitman era individualista, por querer representar em si todos os indivíduos; Pound também é um individualista, mas vem acrescentar algumas medidas àquele individualismo desmesurado de Whitman. Pound defende que a diversidade cultural pode evitar o provincianismo e a intolerância que ameaçam o nacionalismo, sendo, por isso, o transnacionalismo o veículo eleito para expressão da individualidade, mas, na verdade, nem este está imune ao mesmo perigo de uniformização (Ramalho, 1993: 109). É de acordo com o princípio da diferenciação individual que Pound faz radicar a sua defesa de uma pedagogia baseada em exemplos de distinção – da obra de indivíduos norte-americanos cuja difusão internacional beneficiará a nação.

A atitude questionadora de Pound no tocante à figura de Whitman repete--se na sua representação da nação: "Temos andado a olhar para os poderes errados. Não olhámos o suficiente para nós próprios. Não definimos a hostilidade ou a inércia que está contra nós" ("The Renaissance II", *Poetry*, 5.6, 1915: 285). Quando Alice Corbin Henderson reclamava a necessidade de olhar a nação com um olhar internacional, referia-se apenas à necessidade de valorizar o nacional com a mesma medida usada na valorização do estrangeiro, mas quando Pound apela a um olhar da nação sobre si própria tem implícita uma necessidade de lucidez que, para ele, implica desvalorização e desconstrução. As sátiras que Pound faz publicar em *Poetry* têm exactamente a função de servir de espelho à nação. É o grupo "Contemporania", logo no número de *Poetry* de Abril de 1913 (2.1, 1913: 1-12), o primeiro momento de concretização poética das crenças teóricas deste intelectual e o grupo mais pródigo em poemas satíricos, cuja aceitação Pound coloca em questão desde o início, ao abrir a série com a pergunta retórica de "Tenzone": "As pessoas irão aceitá-las? / (isto é, estas canções)". A questão retórica não só antecipa a reacção do público, como salienta que aquela arte e aquele artista dispensam uma plateia. A discursividade viva destes poemas, devida à associação às "canções" (como são despretenciosamente apresentados), não deixa de remeter para o tom celebratório de Masters, Sandburg ou Monroe, mas a preferência pelo sarcasmo, em detrimento do "humor generoso e terno" que Monroe preconizava, acusam um tom contrastivo de denúncia, construindo desta forma um retrato paralelo que aponta a outra representação possível da vida cultural nacional, ou a outra nação dentro da nação imaginada por Harriet Monroe. O retrato que Pound ridiculariza é o dos "completamente complacentes / e completamente confortáveis" ("Salutation"), aqueles que vivem uma anemia emocional agravada pela própria arte e com a qual vai contrastar o vigor das "canções"; estas são como uma grande onda de água fria que ousa confrontar todo e qualquer tipo de opressão:

Ide, pequenas e nuas canções insolentes,
Ide de pé leve!
[...]
Ide e dançai sem vergonha!
Ide com um gozo impertinente!
("Salutation the Second", *Poetry*, 2.1, 1913: 7)

Por seu lado, "Pax Saturni" (*Poetry*, 2.1, 1913: 8-10), como a antítese do título indica, denuncia uma tranquilidade obscura, através da qual se expõe uma sociedade apta a aceitar só o elogio de si mesma: "Ó bajuladores suaves, Ide pelo mar, / Ide ao meu país; / Dizei-lhe que é Grandioso entre as nações –". O paradoxo do título alarga-se a todo o poema, posto que as afirmações funcionam pelo avesso, a começar pela auto-apresentação do autor como traidor e cínico. A agressividade e a ironia são sintomas do mal-estar que desmente a paz aparente e é com elas que Pound pretende despertar da inércia aqueles que vivem seguros de absolutos. O próprio recurso às enumerações whitmanianas procura corromper o seu efeito original, se considerarmos que, nos poemas de Pound, elas visam separar ou isolar aspectos da nação, ao invés de pretenderem anexá-los, e por isso desafiam uma visão harmónica da realidade:

Dizei bem das prostitutas amadoras,
Dizei bem dos compradores disfarçados,
Dizei bem dos supervisores de loja
Dizei bem dos empregadores de mulheres.

O que é só ironia em "Pax Saturni" abalança-se a alusão directa em "Comission" (*Poetry*, 2.1, 1913: 10-12), o poema seguinte, que vai expondo os reversos do poema anterior: "Falai contra a opressão inconsciente, / Falai contra a tirania dos parcos de imaginação, / Falai contra as amarras". É um poema cumulativo, onde as construções anafóricas e as enumerações vêm precisar o retrato da burguesia a morrer do seu próprio enfado, que é, afinal, o alvo de todos os poemas deste grupo. O uso de imperativos, "Falai", "Ide", "Sê", formando a base anafórica da maioria dos versos, sugere uma normatividade que chega a ser agressiva e que revela uma grande repugnância por um dado modelo de vida, no que vai a par dos textos de intervenção dos modernistas portugueses Almada Negreiros e Fernando Pessoa/Álvaro de Campos.

A proposta alternativa de Pound (1950: 24-25) a esse marasmo cultural depende então da definição de uma literatura-mundo (*Weltliteratur*) que, ultrapassando a questão da nacionalidade da arte, institua um padrão universal que anule as ideias de tempo e de país, para que assim a literatura possa ser transaccionada sem conflitos, como escreve a Harriet Monroe, em correspondência de 1913. Para este intelectual, o primeiro grande obstáculo para que os EUA possam dar um contributo efectivo para essa literatura-mundo era a descentralização, que resultava no provincianismo. Segundo Pound, esse era o caminho certo para a intolerância, pois o fechamento da cultura em si própria acabaria, em última análise, por arrastar a imposição dos seus próprios moldes a outras culturas (Pound *in* Cookson, 1973: 163). A carência de um centro aglutinador e difusor, que articulasse a vida cultural da nação, era o factor responsável pela inferioridade desta a nível cultural e tanto sintoma como causa da sua periferização: "A América, o meu país, é quase um continente e dificilmente já uma nação, pois nenhuma nação pode ser considerada como tal, em termos históricos, até ter alcançado dentro de si uma cidade à qual todas as estradas conduzam, e da qual emane uma autoridade". É esta a definição de abertura de *Patria Mia*, um livro sobre a situação da América, que Pound escrevera já em 1912.[27] Na sua opinião, são estes centros citadinos que testam a pulsação cultural da nação inteira, num momento posterior de competição entre as cidades. Pound localiza, nessa altura, cidades potenciais, como Nova Iorque, Cincinnati, Chicago, St. Louis e San Francisco, considerando todavia a primeira como a mais capacitada para assumir esse papel de distribuição de novas ideias que renovem a cultura nacional (Pound, 1962: 42). Uma vez conseguida essa dinamização cultural através das cidades, os EUA estarão em condições de receber eles próprios o papel de centro distribuidor, processo inevitável dada a adiantada desautorização de Paris e Londres (Pound *in* Paige, 1950: 170).

Como refere Maria Irene Ramalho (1990: 120), o que distingue basicamente o projecto de intervenção cultural deste intelectual do português

[27] Pound, 1962 [1912]: 9.

Fernando Pessoa é o facto de Pound apostar no investimento económico, enquanto Pessoa cisma no investimento espiritual apenas, o que também confirma como cultura e economia vão a par na afirmação internacional da nação americana. Com efeito, o projecto de constituição destas cidades-centro implicava um detalhado quadro de medidas que envolviam a colaboração financeira do Estado, bem como dos mecenas. Nos seus editoriais de 1915 em *Poetry*, Pound havia já proposto um plano detalhado para a construção do "Renascimento Americano". Nestes textos, Pound apresenta a cidade como o "vortex", cuja acção dinamizadora consiste na atracção das forças culturais das periferias ("The Renaissance II", *Poetry*, 5.6, 1915: 286). A etapa seguinte consiste na competição entre cidades-centro, quer a nível nacional, quer internacional. Nos EUA, essa cidade tem de se autocriar conscientemente como tal, isto é, tem de se inventar, tal como a cultura se constrói artificialmente, ideia que Pound também assinala noutro lugar. Esse crescimento da cidade-centro parte necessariamente da organização de estratégias para a fixação de artistas. É neste processo em particular que o Estado é chamado a intervir, mediante a atribuição de subsídios de subsistência aos artistas e da concessão de benefícios fiscais ("The Renaissance III", *Poetry*, 6.2, 1915: 85-86). Mas, defendendo uma arte desafiadora dos vícios do sedentarismo, Pound prevê também a necessidade de a arte ser subsidiada por um sistema de mecenato alternativo ao do mercado (justamente o caso de *The Little Review*, por oposição a *Poetry*).

Esta ansiedade em relação ao mercado e à cultura de massas atesta a sua demarcação em relação a uma cultura que Pound considerava efeminada, por isso incapaz de fazer renascer a chamada *virtu* – a masculinidade a recuperar para a acreditação das letras. Em preparação da fase posterior de competição internacional entre as cidades-centro, o papel interventivo do Estado exigiria a liberalização das políticas de importação e exportação de livros e o fomento à tradução e à aprendizagem de línguas estrangeiras, de modo a permitir a aproximação e o diálogo entre as culturas ("Things to Be Done", *Poetry*, 9.6, 1917: 312-314). Em carta a Harriet Monroe, de 1914, Pound referia ainda o papel crucial dos artistas na educação ("as artes, incluindo a poesia e a literatura, deviam ser ensinadas por artistas, por artistas praticantes, *não* por professores estéreis") assim como a necessidade de incentivo à articulação das artes (Pound, 1950: 47). A reivindicação destas medidas constituía então a "propaganda consciente" para a formação do pano de fundo cultural que a América tinha de criar se queria ser uma nação competitiva – isto é, exportadora da sua cultura, que o mesmo é dizer, se queria ser uma nação capaz de exercer influência sobre outras. Fernando Pessoa há-de chamar-lhe (ou à sua versão), o "imperialismo de poetas".

A nível da estética, a invenção do imagismo, ou, pelo menos, a sua introdução nos EUA, constituiu o grande contributo de Pound para o projecto de revitalização cultural da nação, sustentando-o um princípio de apelo universal que casava bem com o jogo cultural transnacional que Pound previa. O imagismo é, regra geral, considerado essencialmente como um contributo teórico no caminho para o modernismo, mais do que como uma teoria em si, mas, ao lançar as bases do novo movimento literário, o imagismo foi importante como instrumento libertador dos resquícios coloniais, permitindo ultrapassar a retórica vitoriana e a regularidade métrica e formal que marcavam a menoridade artística dos EUA. Do já citado passo da carta a John Quinn, de 3 de Abril de 1918, se depreende que a purga da expressão instituída pelo imagismo se liga igualmente com a intenção de fazer aparecer uma apreensão da realidade mais concreta (isto é, mais autoconsciente) e potencialmente influente (a epifania que a imagem provoca) (Pound, 1991: 148). Baseada originalmente num conceito de dureza (*hardness*), a forma estática da imagem não satisfaz e virá a ser-lhe acrescentada a vertente da acção, que denuncia a centralidade masculina, na evolução para o "vortex". Simultaneamente, esta viragem na direcção da precisão da imagem lança as bases, por um lado, para a noção do "correlativo objectivo" de T. S. Eliot, que tão influente viria a revelar-se nas concepções de arte contemporâneas, enquanto, por outro lado, cria condições para a aplicação do princípio da impessoalidade, ou despersonalização, na arte, que os dois poetas virão a defender, e que serve na perfeição o ideal da arte transnacionalista, o apelo da universalidade.

A primeira referência de Pound ao imagismo data de Janeiro de 1913, no editorial "Status Rerum", embora já antes disso Richard Aldington, poeta inglês frequentador do grupo de Pound em Londres, tenha sido apresentado como imagista (*Poetry*, 1.2, 1912: 65). Todavia, o programa imagista propriamente dito só surge em Março de 1913, com os manifestos "Imagisme", de F. S. Flint (*Poetry*, 1.6, 1913: 198-200), outro poeta do círculo de Pound em Inglaterra, e "A Few Don'ts by an Imagiste", do próprio Pound (*ibidem*: 200-206). O programa era regido pelo princípio da "precisão", que, aplicado ao tema do poema, defendia "[o] tratamento directo da coisa, seja subjectivo ou objectivo"; à linguagem: "não usar absolutamente qualquer palavra que não contribua para a apresentação"; e ao ritmo: "compor na sequência da frase musical, não de um metrónomo", conforme resumia Flint na sua apresentação do movimento. Do manifesto imagista de Pound sobressai a negatividade, provando como o estado da linguagem da época se definia mais pelo que não devia ser, do que pelo que era. Donde o seu cariz fortemente normativo, a partir do qual Pound insiste na concisão – "Não se deve usar qualquer palavra supérflua, qualquer adjectivo, que não revele alguma coisa" – e desencoraja o recurso à abstracção – "Temei as abstracções"; valoriza o ritmo e o som – a música da poesia –, pois são de uma precisão mais segura que a do significado e, comparando a forma de apresentação do poeta à do cientista, acentua, à maneira de Henry James ("mostrar, não dizer"), que a função do poeta não é descrever ou explicar, mas simplesmente apresentar.

Mas a importância fundamental deste documento advém do facto de nele Pound adiantar a definição daquilo que deve constituir o núcleo do poema, a imagem: "aquilo que apresenta um complexo intelectual e emocional num instante de tempo". Tendo como ideal desse "complexo" de significado o ideograma chinês, a imagem pretende ser um estádio a caminho de um aglomerado mais completo de significação. Como primeiro passo, ela começa então por almejar à união desses dois polos tradicionalmente opostos que são a razão e o sentimento, sendo dessa fusão que resulta a sua capacidade de epifania capaz de romper quaisquer tipos de barreiras nacionais ou linguísticas: "É a apresentação desse 'complexo' instantaneamente que dá o sentimento de libertação repentina; o sentimento de liberdade dos limites do tempo e do espaço; o sentimento de crescimento brusco, que vivenciamos na presença das grandes obras de arte", defende Pound. Contra as generalizações próprias da abstracção, a imagem implica uma individualização do processo de apreensão que acarreta a dificuldade intelectual, assim talhando outro caminho por entre a arte massificada demasiado acessível porque demasiado geral. E, assim, à depuração da linguagem operada pelo imagismo não está só inerente a afirmação de uma linguagem própria que acentua a independência da ex-colónia, mas igualmente uma forte promessa de valorização da autonomia do indivíduo, que (re)constrói ele próprio o poema mediante um estímulo condensado, mas potente. Por outras palavras, a partir da revalorização da imaginação do indivíduo que a poética modernista inaugura, não deixa de ser possível uma remodelação política importante, como Frank Lentricchia indica, "um respeito renovado pelas periferias do indivíduo específico, que é, para Pound, a fundação subatómica do local, o seu valor dentre todos os valores" (1994: 195).

Um dos poemas mais antologiados como representante do imagismo é "In a Station of the Metro", publicado justamente em *Poetry,* em Abril de 1913, no grupo *Contemporania* (*Poetry*, 2.1, 1913: 12), o melhor exemplo de concisão e de disciplina que Pound preconizava. Este poema segue a forma lírica japonesa do *haiku*, composição que prima pela brevidade. É com um mínimo de recursos estilísticos que Pound constrói uma imagem nítida, auxiliada apenas pelo aspecto gráfico que salienta as pausas, a ponto de conseguirmos visualizar não só a imagem original, os rostos na multidão, mas o próprio movimento do seu despontar – através, primeiro, da sinalização gráfica das pausas, e, mais ainda no segundo verso, através do jogo com os sons [ɛ] e [æ], [t] e [b], que marcam o ritmo, como que encenando esses momentos em que cada rosto se vai destacando: "Pétalas num molhado e negro ramo". Pound abdica de quaisquer termos de comparação, de qualquer associação abstracta, e mesmo a adjectivação é mínima e extremamente simples. De resto, é a metáfora depurada das pétalas dispersas sobre o ramo negro que, mediante a simples justaposição à imagem original, consegue o efeito final, que mais não é que o próprio movimento da passagem do estímulo/imagem exterior e objectivo a uma imagem interior e subjectiva. O processo da emoção do contacto inicial dando lugar à intelectualização da associação individual é justamente a arte, segundo Pound. Sem explicações nem informação suplementar, é um poema que exige capacidade de abstracção.

Porém, a invenção do imagismo não se fez sem perdas nem danos. Ao valorizar mais as características de precisão e intelectualização como condições essenciais da nova arte, Pound está a teorizar não precisamente de forma inovadora, mas sim essencialmente *contra* a forma de expressão instituída, a de uma arte jorrando sentimento (que era comum nas páginas de

Poetry). Além de pretender recuperar a imaginação individual, o imagismo surge visceralmente contra uma "cultura feminina" tida como cúmplice da abstracção a desalojar, manobra que explica, em parte, o apagamento que sofre a poesia de mulheres no período modernista, assim como revela uma imposição cultural – que é simultaneamente sexual e social – que garante a sua sobrevivência deliberadamente à custa de outra. O facto de Pound ter aproveitado os primeiros poemas de H. D. em *Poetry* (1.4, 1913: 118-121) para apresentar o produto final do programa imagista, quando este, na verdade, foi construído a partir dos poemas, exibe um momento claro de apropriação do feminino. Por outras palavras, Pound reivindicou para si os louros de uma teorização claramente predadora da arte de uma mulher, o que também explica porque é que a presença desta na história literária do imagismo sempre foi desvalorizada perante a sua.

Os três primeiros anos de *Poetry* são pródigos em poesia imagista, da qual poderíamos isolar também exemplos de Skipwith Cannéll, John Gould Fletcher ou a grande imagista, no entender de Pound, H(ilda). D(oolittle). Esta era também ela uma norte-americana exilada em Londres, e é uma das poucas mulheres cuja poesia Pound encorajou, embora, na realidade, a sua poesia venha a revelar-se como uma faca de dois gumes; é uma poesia despojada mas difícil, sim, como Pound e Eliot advogam, mas, simultaneamente, essa aspereza problematiza categorias que também preocupavam os teóricos modernistas, como a identidade sexual. Curiosamente, talvez H. D. consiga enganar melhor Pound do que Harriet Monroe, que não simpatiza com a sua poesia, dado o "tom gélido" dos seus poemas (*Poetry*, 8.5, 1916: 258). É que a beleza precisa das imagens de H. D. é talhada violentamente por uma natureza longe da benignidade que Monroe lhe aponta. É, por isso, uma beleza que, assim obrigada a sê-lo, é sistematicamente tornada oferenda dolorosa que recusa definições de encantos: "(Poupai-nos ao que é adorável!)" chega a ser uma súplica. Na poesia de H. D., a beleza, que podemos identificar com a natureza e, por arrastamento, com o feminino, é apresentada como um suplício, deste modo subtilmente interrogando a justeza da idealização do feminino instituída.

É essa ambiguidade da beleza que H. D. procura traçar nas imagens de "Hermonax" (*Poetry*, 3.5, 1914: 164-165). Este é um poema que ilustra, antes de mais, o contributo próprio desta poeta na construção de uma tradição literária norte-americana moderna, através do recurso à mitologia clássica, entroncando assim no espírito cosmopolita que Ezra Pound advogava. Mas a poesia de H. D. na verdade joga com os poderes estabelecidos no campo literário, arrogando-se – ainda que com subtileza – a inventar totalmente entidades que só pelo nome se associam à Antiguidade clássica, numa autêntica reinvenção da tradição. Esse movimento em direcção a um sistema de referências familiar tanto contribui para criar um sentimento de intimidade, como acaba por frustrar expectativas e, afinal, dificultar a recepção.

A ambiguidade, que acaba por ser o verdadeiro motor deste poema, é acentuada no recurso a imagens invulgares, como "eixo do mar", ou "deslize do mar", mas a sua presença mais subtil é na construção da própria voz poética. A voz é, aparentemente, identificada (ao contrário da maioria dos poemas imagistas, destinados que são à livre identificação) – "Eu Hermonax" – e, no entanto, o nome não é explícito quanto ao sexo do sujeito poético. Poderia ser um homem, dada a actividade – "Lançador de redes" –, mas o prefixo feminino deixa espaço para a identificação feminina. Embora haja uma sugestão de suavidade, ela é bloqueada pela natureza da oferenda – despojos do mar,

> [uma] criatura que desliza no mar como uma alga,
> Coberta de espuma de sal,
> Arrancada às pequenas elevações
> De pedra.

O sacrifício dessa criatura é descrito ao jeito de algo belo, mas não pode sê-lo, porque os termos evocam violência – "Despedaçada pelas ondas grandes / as ondulas lançaram-na para aqui" –, sendo esta outra das presenças fortes na poesia de H. D. Em "Hermonax", é, pois, um cadáver a oferta aos deuses poderosos, mas a origem do sacrifício é da responsabilidade apenas desses mesmos deuses; a morte daquele estranho ser foi obra da sua crueldade, por isso o gesto, aparentemente de contenção e humildade, tem a sua face paradoxal de desafio: "Assim ao deus do mar / Uma oferenda de naufrágio". O que Hermonax apresenta aos deuses é a beleza da sua anti-criação; a oferenda consiste na explicação do espectáculo da morte, porque, de resto, não foi Hermonax quem sacrificou a criatura em honra dos deuses.

Por isso, embora arrisque ele/ela próprio/a a violência das ondas, não há um gesto real de veneração do poder.

A representação da natureza na poesia de H. D. torna-se deste modo extremamente subversiva da imagem que Monroe queria fazer imperar, ora de desfrute da beleza, ora de conquista e heroísmo humanos sobre a sua rudeza. As imagens naturais de H. D., pelo contrário, salientam toda a arbitrariedade da violência espontânea e desapiedada da natureza. A descrição calma da dor que fica como despojo é, pois, a beleza. Desta forma, a face da natureza revelada na poesia de H. D. é a da sombra; os deuses em "Hermonax" são Ino, o deus das profundezas, onde o verde da natureza é cinzento e frio – "Ino, / Trocando as quentes pastagens / Pelos jejuns verdes, verdes acinzentados / Das grandes profundezas" –, e Palemon, que, embora habitante da luz, é quem comanda a violência dos mares: "O atacante luminoso do eixo do mar". A dupla sombria da natureza destruidora reaparece nos poemas de estreia na revista (*Poetry*, 1.4, 1913: 118-121), nos quais as tradicionais imagens de beleza do nascimento na Primavera são preteridas ante a podridão e a avidez cruel da própria natureza no Verão: o apanhar da pera madura é castigado com o ataque das abelhas e o próprio deus da fertilidade, Príapo, que guarda a beleza das árvores de fruto é, por ironia, mutilado. Por isso, ao invés de receber pedidos de benesses da natureza, Príapo recebe reptos de defesa da sua beleza minada: "Tu, incomparável na falta de beleza / (Filho do deus) / Poupa-nos ao que é adorável". E contudo, como vimos, a poesia de H. D. não deixa de pretender criar imagens de beleza. Essa ambiguidade de raiz nos seus poemas acaba por abrir a possibilidade de vários caminhos, ou várias leituras e interpretações, mas recusa definições absolutas. A pluralidade de escolha pode estar contida na figura de outro poema seu, Hermes,

> O dos três caminhos
> [...]
> Dúbio,
> Fixando três caminhos

que aguarda, na beira-mar, onde as ondas rebentam, mas também se afastam suavemente, num lugar de permanente instabilidade ("Onde as ervas do mar se enleiam com / as ervas da costa").

A poesia de H. D., em geral, aliás, de pouca divulgação em *Poetry,* é, portanto, emblemática de um dos filões de poesia que Pound pretendia fazer publicar na revista de Monroe, o da excelência, que não se curvaria a qualquer necessidade do público e que, naturalmente, entrava em conflito com a exigência de Monroe da poesia com uma mensagem clara e directa. O programa de Pound consiste em colocar a maior quantidade possível de poesia de qualidade à disposição do público, naquilo a que chamou "popularização" (Pound, 1973: 168) – que não será, definitivamente, o mesmo que "populismo" – mesmo que isso implique o apelo a apenas uma minoria. Até porque é, com efeito, uma minoria que ele assume como seu público, nos artigos de *Poetry,* dando a entender que a sua colaboração naquela publicação não o identifica, definitivamente, com a ideia que a rege: "é para a minoria combativa que falo, para a minoria que tem sido, até agora, gradualmente forçada a sair do país" ("The Renaissance II", *Poetry*, 5.6, 1915: 285). A análise de *The Little Review* constituirá certamente um momento mais apropriado para a definição da comunidade leitora conforme imaginada por Pound, mas, por ora, importa considerar uma sua proposta de poesia cosmopolita que foi extremamente mal recebida por Harriet Monroe, "The Love Song of J. Alfred Prufrock",[28] de T. S. Eliot (*Poetry*, 6.3, 1915: 130--135) e cujo estilo influenciou decisivamente a escrita da obra prima de Ezra Pound, *Cantos*.[29]

Harriet Monroe nunca escondeu a sua falta de simpatia pela poesia de Eliot, sendo apenas capaz de reconhecer-lhe não o talento que Pound salientava, mas uma forte negatividade para com a cultura norte-americana. Monroe chegou mesmo a banir Eliot e Pound da identidade nacional conforme a entendia e conforme a sua revista a vinha redefinindo, ao declarar que o exílio os afastara definitivamente das fontes nacionais de identidade, porque o confinamento das cidades lhes minara o sentimento de liberdade dos grandes espaços unicamente norte-americanos ("The Great Renewal", *Poetry*, 12.6, 1918: 324). "Prufrock" afasta-se claramente das narrativas lineares dos poemas de Sandburg, Sherwood Anderson ou Harriet Monroe, dos gestos seguros e decididos de "Eus" heróicos. "Não sou profeta algum

[28] Doravante referido apenas por "Prufrock".

[29] As três primeiras secções deste poema de Pound também foram publicadas na revista de Harriet Monroe (*Poetry*, 10.3, 10.4 e 10.5, 1917), com grande relutância de Monroe.

– e isso não importa" anuncia desde logo o herói adiado de "Prufrock", da mesma forma que se distancia das identificações e localizações claras e fáceis, comuns na poesia de *Poetry*. É um poema que, para Monroe, acaba por constituir uma verdadeira traição à imagem una e fixa do sujeito representativo da nação homogénea e harmónica. Desse conflito emerge o potencial individualizante do poema de Eliot e o seu papel na instalação do alto modernismo como um discurso outro dentro do discurso retórico linear e uniformizante desta revista. Porque, ao contrário da poesia pedagógica elogiada por Monroe, "Prufrock" revela uma realidade dividida, de hesitação, insegurança, dúvida e separação, expostas, antes de mais, através da insuficiência da linguagem, que o perspectivismo complementa.

A percepção constante do olhar do Outro sobre o sujeito poético/Prufrock constrói um diálogo surdo entre a representação que o Outro faz deste Eu e a representação que este faz de si mesmo – como duas realidades irreconciliáveis que a língua não consegue resolver. Por outro lado, o recurso a uma temporalidade de repetição, que resulta no adiamento constante da acção, acentua a ideia de que a identidade não é presença, logo, não pode ser representada, nem controlada. Neste sentido, o poema de Eliot ilustra a metáfora da perspectiva pós-colonial como o olhar solto, onde a diferença constrói o seu poder destabilizador a partir da gestão do reverso que lhe fora atribuído como marca da sua alteridade – a invisibilidade e a carência. Escapando à representação, o sujeito poético circula livremente, podendo atingir as representações centrais sem todavia ser nomeado/representado//dominado. Atentando, em primeiro lugar, no efeito do perspectivismo, é o sujeito poético, Prufrock, quem apresenta tanto as suas próprias impressões, como os olhares e impressões dos outros sobre si próprio. Mas o mais perto que Prufrock chega de definições acerca da sua identidade é, significativamente, através de antidefinições, ou definições por subalternidade:

> Não! Não sou o Príncipe Hamlet, nem devia ser;
> Sou um nobre lacaio, dos que servem
> Para uma viagem de Estado, armar uma cena ou duas,
> Aconselhar o príncipe; sem dúvida, ferramenta fácil,
> Respeitoso, contente por ser útil,
> [...]

Por vezes, na verdade, quase ridículo –
Quase, por vezes, o Bobo.

Prufrock é, pois, o observador e o objecto observado; é aquele que se pergunta: "Devo separar o cabelo para atrás?" depois de reconhecer nos outros o olhar que aponta o seu envelhecimento – ("Vão dizer: 'O cabelo está a ficar ralo' / [...] / 'Mas os braços e as pernas estão tão magros!'") –, de maneira que as comparações que faz ao descrever a realidade exterior acabam por ser reveladoras também da sua própria condição. É ele, e não a noite, "[um] doente anestesiado em cima da mesa"; é ele o indivíduo exposto que sente a definição imposta pelos outros como uma fórmula redutora que o arruma convenientemente, na imagem do próprio Prufrock, pendurando-o numa qualquer parede. Ou, como refere Maud Ellmann (1987: 79), mais ainda do que anestesiado, Prufrock está "[a]lterizado em cima da mesa".

Prufrock desde cedo desmascara a pretensão de definição da sua identidade no gesto dos outros e fá-lo admitindo a máscara ele próprio – "Há-de haver tempo, há-de haver tempo / Para arranjar um rosto que encontra os rostos que encontramos" –, de modo que quem eles vêem não é quem ele é, porque ele *não quer* deixar confundir a sua identidade. No entanto, dadas as referências culturais que o poema retoma, ainda que para as recusar, Shakespeare e Miguel Ângelo, também não seria rigoroso afirmar que Prufrock recusa totalmente a identidade. Podemos antes, por isso, dizer que a identidade deste Eu se aproxima mais de uma identidade liminal, movendo-se, como Homi Bhabha diria, num espaço intersticial entre o objecto que os outros fazem dele e quem ele próprio se constrói; entre o pedagógico e o performativo. Ao recusar a identidade que os outros lhe inventam, Prufrock rejeita, afinal, uma história feita: nem profeta, nem Hamlet; ele é apenas o sujeito em processo. Nesta sua rejeição da uniformização, Prufrock é o avesso do herói linear das pedagogias nacionalistas; exactamente por ser a identidade que ainda não há, sempre adiada ("E como devia começar?" e "Atrever-me-ei?" são perguntas repetidas ao longo do poema), num gesto assumidamente performativo.

Quanto à história amorosa, a camada interpretativa mais óbvia, ela vem a revelar-se como um subterfúgio para a apresentação dessa discursividade dupla que combina com a imagem dupla do sujeito, pois aquilo que é dito é constantemente posto em causa – "Não é nada disso que eu quis dizer; / Não é nada disso", "É impossível dizer o que quero dizer!" – são desabafos recorrentes que acusam a incapacidade de comunicação efectiva da linguagem. O que ele quer dizer nunca sabemos – a linguagem não serve; a realidade está, como o próprio Prufrock, *entre* o que ele quer dizer e o que dizem as palavras que pronuncia. Já em clara oposição à forma fragmentária como ele sente o olhar dos outros, a representação do Outro de quem Prufrock em larga medida procura demarcar-se funciona como um todo, uma identidade uniformizada que se conhece de cor, porque a sua actuação é uniforme e previsível, como se depreende das suas referências em relação ao que o rodeia ("Pois já os conheci a todos, a todos – / Conheci as noites, manhãs, tardes", "E já conheci todos os olhos, todos –", "E já conheci os braços, todos eles –"). Em "The Love Song...", a impotência do sujeito poético confunde-se com a impotência da própria linguagem; amor, a havê-lo, será só o enamoramento pelo jogo intelectual da dúvida, da possibilidade, da reformulação, do ser, do não-ser, do parecer, do querer-ser. Talvez pela própria construção da identidade como Outro.

O gesto amoroso (de entrega, de partilha, de uma certa concessão, portanto, em relação à identificação com o Outro) que é a canção, ou a declaração, de amor e, em particular, o adiamento contínuo da sua consumação, é outra representação da questão sexual: evitar o momento de partilha é abdicar da experiência amorosa, optando antes pela intelectualidade. Como também se manifesta na estética pessoana e nas opções de representação do feminino no modernismo português, como discuto mais adiante, a intelectualidade afirma o erotismo feminino como Outro, uma escolha ligada aos intuitos de seriedade pretendidos para a reabilitação da arte (que assim se protege do sentimentalismo desprestigiante associado ao feminino, à cultura de massas, aos temas banais). A consumação é, portanto, constantemente adiada.

A linguagem concorre para esse efeito de interrupção. Por exemplo, o recurso à ironia pressupõe deixar sempre mais por dizer do que o que realmente diz. Esse adiamento da expressão também afecta o discurso linear de ordenação que seria, normalmente, a descrição ora da figura, ora da acção, sugerindo uma temporalidade fragmentada. As perguntas vagas – "Atrever-me-ei / A perturbar o universo?", "Como devia ousar então?",

"E como devia começar?" – retomam o discurso só para se tornarem um hábito de expectativas constantemente contrariadas. A temporalidade de base do poema materializa-se no andar repetido e fútil das duas mulheres que cruzam a sala: é um presente contínuo, mas vazio, tempo só tempo, que não prevê uma realização concreta e que, além disso, não reconhece o passado nem prevê o futuro, assim entrando em conflito com o ideal de linearidade temporal próprio do discurso pedagógico. Como já referi, esta recusa de uma temporalidade lógica prende-se com a indefinição identitária que é o estatuto reclamado por Prufrock: recusando uma história feita, Prufrock anula a hipótese de um passado; e, considerando que neste poema não há sequer acção nem se sabe o que se busca, também não há futuro. Desta forma, o tempo é um círculo vicioso, em constante recomeço, de acumulação do presente vazio. A única hipótese que Prufrock formula é num tempo que não foi nem será, que só poderia ter sido: "E *teria valido* a pena, afinal" (ênfase minha). Este tempo repetido e desambicioso, que se espoja languidamente no chão, ao lado do sujeito poético ("E a tarde, a noite, dorme tão tranquilamente / [...] / Estendida no chão, aqui ao teu lado e ao meu") não pode senão apresentar-se como uma forte ameaça ao tempo de concretização da poesia pedagógica, a temporalidade tranquilizadora porque cumpre uma missão (não poucas vezes, divina). Um tempo assim de suspensão permanente é aterrador, porque bloqueia a temporalidade cheia de significado que alimenta a sobrevivência da nação; é aquilo a que Bhabha chama o "presente fantasma" (1990: 307), que se torna um intermediário sem limites, pronto a anular as fontes de passado e de futuro. Em "Prufrock", a iniciativa do sujeito enquanto possibilidade de impor um certo andamento ao tempo, porque o interromperia com a sua acção, reduz-se a uma insignificância ridícula, que expõe toda a sua fragilidade: "Atrevo-me a comer um pêssego?". É fácil depreender que estas estratégias constroem um discurso pouco acessível, que assim mesmo se pretende, sendo como é, um discurso de diferença.

Exilado, por assim dizer, uma segunda vez, após a incompreensão da directora de *Poetry*, o projecto de Pound muda de sede. Assim, interessa-nos considerar o envolvimento deste intelectual com *The Little Review*, na medida em que é esta que assume o papel de órgão de uma cultura de elite que *Poetry* recusou. A divulgação de *The Little Review* funcionará então como o suplemento à representação cultural construída e instituída pela revista de Monroe, optando antes por estratégias ora de provocação subtil, ora de confronto declarado. Nos movimentos destas duas publicações acaba então por nos ser dado observar os jogos de poder entre o discurso minoritário e o dominante, performatividade e pedagogia.

CAPÍTULO 3
THE LITTLE REVIEW
A REVOLUÇÃO DA TRADIÇÃO, EDS. MARGARET ANDERSON, JANE HEAP & EZRA POUND

A análise de *The Little Review* interessa, porque, além de constituir uma prova evidente da forma como as políticas literárias e culturais de Ezra Pound se entrelaçavam na sua orquestração cuidadosa das revistas literárias onde colaborava, esta publicação permite observar a existência de um poderoso discurso minoritário anterior à intervenção de Pound. A dinâmica de poder entre a directora Margaret Anderson e Pound, por sua vez, espelham o papel das mulheres na construção do modernismo e o seu contributo no projecto de renovação de uma identidade nacional norte-americana. Mas não é Ezra Pound o único elo de ligação entre esta publicação e a analisada no capítulo anterior. *The Little Review* também tem pontos de contacto com o discurso dominante e os objectivos culturais da revista de Harriet Monroe e Alice C. Henderson, que confirmam a estratégia dupla do discurso identitário modernista, bem como a importância da nação como base de todo o projecto. Poderemos, assim, ser levados a concluir que a ideologia de base de cada uma destas revistas era muito pouco conflituosa, pois ambas na verdade pretendiam apressar, através da cultura, a invenção de uma consciência nacional capaz de cimentar a projecção económica já conseguida; só as estratégias variavam.

No período em análise, podemos distinguir duas fases na actividade de *The Little Review*: de 1914 a 1917, altura em que a direcção da revista é de responsabilidade exclusivamente feminina, e o período de 1917-1918, que corresponde à época áurea da colaboração de Ezra Pound como director estrangeiro (intervenção que vai enfraquecendo depois de 1919, é retomada em 1921 e cessa oficialmente em 1923), cargo que Pound acumula com o de correspondente estrangeiro em *Poetry*. Se, em *The Little Review*, Pound tem a oportunidade de desenvolver o projecto interrompido por Harriet Monroe e também de desafiar o discurso de *Poetry*, importa, por outro lado, observar a identidade da revista de Margaret Anderson antes da intervenção de Pound, porque em vários aspectos ela é ainda mais subversiva do discurso nacionalista do que o transnacionalismo que Pound defende.

A publicação de Margaret Anderson é uma das que aproveitam o desbravamento do caminho operado por *Poetry*. Ela surge, aliás, também em Chicago, em 1914, e, como a revista de Monroe, ambiciona uma projecção internacional que a colaboração de Ezra Pound promete e que, de facto, acaba por tornar *The Little Review* a congénere americana da vanguardista inglesa *The Egoist*. Mas, ao contrário da revista de Harriet Monroe, *The Little Review* é uma revista nómada; primeiro, as dificuldades financeiras e, depois, as intenções de projecção internacional, levam-na a fazer retiros no lago Bluff (números de Fevereiro-Março e Agosto-Setembro de 1916) e em San Francisco (Setembro de 1916), antes de se mudar definitivamente para o meio fervilhante de Nova Iorque (onde é já preparado o número de Janeiro de 1917), vindo, finalmente, a publicar o seu último número em Paris (em Maio de 1929). Esta "Migratory Magazine", como Margaret Anderson também lhe chamou (*The Little Review*, 3.4, 1916), era, como se vê, uma publicação muito mais instável, mas também mais independente do que *Poetry*. Com efeito, *The Little Review* surgira como uma publicação sem grande preparação editorial nem a solidez dos apoios financeiros de *Poetry*, o que, embora arrastando a irregularidade de publicação, lhe permitia uma posição mais claramente crítica.

Segundo declarações da sua directora, a revista emerge de um grande desejo de discussão, de uma conversa aberta e animada sobre todo e qualquer assunto e de uma redefinição do gosto estético (Anderson, 1930: 35). Mas sendo Anderson claramente uma *New Woman*, *The Little Review* depressa se entende como a explosão do silêncio e da invisibilidade a que as mulheres eram sujeitas. A afirmação das mulheres, de que a publicação se tornará arauto, será ora declarada, ora subreptícia, e implicará negociações mais ou menos ambíguas com autoridades masculinas como Ezra Pound. A revista constitui um exemplo de sobrevivência proporcional ao de *Poetry*, se considerarmos a sua atitude de permanente desafio e todos os conflitos tidos com as autoridades, desde a rusga aos escritórios até à supressão de quatro números por alegada publicação de materiais imorais, que envolveram dois julgamentos em tribunal. É que, revestido de um programa de criação de uma crítica artística que implicava uma nova sensibilidade e um individualismo renovado, o projecto cultural de Anderson na verdade visava a revisão do aparelho social na sua totalidade.

Particularmente precioso para o carácter desafiador da revista foi a entrada de Jane Heap, que passou a repartir a direcção com Anderson a partir de 1916, quando começou a assinar a coluna "And –" (*The Little Review*, 3.6, 1916: 20-22). Esta funcionava como um complemento aos editoriais de Margaret Anderson, num formato de parceria que dava forma pública à relação lesbica entre ambas. Anderson e Heap conseguiram fazer de *The Little Review* um órgão reconhecido de crítica e divulgação do modernismo literário, bem como da arte vanguardista europeia, especialmente a partir da década de 1920, e um fórum activo na construção social da época.

Poetry e *The Little Review* assumiam a sua função de forma diversa, pois enquanto *Poetry* se apresentava como uma revista de divulgação, ou seja, com a função de produzir conhecimento acerca de uma realidade entendida como um objecto estático já existente, *The Little Review* assume-se desde o início como um espaço de diferenciação e de performatividade, onde o uso do termo revolução como sinónimo de criação é sempre estrategicamente ambíguo, mas sempre apontando na direcção de uma realidade ainda por criar: "THE LITTLE REVIEW existe: para criar uma posição que até à data é completamente estranha à tradição americana" ("Our First Year", *The Little Review*, 1.11, 1915: 6). Para Margaret Anderson, a criação é necessariamente fruto do diálogo e da ambivalência, do confronto e da apreciação de pontos de vista diversos, ideia que se reflecte na própria estrutura fragmentária da revista, da qual o terceiro número (de Maio de 1914), por exemplo, pode ser ilustrativo, ao convidar à discussão de temas que vão desde as lutas sindicais, à prostituição, à reivindicação de um edifício para o ballet nacional e à filosofia de Nietzsche, ao reconhecimento da pintura americana em Paris, à educação das mulheres ou ainda à identidade norte-americana, característica que se manteve nos primeiros anos da publicação. Além da diversidade temática, a fragmentariedade de géneros, vozes e registos de linguagem, o intercâmbio crítico, a multiplicidade de pontos de vista que confirmavam o princípio individualista e a constante atitude de provocação a formas de autoridade instituídas reproduzem uma consciência fragmentária que em geral não se verifica em *Poetry*. O princípio da diversidade em prol do individualismo não se altera com a interferência de Pound, embora tome outras formas, nomeadamente obliterando a orientação feminista do projecto e acentuando a vocação literária da revista. Pound e Anderson concordavam, todavia, no princípio de base de que a cultura não resulta da concertação e da amalgamação de pontos de vista, próprias de qualquer discurso pedagógico, mas sim da coexistência de diversidades independentes entre si.

Tal reivindicação de individualidade implicava necessariamente que *The Little Review* se demarcasse da ideia da comunidade leitora homogénea postulada pelo nacionalismo de publicações como a de Monroe. A revista impõe-se desde a sua fundação como um espaço demarcadamente exclusivista, como fica claro nas memórias de Anderson (1930: 47):

> O que eu tinha em mente era um templo. Não a *petite chapelle* dos estetas, mas um templo dos grandiosos, dos perduráveis, [...] não o gosto, nem os padrões do gosto, mas o discernimento dos mestres. Para mim, devia haver [...] um critério: o ser humano "marcado", e por consequência, a qualidade "marcada" da sua obra.

Por isso, ao contrário de *Poetry*, *The Little Review* não esboça o gesto abarcador de angariação de uma comunidade imaginada em expansão constante. É, naturalmente, sentida a urgência na definição de uma comunidade leitora fiel, mas esta é sempre desenhada em termos de uma elite, um grupo restrito e marginal.[30] Os leitores que Anderson procura têm a marca do génio em termos intelectuais, sociais ou sexuais. Se o título da publicação é meramente referencial, é o subtítulo que efectivamente revela

[30] Apesar da falta de referências quanto à tiragem da revista, há uma indicação de que em 1916 esta era de 2000 exemplares (Hamilton, 1976: 21), sendo de crer que, entre 1917 e 1919 – o período áureo de colaboração de Pound, com o patrocínio de John Quinn – a tiragem tenha atingido os 3000 exemplares, número que foi pelo menos projectado por Pound. Carta de Ezra Pound a Margaret Anderson, de 30 de Dezembro de 1917, *in* Scott *et al.* (1988: 171).

a sua identidade, traçando as fronteiras do seu território de influência, para que não sobrem dúvidas: "sem compromissos com o gosto do público". A natureza do artista e a função da arte são aqui, portanto, entendidas numa total contradição com as sugeridas na divisa de *Poetry*.[31] Pound será mais desafiador ainda, ao propor a Anderson a adopção da divisa "A revista lida por aqueles que escrevem os outros", que *The Little Review* passa a exibir a partir de fins de 1917 (Pound *in* Scott *et al.*, 1988: 119). Assim se firma o seu contracto de leitura na ideia do domínio dos eleitos (a comunidade imaginada de colaboradores e leitores da revista) na definição do gosto, das atitudes e de valores artísticos, sociais e culturais da nação, numa clara demarcação em relação ao "rebanho de ovelhas", como ficou demonstrado em carta de Pound a John Quinn (Pound *in* Materer, 1991: 79). O horror às massas descaracterizadas é partilhado por Anderson, chegando a ser tema de um editorial, "The Artist in Life" (*The Little Review*, 2.4, 1915: 18-20), no qual as multidões são definidas com imagens repelentes: "[Uma] massa cósmica contorcida de lagartas pretas, movendo-se primeiro numa direcção e depois noutra, vagarosa e vagamente, [...] pesadamente, cegamente, da forma atordoada característica dos organismos das lagartas".

A uniformidade das massas era uma ameaça directa à vontade própria do indivíduo, em função da qual Anderson fazia a defesa da revolução, um conceito que para ela tinha mais a ver com a possibilidade de realização da vontade individual do que com convicções políticas propriamente ditas, assim como a sua defesa da anarquia apenas preenchia o mesmo desejo de libertação pessoal (e, consequentemente, política). Mas o seu envolvimento com teorias anarquistas e pacifistas acabou por ser visto como um atentado à ordem pública, atraindo inevitavelmente a atenção das autoridades, sobretudo a partir do editorial onde Anderson incitava à violência, "Toward Revolution" (*The Little Review*, 2.9, 1915: 5).[32] Uma concepção de arte

[31] Num comentário à revista de Monroe, Anderson (1930: 60) refere a divisa de *Poetry* – onde se lia "To have Great Poets There Must Be Great Audiences Too" –, para lhe contrapor "Os grandes poetas criam grandes públicos, tal como as grandes pessoas criam as suas experiências, em vez de serem criadas por elas".

[32] É este o artigo que finalmente lhe valeu a visita de agentes policiais ao escritório da revista. No artigo, Anderson escreve: "Já agora, porque é que ninguém disparou sobre o Governador do Utah antes de ele disparar sobre o Joe Hill? [...] Porque é que ninguém

delatora dos perigos de anulação da individualidade implicou ocasionalmente a publicação de textos de denúncia de males sociais que evidenciam ainda mais uma correlação entre a arte e a política que a direcção da revista contudo recusava veementemente.[33] Justificando qualquer desafio à moral em termos exclusivamente estéticos, os intelectuais de *The Little Review* pretendiam ilibar de responsabilidades sociais o seu contributo crítico, do mesmo modo que iludiam uma das contradições mais perturbadoras do modernismo: a de que a afirmação plena do indivíduo, assente (como defendido nesta publicação) em critérios de elitismo, resvalava para a negação da ordem social, mas só para fazer com que o domínio troque de mãos: o político é substituído pelo artista.

Os editoriais em verso de Margaret Anderson, "Reversals" (*The Little Review*, 2.6, 1915: 1-3) e "Life Itself" (*The Little Review*, 2.8, 1915: 1-3), concretizam todo o programa crítico norteador do projecto da revista. No primeiro, é significativa a forma como Anderson maneja os mitos literários estabelecidos, lembrando a ousadia do próprio Ezra Pound em "A Pact" e demonstrando como a relação dos modernistas com o grande bardo da nação não é, necessariamente, de rejeição automática.[34] Walt Whitman, o patrono de *Poetry* e uma das referências culturais da própria revista de Anderson, é claramente a referência intertextual de "Reversals". Anderson evoca o seu poema do mesmo nome e imita-lhe o estilo – as enumerações, as anáforas, o verso longo de efeito cumulativo e abarcador –, mas, ao mesmo tempo, demarca-se claramente dele, ao apresentar os seus versos isoladamente, sugerindo afirmações peremptórias ou interrogações retóricas, que acentuam o carácter interrogativo do poema, em claro contraste com as enumerações afirmativas de Whitman.[35] Isto porque, tal como Pound, o objectivo aqui não é a abarcação celebratória, mas sim a enumeração discriminatória, no

---

organiza o espancamento do esquadrão de polícia? Seria um bom começo. Ou deitar fogo a algumas fábricas, ou iniciar uma sabotagem persuasiva das lojas? [...] Por amor de Deus, porque é que ninguém começa uma Revolução?" ("Toward Revolution", *The Little Review*, 2.9, 1915: 5).

[33] São publicados poemas alusivos à brutalidade policial durante as greves (*The Little Review*, 3.2, 1916: 12-13).

[34] *Poetry*, 2.1, 1913: 11-12.

[35] Cf. "Reversals" (Whitman, 1959: 252).

sentido do ataque às instituições, desde a família à política, à polícia e às nações em geral, no que revela muitas semelhanças com os manifestos e ultimatos modernistas portugueses, em análise no próximo capítulo.

Podemos assim tomar "Reversals" como um poema intertextual que, no fundo, retoma a demanda do original ("Deixai o que estava à frente ir atrás, / Deixai o que estava atrás avançar para a frente"), mas que acentua muito mais a realidade de um mundo às avessas. O poema de Anderson é o espelho de uma sociedade denunciada como antro de hipocrisia quer nas leis, quer nos valores, quer na moralidade:

> Como chamas ao lugar onde vives?
> [...]
> Onde a arte é estimulada, mas não reconhecida.
> Onde a revolta é a mais forte das emoções e a mais fraca das acções.
> [...]
> Onde a ignorância é virtude e o conhecimento, crime.

A esse quadro negativo é contraposta uma visão plena de idealismo, assinada pela autora. Que esse idealismo fosse passível de se aproximar de um discurso considerado sentimental, não diminui em nada o gesto invasor por si só que é o da incursão das mulheres no discurso crítico da sociedade (posição, aliás, continuada nos contributos de Jane Heap, que chega a deixar de assinar os seus textos para garantir o reconhecimento de uma frontalidade que não lhe seria autorizada enquanto mulher). A capacidade de distanciamento e provocação que informa um discurso deste tipo era contrária à concepção instituída de "feminilidade" (Felski, 1995: 111). Particularmente irónico é o posicionamento de Anderson fora da cultura de massas, quando o lugar que lhe era atribuído como mulher era lá dentro, pois o poema estabelece uma distinção clara entre a identidade e a diferença, para concluir que são irreconciliáveis: na realidade norte-americana "todo o grande espírito caminha não apenas em revolta e incompreensão e isolamento, mas também em perseguição". Outro dos alvos deste ataque é o materialismo crescente, porque também ele é uniformizador dos gostos e das atitudes, à semelhança, aliás, dos ditames da academia, que vão descaracterizando a arte, como Anderson acusa noutro editorial e em oposição ao qual alinhará na definição das bases de uma nova crítica que veio a frutificar no *new criticism*.[36]

Embora seja saliente o contraste entre *Poetry* enquanto revista localista e nacionalista, que se empenha em dar voz aos talentos e à cultura nacionais, e *The Little Review,* pelo seu contributo transnacionalista, importa também referir os pontos de contacto entre as publicações não só a nível da divulgação literária inicial da revista de Anderson, mas também na ambição de liderança cultural norte-americana que emerge em certos textos (e que, no fundo, também é o cerne do internacionalismo de Ezra Pound). Antes de se estabelecer em Nova Iorque, é forte a presença da produção artística e crítica nacional em *The Little Review* e a revista de Anderson adere rapidamente ao imagismo e verso livre lançados por *Poetry.* Alice Corbin Henderson, a directora-adjunta de *Poetry,* chega, aliás, a colaborar em *The Little Review* com o manifesto "Don'ts for Critics" (*The Little Review*, 3.1, 1916: 12-14), da mesma forma que os poetas e escritores nacionais então publicados nesta revista eram basicamente os mesmos que se iam celebrizando em *Poetry,* de Carl Sandburg e Vachel Lindsay a Sherwood Anderson (que publica em *The Little Review* vários dos seus contos de *Winnesburg, Ohio*), Arthur Davidson Ficke, William Carlos Williams ou Maxwell Bodenheim. E porquanto seja um facto que *The Little Review* nunca demonstrou particular interesse num enraizamento local, na linha de Monroe – na publicação de Anderson, pelo contrário, os arrebatamentos nacionalistas e patrióticos eram repudiados e ridicularizados –,[37] posicionar esta revista numa linha exclusivamente transnacionalista seria problemático, desde logo dada a sua filosofia individualista basilar, que imediatamente a associa a um mito cultural tão especificamente norte-americano como o é o do direito à liberdade individual. Esse credo poderá explicar desalinhamentos interessantes dentro da própria publicação que também a colocam em contacto com *Poetry*, por altura da vaga transnacionalista de Ezra Pound. Refiro-me à rebeldia dos "Números

[36] Acerca deste tema, Anderson escreve: "[o]s padrões [académicos] imutáveis devem corresponder aos pesos e medidas aprovados pelo Governo para as mercearias" ("Grocer Shops and Souls", *The Little Review*, 1.6, 1914: 7).

[37] Por exemplo, em "The Foreigner in America" (*The Little Review*, 2.9, 1915: 36), o patriotismo é encarado como a única manifestação de sentimento de que o americano é capaz.

Americanos" de Jane Heap (de Junho e Dezembro de 1918), significativos pelo que revelam de um desejo latente de equilibrar a excelência estrangeira com a excelência nacional, numa altura crucial na viragem da ordem mundial: após o fim da guerra, que abre caminho à ascensão dos EUA na cena internacional. Jane Heap foi, aliás, a mesma figura que desafiou a imagem de mediocridade da poesia nacional e o conceito de crítica literária, no artigo de Edgar Jepson que Pound fez publicar ("The Western School", *The Little Review*, 5.5, 1918: 4-9), preparado à medida do ataque a *Poetry*.[38] Os confrontos de Heap não podem ser tidos como ocasionais se considerarmos como, na mesma ocasião, defendeu a colaboração de Pound, mas atacou abertamente o seu "estrangeirismo", ao mesmo tempo que afirmava a independência da direcção da sua revista (Heap, "The Episode Continued", *The Little Review*, 5.7, 1918: 35-37).

É sobretudo após a associação de Pound à direcção, que podemos falar de *The Little Review* como o órgão propriamente dito de difusão de literatura estrangeira original, característica tão tipicamente modernista que valeu à revista um lugar cativo na história da literatura a ponto de abafar outras lutas importantes que a revista liderou. Isto, muito embora seja também certo que o seu interesse por temas de projecção e origem internacionais era anterior à intervenção de Pound (o primeiro número dedicava atenção a Nietzsche, Rupert Brook, a feminista alemã Rahel Varnhagen, Bergson, Tagore e aos Futuristas). Pound foi atraído pelo tom de desafio e provocação e, antes de mais, pela defesa da tirania da individualidade, acabando por conseguir para a revista, através dos seus contactos internacionais, a projecção que Anderson desejava, mas só depois de eliminar o seu arrojado programa cultural.[39] Todavia, se há que reconhecer o peso da influência de Pound nesta publicação, por através dela ter conseguido a divulgação de autores como James Joyce, Wyndham Lewis e T. S. Eliot, além de si próprio, seria

[38] A polémica envolve ainda os artigos "An International Episode (*Reprinted from 'Poetry'*)", *The Little Review*, 5.7, 1918: 34-35; "The Episode Continued", *The Little Review*, 5.7, 1918: 35-37; e "That International Episode", *The Little Review*, 5.10-11, 1919: 62-65. Os dois últimos constituindo as respostas de Jane Heap e Edgar Jepson, respectivamente.

[39] No prefácio à antologia da revista, Margaret Anderson (1953: 11) confirma a sua satisfação com o contributo de Pound.

(como tem sido) redutor não lembrar o outro prato da balança que foram as duas directoras da revista, cujo poder de decisão e manobra dos materiais enviados por Pound se tornou claro em certas ocasiões, como aquando da serialização de *Ulysses*.[40]

Atentando com mais cuidado no projecto de Margaret Anderson antes da intervenção de Pound, vemos que ele se constrói em torno do individualismo, filosofia que legitima a definição de uma arte (sempre entendida como expressão máxima da individualidade) sem barreiras nacionais. À primeira vista, este seria o terreno ideal para desenvolver um projecto de divulgação de arte sem relevância das suas origens nacionais, mas a vocação transnacionalista da revista está associada à ideologia da superioridade norte-americana, que brota das entrelinhas dos textos teóricos e, na verdade, nunca é contestada directamente. O artigo de DeWitt C. Wing, "On Behalf of Literature", logo no terceiro número da revista, constitui o manifesto transnacionalista da poesia conforme entendida pelos intelectuais de *The Little Review*. É basicamente um texto de ataque à localização da literatura e à sua instrumentalização pela sociologia, defendendo que, pelo contrário, a poesia verdadeira é aquela que transcende contingentes como a nacionalidade:

> Opomo-nos a toda a ideia de nacionalismo. [...] Aquilo a que os patriotazinhos chamam uma nação é um dogma enorme que deve ser ultrapassado. Na poesia, deve haver um cada vez maior sentido do universal, em vez das nações como a habitação do homem, [...] [T]emos de nos alçar acima das nações até aos espaços estrelados. (*The Little Review*, 1.3, 1914: 2-3)

Contudo, torna-se de igual modo evidente que será a nação norte-americana a raiz dessa poesia de alcance (ou influência) transnacional: "Nesta terra de nacionalidades fundidas, a nossa esperança é fazer evoluir uma literatura revigorada pelo sangue de inumeráveis raças". A justificação do universalismo é feita em termos que evocam um processo de conquista de fronteiras, que derruba gestos já de si invasores como os sugeridos pela

[40] É o próprio Pound quem reconhece, numa carta a John Quinn, o seguinte: "Não me parece que ela [Margaret Anderson] se deixe 'controlar' por alguém, mas acho que aceita sugestões". Carta de Pound a Quinn, de 15 de Maio de 1917, *in* Materer (1991: 115).

poesia de Whitman, para ocupar espaços ainda para além desses limites: "queremos algo ainda maior: uma literatura com a sensação de que os planetas vivem nela [...][A] poesia de Whitman era cósmica; a nova poesia vai alcançar os planetas". A ideia recorre noutros artigos e concorda com o próprio projecto transnacionalista de Ezra Pound, confirmando que às ansiedades de *The Little Review* acabava por não ser alheia a necessidade de um fortalecimento da cultura nacional que estabelecia ramificações políticas.

Mas um dos objectivos prioritários da revista de Anderson e Heap é o preenchimento de um espaço intelectual de mulheres que discuta a hierarquia sexual, como notou Maria Irene Ramalho (2017: 51). Se a figura de Nietzsche apadrinhava a inclinação individualista de *The Little Review*, era sob a égide de uma figura feminina que se desenvolvia a posição feminista, neste caso significativamente aliada a uma ameaçadora teoria social, o anarquismo. Essa figura era a de Emma Goldman, por quem Anderson nutria uma admiração sem limites responsável pela sua conversão ao anarquismo, que custou à revista a perda do seu financiamento inicial. As posições radicais de Goldman, expostas em artigos inflamados como "Preparadness. The Road Toward Universal Slaughter" (*The Little Review*, 2.9, 1915: 7-12), interrogavam ameaçadoramente a retórica consensual que sustentava a coesão nacional, ao denunciarem a aliança entre os interesses económicos e o sentimento patriótico, por ocasião da Primeira Grande Guerra. Da mesma forma se fez a defesa da acção de outra figura feminina proeminente na época, Margaret Sanger, e da sua luta pela legalização da contracepção, também desafiadora das políticas vigentes (*The Little Review*, 2.10, 1916).

Foi certamente afirmação de uma posição feminista, da parte de Anderson, ter substituído Nietzsche e Whitman, os dois primeiros patronos da revista, por Goldman e Sanger (Canelo, 1998b), mas foi também um enorme atrevimento. A aproximação às ideias subscritas por estas duas figuras não gratas lançou suspeitas sobre a sua direcção. Que Anderson tenha alinhado com o anarquismo e o feminismo não pode ter sido inocente, tendo em conta a forma como estas ideologias ameaçavam destruir os mais sólidos pilares da própria estrutura nacional: enquanto a anarquia minava obviamente a organização patriarcal do poder, a contracepção negava, por um lado, a separação de papéis sexuais que é a base da divisão do trabalho e, por outro, a estabilidade da família enquanto célula modelar da sociedade;

e, finalmente, a reprodução biológica que é a base de sobrevivência e razão de ser de qualquer nação. Como George Mosse descreve, o valor da respeitabilidade que subjaz à diferenciação sexual serve simultaneamente a consolidação da burguesia e a consolidação da própria nação, pelo que todos os ataques à moralidade e a estruturas basilares da sociedade como o casamento, a família ou a divisão do trabalho são explicitamente desestabilizadoras da ordem dominante. Daí que o feminismo da revista se revele como uma ameaça bastante mais directa aos postulados nacionalistas do que o internacionalismo da arte em si (Mosse, 1985).

A causa feminista implica o debate de temas como a opressão da família e do casamento, a repressão da sexualidade, a emancipação económica e o direito ao sufrágio. Logo no número de abertura, Floyd Dell, numa recensão, reclama a participação das mulheres na construção da nação através do trabalho ("The Lost Joy", *The Little Review*, 1.1, 1914: 10). O contributo feminino para o "fardo económico" nacional é retomado na rubrica "New York Letter" (*The Little Review*, 2.1, 1915: 47-48), de George Soule, como condição fundamental para a inevitabilidade da partilha do poder político, uma luta perfeitamente consentânea com os ideais individualistas da revista, pois o apelo à profissionalização residia no facto de só esta permitir uma valorização pessoal e um reconhecimento público, pelo mérito, da mulher enquanto indivíduo, isto é, independentemente do género, já aqui claramente entendido como categoria socialmente construída, destinada a delimitar o espaço de realização do sujeito feminino.

A adesão à figura e aos valores da *New Woman* reflecte-se em vários dos poemas publicados na revista e que questionam as relações emocionais tradicionais, desde o casamento à maternidade, centrando-se abertamente no sofrimento e nas consequências nefastas do amor, ao mesmo tempo que exploram e desconstroem aspectos míticos do sentimento. A questionação do papel tradicional das mulheres nas relações emocionais resulta numa recusa do sentimentalismo, o que, por sua vez, coloca em causa a associação da cultura de massas com o feminino, conforme "os homens de 1914" a queriam construir, revelando a fragilidade das definições generalistas. Vários dos poemas escritos por mulheres revelam o desejo, e a necessidade, da construção da individualidade – afinal, o credo da revista – no feminino.

Um poema que importa analisar, sobretudo pelo paralelismo em relação a outro quase homónimo analisado no capítulo sobre *Poetry,* é "I am Woman", que tem a particularidade de ser uma autodefinição, ao contrário do primeiro. O poema de Marguerite Swawite, no tom feminista de *The Little Review,* generaliza a condição "Sou Mulher", ao passo que o de *Poetry*, talvez justamente porque escrito por um homem, particularizava o título: "Sou *A* Mulher" (ênfase minha). O poema de Swawite (*The Little Review*, 1.10, 1915: 40-41) é a voz do individualismo no feminino, concedendo já a voz à própria mulher, que vai desenhando a sua personalidade a par do seu trajecto e dos seus planos, sempre como um ser individual: "Porque estou a aprender a cantar / Não a canção dele, ou de outros, mas a minha própria canção". Se o poema joga com imagens tradicionais de permanência:

> Sou mulher
> Tão velha como os cedros do Líbano – e mais velha;
> [...]
> Ainda assim, serei mulher
> Em todos os longos dias por vir

é para justificar uma autoridade que contudo não anula um processo de autonomização que desafia associações de passividade: "Estou a aprender a alimentar-me de nada, mas a preencher-me; / A aquecer sem fogo os meus membros frios; / A ir pelo meu caminho, sem beijo, sem filhos". A renúncia implícita ao casamento e à maternidade é uma afirmação profunda de auto-suficiência, mas também fica claro que esse outro caminho não implica, nem pretende, a invasão do espaço dos homens; a mulher reclama um espaço individual sem abdicar da feminilidade – "Apesar de os meus lábios serem vermelhos [...]" –, numa atitude de diferenciação que, neste período, como vimos em *Poetry*, é estratégica. O tom do poema é bastante tranquilo, nada tendo a ver com o dramatismo do poema de Moody; pelo contrário, aqui a tranquilidade radica na determinação e na confiança:

> Será uma grande canção dourada
> Embora nem sempre suave e de cadência doce,
> [...]

Mas sei que nunca vou parar
Até a cantar por inteiro.

O poema sugere que houve uma separação, e subentendemos o desejo da reconciliação, mas esta mulher recusa-se a chorar um amor perdido; ela aprende a "canção" diferente, que é a metáfora da sua própria liberdade e individualidade. É precisamente na identidade como sujeito que reside a condição da desejada reaproximação do Outro, por isso também a condição da harmonia em perspectiva não é a posse, mas sim a reciprocidade:

E ele, antes assustado, aproximar-se-á
Cantando a sua canção distinta,
Sempre a dele, mas misturando
As suas qualidades viris com as minhas.

Um outro poema que se enquadra nesta representação suplementar do feminino é "Julia to Jim", de Sue Golden (*The Little Review*, 3.5, 1916: 20-23). Nele se trata o tema do amor, mas como sinónimo de liberdade – na condição de ser aprendido de forma diferente da estabelecida, numa relação de afirmação da diferença e não de anulação. Por isso a causa da liberdade e do direito a uma identidade própria são recorrentes: "E não quero ninguém sentado em cima de mim / E a impedir-me de crescer", "Não consigo absorver-te, nem quero, / E não quero ser absorvida". Uma das condições para a libertação das mulheres é a abdicação das idealizações que acabam por reforçar a moralidade vigente, assim como da própria instituição do casamento, ou da relação tradicional que subjaz à relação oficial.[41]

"Julia to Jim" constitui outro monólogo, também na voz de uma mulher, mas pressupõe um interlocutor masculino, por isso a linguagem é coloquial,

[41] O tema reaparece em vários outros artigos, como "The American Family", de Ben Hecht, no qual o autor acusa a instituição familiar pelo início de uma educação repressora, que o casamento apenas continua (*The Little Review*, 2.5, 1915: 1-5), ou a recensão de "Love's Highway", a obra de Mary Austin onde também é problematizada a relação entre o amor e o casamento (*The Little Review*, 1.10, 1915: 44-46), mas o ataque mais directo é expresso logo no segundo número, na reprodução de um discurso de Emma Goldman, em "The Challenge of Emma Goldman" (*The Little Review*, 1.2, 1914: 8).

sugerindo o ensaio de um diálogo. Mas o diálogo alarga-se a outro poema, que lhe serve de subtexto: “Jim and Arabel’s Sister”, de Edgar Lee Masters, que não abria espaços para a problematização da relação amorosa e do casamento. Dois dos primeiros versos estabelecem a ideia-base – “Porque cada mulher, e homem também, penso eu / É em si mesmo um volume complexo” –, sustentando a recusa de rótulos opressivos da individualidade de cada um/a. As fórmulas amorosas são contestadas com a mesma lucidez, apresentadas como simples maneiras de ajeitar a realidade e reforçar idealizações da mulher que evitam a necessidade de a conhecer como pessoa, porque o privilégio da escolha cabe, à partida, ao homem cuja vida se espera que ela venha a viver. É essa realidade que Julia denuncia, quando diz “E tu disseste-me tudo sobre ti, / E nem sequer me perguntaste o que pensava de mim. / Não te ocorreu”, devastando a tradicional cena da confidência recebida no mais puro desinteresse e compreensão femininos. Significativamente, o sexo é desculpabilizado; o verdadeiro problema reside na moral e nos preconceitos, tão castradores como as idealizações: “[...] São as ideias mórbidas, tolas, belas/ Sobre o amor e ser capaz de satisfazer o ideal / As raízes do problema do sexo!”. Por isso, é a possibilidade de fugir a um casamento que valoriza a relação de Julia e Jim, porque a liberta das expectativas e das obrigações do estatuto:

> Depois de teres tomado o café, desces à vila
> E esqueces-me.
> E eu esquecer-te-ei, e fico confortável e feliz
> Sem ter de te recordar.

Por outro lado, a poesia de mulheres invade temáticas exclusivamente masculinas ou apropria um tipo de discurso até aí masculino. É o caso do poema “The Acrobat”, de Eloise Briton (*The Little Review*, 2.1, 1915: 20-21), de exaltação do corpo masculino através da apropriação do olhar. A imagem de exibição pública que é a arte do acrobata acaba por reflectir o efeito último do poema, que é a exposição pública do desejo erótico da mulher:

Olho-o
E assalta-me um desejo súbito
Dessas colinas finas
Esses membros longos! Limpos! Delgados!

Assumindo o desejo, ela recusa a posição tradicional de objecto de desejo que lhe é atribuída e inverte todo o equilíbrio tradicional entre os sexos baseado na idealização dessa passividade da mulher, garante da agência do homem. Assumir o desejo é um passo para a consumação, logo, uma ameaça ao espaço da conquista exclusivamente masculino. A erotização do corpo masculino, por sua vez, é outra subversão dos padrões tradicionais. Embora possa ser enquadrada numa vaga de exaltação do corpo masculino plenamente aceite em movimentos artísticos e sociais do fim de século, quando tratada por uma mulher não deixa de constituir um acto arrojado no que se permite de sugestão de um paralelo entre a figura deste homem e a de uma prostituta, afinal, a única figura pública reconhecida como objecto de desejo.

O poema de Briton leva-nos à questão da redefinição dos padrões sexuais, que era um dos mais fortes cavalos de batalha de *The Little Review*, porventura a sua causa mais marginal e também a mais incómoda. Margaret Anderson e Jane Heap mantinham uma relação lésbica que veio, em larga medida, dramatizar a causa das sexualidades marginais que Anderson defendia já desde a criação da revista, agudizando a provocação. Já antes do envolvimento com Heap, eram frequentes as discussões acerca da necessidade de um aprofundamento do conhecimento sobre os comportamentos homossexuais, classificados por Anderson como "talvez [uma] marca de génio, se entendermos melhor estas coisas" ("Sex and Eugenics", *The Little Review*, 2.1, 1915: 16), a par da sua pressão na distinção entre "perversão" e "inversão" sexual. Estas preocupações têm necessariamente reflexos nas políticas editoriais da direcção de *The Little Review* e, neste ponto, percebemos a habilidade destas duas mulheres em manobrar também a seu favor a aparentemente unilateral manipulação da revista por Ezra Pound. A questão da serialização de *Ulysses,* de James Joyce (com início no número 4.11, de Março de 1918), é um desses casos, a par da publicação do conto "Cantleman's Spring Mate" (*The Little Review*, 4.6, 1917: 8-14), de Wyndham Lewis.

Num estudo reavaliador do contributo editorial feminino no modernismo anglo-americano, Jayne Marek argumenta que, em particular a convocação das duas directoras da revista a tribunal, pela publicação de alegadas obscenidades no episódio "Nausicaa", de *Ulysses*, culmina uma perseguição que tem a ver com toda a actividade subversiva da revista, tendo sido o pretexto para levar indirectamente a julgamento a relação amorosa das duas mulheres, ela própria entendida pela moral vigente como uma "obscenidade" (Marek, 1995: 88). Marek defende que a relação de Heap e Anderson não poderia passar ao lado da revista em que ambas colaboravam com intenções de complementaridade, pelo que o lesbianismo deve ser visto como uma escrita subterrânea, à qual não será alheia a atitude geral de desafio, o desejo de revolução e o incitamento à criação de uma nova sensibilidade, ou moralidade, que primaria pela tolerância.[42] O escândalo em relação ao capítulo décimo terceiro de *Ulysses* prendia-se, naturalmente, com a sugestão da masturbação de Gerty e, especialmente, de Leopold Bloom. Do ponto de vista da moral dominante, a cena do romance de Joyce constituía um atentado à concepção da sexualidade como puro instrumento de procriação, conforme defendido pela moral burguesa e compreensivelmente arreigado a teorias de defesa da nação. Que duas lésbicas tenham tido o atrevimento de difundir práticas sexuais não procriativas, ou seja, o desperdício do futuro da nação, não se pode separar da defesa de uma causa própria, uma relação emocional assumidamente desprovida de interesses reprodutores, logo não participativa na lógica de base da nacionalidade.

"Cantleman's Spring Mate", de Wyndham Lewis, também enviado por Pound, causara o outro motivo de apreensão da revista, a primeira, também por afronta à moral pública alegadamente pela descrição de cenas de sexo. A posição de Anderson perante uma acusação deste tipo: "dois jovens respondem ao apelo natural do sexo" ("Judicial Opinion [Our Suppressed

[42] Marek apresenta uma reinterpretação muito interessante da saída do número em branco (*The Little Review*, 3.6, 1916) que se afasta das leituras tradicionais do acontecimento como mero fruto da impaciência em relação à mediocridade artística das propostas de publicação. Marek defende que uma das razões da edição do número em branco pode bem ter sido a absorção mútua de Anderson e Heap (1995: 83), como, aliás, as memórias da própria Anderson sustentam: "enfurecida pelo interesse nas nossas [de Heap e de si própria] conversas e pela falta de interesse dos manuscritos que iam chegando, decidi que não iria contribuir para a perpetuação do desinteressante" (1930: 124).

October Number]", *The Little Review*, 4.8, 1917: 49), bem como a defesa muda que constrói em tribunal aquando da acusação de "Nausicaa" – "o factor determinante no juízo estético e moral foi sempre o elemento pessoal, [...] a obscenidade *per se* não existe" (Anderson, 1930: 220) –, revela uma defesa da arte deliberadamente divorciada de quaisquer implicações ou responsabilidades sociais, onde a ênfase na autonomia dos critérios estéticos poderá ser mais estratégica do que inocente. Mas a publicação destes materiais também é reveladora das relações de poder na direcção da revista. A teimosia de Anderson e Heap na publicação de literatura de antemão passível de ser censurada permite-nos detectar duas coisas: por um lado, que Pound não monopolizava a revista, por outro, a defesa puramente estética que Anderson faz da arte. Pound chegou a recuar quanto à serialização de *Ulysses*, responsável por três apreensões da revista, temendo que os escândalos comprometessem a publicação da obra em livro, pelo que tentou dissuadir Anderson e Heap de continuar a serialização, ao que estas não cederam. Além da possibilidade de desafio e da descarada medição de poder com Pound, note-se que Anderson não só foi a primeira a reconhecer a qualidade artística da obra, como, ao aventurar-se na sua publicação, revelou uma coragem que outros editores não teriam sequer fingido ter.

Retomando a questão da identidade sexual da revista, Margaret Anderson associa a sua defesa de uma nova sexualidade à sensibilidade artística. A criação da nova sensibilidade é vista por Anderson como a grande tarefa educativa dos artistas e constituía uma fase no percurso de criação da "nova raça de homens" que Anderson também profetizava. Apreciando a função sexual como "o grande feito espiritual" (*The Little Review*, 2.1, 1915: 15) e "um atributo dos grandes" ("Incense and Splendor", *The Little Review*, 1.4, 1914: 2), a renovação sexual é, simultaneamente, uma renovação espiritual que implica a reavaliação do sentimento em si e, numa fase posterior, uma reavaliação crítica dos valores sociais. Isto porque, para esta intelectual, o sentimento é a capacidade que permite uma relação mais intensa, mais verdadeira e mais crítica com os valores, mas só os artistas possuem essa rara capacidade de sentir. A reforma cultural proposta por *The Little Review* consiste, desta forma, na expansão da capacidade artística dos indivíduos, a partir daí tornados mais aptos a reformular todo o senso comum. Esse refinamento da sensibilidade é produzido, naturalmente, através do contacto com a arte e da apreciação artística – a chamada "educação em imaginação" ("Our First Year", *The Little Review*, 1.11, 1915: 5) –, auxiliada por uma crítica que acompanha todo o processo.

A questão da crítica estética é outra das mais importantes em *The Little Review* e por aqui vemos também como algumas das ansiedades de Anderson se coadunavam com as de Monroe. Margaret Anderson revela-se desde o início ciente da artificialidade do gosto e dos padrões de avaliação, propondo-se, através da instituição de uma nova crítica, definir um novo "gosto" estético. *The Little Review* torna-se um palco importante de discussão e divulgação do que, anos mais tarde, será conhecido como *new criticism*. Definindo a nova crítica como uma elaboração criativa do objecto de arte original e atribuindo-lhe um estatuto de paridade em relação a este, Spingarn (1964 [1917]: 4, 17) chamou-lhe "crítica criativa"[43] e, na concepção de Anderson, esta é definida como um misto de filosofia e poesia ("Announcement", *The Little Review*, 1.1, 1914: 2). Desta feita, a valorização da nova "arte de apreciar" envolve uma relação de simbiose entre a arte e a crítica, como Anderson apresenta: "A apreciação tem na arte a sua saída; e a arte (para completar o círculo e a figura) tem a sua fonte – a ela deve todo o seu impulso – na apreciação. Ou seja, as marés da arte parariam de subir e baixar, não fosse pelo sol e a lua que as apreciam. Esta função [...] é conhecida como crítica" ("Announcement", *The Little Review*, 1.1, 1914: 1). Assim se vê como a arte modernista que, por assim dizer, ela própria nasce para ser explicada, depressa acusa a necessidade de instrumentos hermenêuticos próprios, como também rapidamente se lança ela própria na invenção e legitimação desse instrumento que é a crítica. Particularmente importante será a instalação de cátedras de *new criticism* nas universidades, completando a profissionalização da literatura.

Na mesma altura que Joel Elias Spingarn escrevia os ensaios fundadores da nova crítica, as vozes individualistas de *The Little Review* apoiavam a sua definição como uma crítica essencialmente pessoal, lançando assim as bases da autoridade total da obra de arte fechada em si e, por conseguinte, a autoridade total do autor e do crítico dentro desse mesmo mundo, sem consequências (nem responsabilidades) no domínio social.

[43] A designação *creative criticism* foi cunhada por Goethe.

Considerando a arte como expressão (no que reforçava a revalorização da lírica), a nova crítica é promovida a um estatuto de igualdade com a do objecto artístico original, daí que o novo crítico seja incentivado a cultivar a sua criatividade individual: "Queremos usar o Professor Tal-Tal como Espelho, como um médium, um Intermediário, uma Chapa Sensível [...] Ele tem de manter o temperamento, o nosso Crítico; o seu estranho ângulo de receptividade, a capacidade de reação pessoal", escrevia Anderson ("On Criticism", *The Little Review*, 2.1, 1915: 27). Colocando crítico e poeta ao mesmo nível, promovia-se o seu distanciamento em relação às massas (como, aliás, Spingarn também defendia), prevendo-se contudo uma importante relação de intermediação entre estes eleitos que lidavam directamente com a inspiração artística (expressão individual da subjectividade mais profunda, ou seja, o mistério da arte) e aqueles que eram incapazes de lhe aceder directamente. Assim se legitimava, pois, o intuito pedagógico desta crítica (a que Margaret Anderson, não por acaso, chamava "a educação na imaginação"), bem como a promoção do treino de sentimentos e sensibilidades através da arte, ou o "prazer estético disciplinado", como lhe chamaria Spingarn (1964: 146). O mesmo potencial de instrução haveria de legitimar a instituição de um cânone necessariamente exclusivista (e digo necessariamente também porque partiu de personalidades como Ezra Pound), que, por outro lado, e apesar da sua reivindicação de independência, tenderá a acompanhar e fortalecer o processo de afirmação cultural que o modernismo tem em mãos. Por outro lado, é essa pretensão de desligar a arte da sociedade que irá legitimar também noções de independência e desenraizamento local e temporal conforme defendidas por Pound, ao mesmo tempo que a liberta da autoridade da moral e da ética (*ibidem*: 22-34). A arte passa a só responder perante si própria, como Margaret Anderson pretendia.

Prova de que a questão sexual ou de género é aliada às questões estéticas em debate em *The Little Review* é o facto de Margaret Anderson alargar a defesa de uma nova sexualidade a esta nova noção de crítica criativa, quando descreve a nova crítica como uma construção comum de masculinidade e feminilidade: "Precisamos, na nossa crítica, tal como na nossa literatura, de mais intuição súbita, mais emoção, mais do poder produzido pela virilidade e a qualidade feminina correspondente para a qual ainda não há nome adequado" ("Grocer Shops and Souls", *The Little Review*, 1.6, 1914: 8).

A nova crítica permitiria um encontro intelectual livre de preconceitos e convenções que criaria igualdade entre homens e mulheres, que Anderson entendia como uma necessidade premente. Este projecto vai contudo ser adulterado pelo projecto de reforma cultural e legitimação da literatura levado a cabo por Ezra Pound, que, como veremos, se baseia mais numa distinção profunda entre as características masculinas e femininas da arte do que na sua equiparação. Nessa visão, a "virilidade" de que Anderson falava acaba por engolir a "qualidade feminina correspondente para a qual ainda não há nome adequado".

O carácter contraconsensual de *The Little Review* acentua-se por altura da eclosão da guerra na Europa, acontecimento que propicia uma reflexão acerca do papel dos EUA nesse jogo de interesses, acabando por conduzir a discussões pertinentes sobre a identidade nacional conforme entendida pelos intelectuais transnacionalistas desta publicação. Neste ponto, o que distingue as discussões, por contraste com o discurso uniforme de *Poetry*, é a forma como a ocasional retórica de celebração da nação é entrecortada pela retórica de interrogação do imperialismo dos EUA, ou ainda como a posição claramente pacifista não impede uma discussão acerca da natureza da neutralidade norte-americana. São estas duas estratégias que vão desconstruindo a retórica de eleição nacionalista unificadora. É o caso do artigo de George Soule, na sua rubrica "New York Letter" de Janeiro de 1915 (*The Little Review*, 1.10, 1915: 38-39), no qual a legitimidade do crescente imperialismo norte-americano é interrogada através da denúncia dos interesses dos EUA nas Filipinas e da sua ameaça ao Japão. Mas o desmascaramento mais forte das razões da neutralidade norte-americana vem de uma mulher, a anarquista Emma Goldman, que faz uma veemente denúncia dos verdadeiros interesses económicos dos EUA: "Não basta reivindicar ser neutro; a neutralidade que verte lágrimas de crocodilo de um olho e tem o outro revirado para os lucros das provisões e dos empréstimos de guerra, não é neutralidade. É apenas hipócrita" ("Preparadness. The Road to Universal Slaughter", *The Little Review*, 2.9, 1915: 11).

Este discurso rechaça a retórica uniforme nacionalista, ao desmascará-la como uma manipulação política do sentimento patriótico, evocado por um Estado que, noutras ocasiões, não deixa de distinguir filhos e enteados entre o mesmo povo que diz igual e unido no esforço da guerra. Este artigo de Goldman casa bem com o poema "Cheap", de Helen Hoyt (*The Little Review*, 3.1, 1916: 1-2), empenhado na exposição da fragilidade e da gratuitidade da existência humana, ridicularizando a ideia do grande destino ou da possibilidade de o forjar através da lealdade nacional. A própria maternidade, normalmente elevada pelo patriotismo (recorde-se o tratamento do tema em *Poetry*), é aqui minada pela ironia, que acaba por a dessacralizar, ao insistir no contra-senso do fornecimento consciente da carne para canhão:

> Sabe, as mulheres são quem trata disto
> e são baratas. Fazem *jorrar* homens dos seus corpos.
> Sempre radiantes por realizar eventos deste tipo,
> [...]
> Dispostas e pródigas: não custa muito.

A interrupção do discurso nacionalista manifesta-se também em leituras diferentes dos mitos de fundação da nação americana, suficientemente flexíveis, portanto, para servir retóricas diversas. "For the New Animal in America", de Will Levington Comfort (*The Little Review*, 2.1, 1915: 2-4), é um artigo contra o militarismo defendido por Theodore Roosevelt, que constrói a sua justificação da neutralidade a partir do mito do sonho americano e da promessa de redenção, baseando-se do substrato cultural mítico de liberdade para justificar a não agressão.

Mas a posição da revista não é tão seguramente anti-imperialista se repararmos em outros textos que não apenas contrabalançam a tendência interrogativa, como retomam afinidades com o discurso de *Poetry*, como é o caso da defesa da neutralidade no artigo de opinião "America's Ignition", do mesmo autor (*The Little Review*, 2.3, 1915: 6-9). Aqui, a guerra é encarada como uma ocasião privilegiada para a reflexão (sinónimo de neutralidade) e, através desse exercício moral, o momento crucial de afirmação da superioridade moral da nação americana. Terminado o período de observação exterior (da guerra) e interior (da própria nação), os EUA revelarão ao mundo uma nova sensibilidade: "a nova dimensão da vida tem de vir da América: se chegar a vir". Essa missão americana escuda-se num conceito de universalismo baseado na distinção entre materialismo e intuição que é, afinal, uma interpretação da velha metáfora do Velho e do

Novo Mundo. Manejando a imagem de acordo com os seus próprios interesses, Comfort vê na acção bélica da Europa a expressão da sua natureza materialista (e, consequentemente, egoísta), ao passo que a neutralidade, como acção intuitiva que a própria natureza sanciona, é a expressão da dimensão essencialmente espiritual – e potencialmente renovadora – dos EUA. Contrariamente àquela, esta constitui um gesto ecuménico, por isso só ela pode ser a base da reconstrução *americana* do mundo.

No mesmo tom, encontramos o texto "America 1915", assinado por John Gould Fletcher (*The Little Review*, 2.3, 1915: 23-25), no qual a guerra é encarada como um momento crucial para a revelação do poderio nacional. A prosa poética informa aqui um discurso que lembra, na sua essência, o das páginas de *Poetry* e tem fortes ecos da poesia de Walt Whitman e Carl Sandburg, embora este texto não tenda tanto a narrar a nação, mas a apressar a sua emergência presente. Embora mais abertamente patriótico e muito menos futurista no que lhe falta de apelo à guerra, o poema de Fletcher assina um gesto muito próximo do do apelo de Almada Negreiros, no seu "Ultimatum futurista ás gerações portuguezas do Seculo XX"[44] (*Portugal Futurista*, 1990 [1917]), ao evocar o desejo do verdadeiro nascimento da nação na sua emergência como potência internacional, depois de um parto provocado pelo dealbar do conflito europeu, em antevisão profética e impaciente da ordem mundial norte-americana:

> mas o ser – a coisa que irá dominar todas as épocas – hesita ainda em nascer. [...] [N]unca mais chega. Ainda se recusa às portas da vida. América – América – manchada de sangue e rasgada por suspiros sufocados e convulsivos, talvez demasiado tarde te venhas a erguer, talvez em vão tentes governar a terra!

Verificamos assim que tanto a defesa, como a denúncia da neutralidade partem do mesmo entendimento de uma identidade americana de grandeza superior, que carrega uma obrigação moral de redenção universal. Este recurso aos mesmos mitos culturais confirma a tese de Sacvan Bercovitch (1981) de que, à defesa ou ao ataque, eles são a base das mais diversas retóricas norte-americanas, o que acentua o consenso nacional.

---

[44] Doravante referido apenas por "Ultimatum futurista".

Apesar disto, a revista de Anderson e Heap apresenta-se, e pode ser tomada no seu todo, como um discurso interrogador de consensos instituídos que minam o nacionalismo e desta forma expõem lacunas em programas pedagógicos uniformes como os de Monroe e Henderson. A interrogação da linearidade da nação intensifica-se com a colaboração de Pound e não apenas através da inserção na revista de artigos de outras origens nacionais. Pound sabe aproveitar da melhor maneira a filosofia individualista e a reputação desafiadora da revista, que os materiais que faz publicar completam do ponto de vista artístico, reforçando assim o carácter alternativo da revista de Margaret Anderson e Jane Heap.

Se toda a poética, poesia e crítica literária e social de Ezra Pound se regem por um forte didactismo, como nos lembra Frank Lentricchia, a sua colaboração em *The Little Review* é possivelmente aquela em que esse gesto conscientemente interventivo é mais evidente.[45] É, pois, fazendo desta publicação o arauto das suas políticas culturais que Pound cumpre a sua função de intelectual (auto-)exilado que "regressa" para reescrever a nação que o desautorizou. *Poetry, The Little Review* e *The Egoist* (esta última publicada na ex-metrópole que Pound escolhera para o exílio) funcionavam como o tripé de base dessa intervenção concertada. "*Egoist* para a controvérsia. *Little Review* para a criação. Ambas são necessárias para a cultura e a educação completas da .....etc..... humanidade em sofrimento", escrevia Pound a John Quinn (o patrono da revista durante o período de colaboração de Pound). Já no seio na cultura norte-americana, o eixo é a relação de *The Little Review* com *Poetry*, aquela deliberadamente planeada como de afronta directa e suplementaridade, ou, como diz Pound em duas cartas de 1917, a John Quinn e Margaret Anderson, "uma competição breve e SAUDÁVEL" (Pound *in* Scott *et al.*, 1988: 40; Materer, 1991: 112).

Utilizando estas publicações como as vias de divulgação da literatura, poesia e crítica que o seu grupo de eleitos ia criando, Pound arrebatou com toda a arrogância a revista de Anderson como o seu órgão de construção da elite que pretendia ver emergir na sua nação ("aqueles que escrevem os outros" ...), como deixa explícito logo na carta onde apresenta as suas intenções

[45] Lentricchia (1994: 182) assinala como Pound chegou a fazer publicar trezentos artigos de crítica num só ano.

de colaboração a Anderson, antes ainda do manifesto de apropriação da revista (Pound *in* Scott *et al.*, 1988: 6-15). A acção de Pound vai subverter o projecto identitário inicial da revista, deixando perceber a dificuldade de afirmação e negociação das reivindicações femininas na reimaginação da identidade nacional. Efectivamente, se a relação deste intelectual com a revista de Harriet Monroe evidencia o conflito entre a alta-cultura modernista e a chamada cultura de massas, prevendo o seu manifesto imagista precisamente a restrição dos excessos do sentimentalismo, as movimentações literárias de Pound em *The Little Review* colocam a descoberto a relação do modernismo com a identidade feminina em afirmação, funcionando o manifesto sexista de Pound (o editorial que anuncia a colaboração) como instrumento de restrição do que considera os excessos feministas.

Considero o editorial que anuncia a colaboração futura de Pound como director estrangeiro (*The Little Review*, 4.1, 1917: 3-6) um manifesto pelo tom impositivo, que apresenta apenas os termos e os interesses do seu autor. Nele se expõe também o lançamento das fundações daquele que, durante muitos anos, foi tratado como o grande cânone modernista anglo-americano, o eixo Pound-Eliot-Joyce-Lewis. Este documento não deixa dúvidas acerca da exclusividade dos seus membros no que toca à identidade de género (nem do juízo de valor que lhe subjaz): "Aceitei a posição de Correspondente Estrangeiro da The Little Review sobretudo porque: [...] queria um lugar onde a escrita em prosa contemporânea de James Joyce, Wyndham Lewis, T. S. Elliot e a minha própria pudesse aparecer regularmente, rapidamente e em conjunto" (*ibidem*). A respeito de *Poetry*, Pound salvaguarda o seu apoio incontestável ao crescimento da poesia de autores norte-americanos, assim como as dificuldades de direcção de uma revista literária, mas sobretudo trata de frisar o seu distanciamento em relação à orientação da revista ("na condução da revista dela [de Monroe] a minha voz e o meu voto sempre foram o voto e a voz de uma minoria"), ao seu nacionalismo ("[o]s códigos de propriedade são todos locais, paroquiais, transitórios"), ao seu regionalismo ("Não posso acreditar que a mera altura das Montanhas Rochosas vá produzir poesia sublime; [...] Não posso acreditar que a mera extensão da América vá produzir escrita excelente. Nem posso ansiar por um tempo em que cada aldeia se regozije por um poetastro local") (*ibidem*). Pound pretende demonstrar enfim que tudo quanto a arte não deve ser é representado pela revista de Monroe. A esse gosto, Pound contrapõe a arte cosmopolita de Joyce, Eliot e Lewis, que avalia como as grandes obras-primas do seu tempo, que é o prato forte do programa cultural que os intelectuais americanos deviam experimentar.

Todavia, não lhe interessa interromper a sua intervenção numa revista acreditada e prestigiada como *Poetry*. Manter um pé na revista de Monroe permite a Pound fazer ouvir as vozes experimentalistas entre um público onde o efeito de estranhamento era muito maior. Ao mesmo tempo, esse discurso era reforçado através da oportunidade de um espaço exclusivo, mas ainda demasiado restrito, como *The Little Review*. O confronto entre as duas publicações, bem como a função suplementar de *The Little Review*, tornam-se explícitos aquando da publicação na revista de Anderson do artigo demolidor de Edgar Jepson acerca da nova poesia americana promovida pela escola de *Poetry* ("The Western School", *The Little Review*, 5.5, 1918: 4-9), que Monroe denuncia como manobra de Pound e prova da sua tirania em *The Little Review*.

O papel suplementar de *The Little Review* nota-se também quando preenche lacunas em relação à publicação de materiais que Pound, entretanto, conseguira publicar em *Poetry*, mas não tinha conseguido promover como entendia, devido à resistência de Monroe. É o caso da poesia de Eliot, em particular do poema "Prufrock", que, como vimos, Monroe publicara a contragosto. A afirmação deste poema, considerado por Pound como uma pérola da nova poesia, é reforçada com o artigo em *The Little Review*, dois anos mais tarde, de May Sinclair, por ele encomendado, confessamente, "em louvor de Prufrock".[46] Da mesma forma, *The Little Review* publicava críticas de Jane Heap sobre *The Portrait of the Artist as a Young Man*, de James Joyce, que complementavam a sua publicação, por intermédio de Pound, em *The Egoist*. Com isto presenciamos também a não menos importante construção cuidada das personalidades literárias que vieram a ser reconhecidas como os grandes vultos modernistas, cujas obras eram, assim, de preferência, acompanhadas de uma crítica explicativa e expostas a uma circulação alargada, garantida pelas redes de que estes pequenos periódicos faziam parte.

[46] Carta a Margaret Anderson, de 10 de Agosto de 1917 (Pound *in* Scott *et al.*, 1988: 109).

A seriedade do projecto de *The Little Review* em relação a *Poetry* será marcada antes de mais pelo género dos seus intervenientes privilegiados, os quatro homens que Pound anuncia no editorial.[47] A tomada de *The Little Review* surge, de resto, como a concretização do projecto da "revista masculina", a que há referências na correspondência com John Quinn, a partir de Março de 1915 – "Pergunto-me se seria possível dar um mergulho realmente arrojado e içar a bandeira: 'Nenhuma mulher será autorizada a escrever para esta revista'" (Pound *in* Materer, 1991: 41, 53) – e permite-nos observar um momento importante de sexualização da literatura, ou seja, de invenção de uma identidade sexual para a poesia, que tem reflexos no plano social, pelo que admite e pelo que exclui de cada sexo. Da actuação de Pound em *The Little Review* fica clara a construção de um modernismo deliberada e orgulhosamente másculo, que opta intencionalmente por excluir as mulheres artistas. Não é um acidente, a invisibilidade da subjectividade feminina; resulta do preconceito quanto ao seu valor e potencial, embora Pound não se coíba, como fiz notar, de se apropriar de ideias de mulheres poetas que afinal considera originais e intelectuais, como aconteceu com H. D. Mas a apropriação da sensibilidade feminina teve, necessariamente, de ser feita de acordo com os códigos de rigor e objectividade que presidiam à nova estética modernista, o que levaria T. S. Eliot a escrever, no ensaio basilar "Tradition and the Individual Talent", que "a poesia não é um soltar da emoção, mas uma fuga à emoção" (Eliot, 1975: 43). Donde também a defesa da profissionalização do poeta, em substituição da noção romântica do génio pela da aplicação e mestria que realojaria a poesia no domínio social; por outras palavras, a grande tarefa do modernismo era a remasculinização da cultura (Felski, 1995: 80). É desta forma que a poesia se reajusta às novas exigências do mercado, aproximando-se da ciência, em busca do autodomínio e objectividade que perdera e, finalmente, cria a sua própria ciência – o *new criticism* –, através da qual institui práticas de leitura que normalizam o acesso à escrita e simultaneamente seleccionam não só o seu público, erudito por definição, mas os próprios artistas, afastando

[47] Há ocasiões em que Pound trata *The Little Review* simplesmente como "uma posição comum [dos] quatro machos", Carta a Margaret Anderson, de 09 de Fevereiro de 1917 (Pound *in* Scott *et al.*, 1988: 186).

amadores; como refere Gail McDonald, "O profissionalismo é o elitismo da democracia; ao sublinhar a especialidade, cria uma aristocracia de talento, treino e trabalho" (1993: 87).

As ideias de Eliot são secundadas por Pound, na sua defesa da fusão do feminino e do masculino sob condição do controlo da sensibilidade através da força criadora masculina, sugerida na metáfora do cérebro como fluido genital, pronto a ser fecundado e dado forma pelo espermatozóide, a força criadora: "o homem [é] realmente o falo, ou o espermatozóide atacando, de cabeça, o caos da fêmea" (Pound, 1958: 203-204).[48] Esta ansiedade é representada com mestria, para o crítico Peter Nicholls, justamente na voz do poema de T. S. Eliot "Prufrock", que nunca consegue sequer formular o convite sexual (Nicholls, 1995: 187-189). Apesar da atracção pela mulher, é permanente a hesitação e a impotência.

O medo das mulheres poetas e das suas movimentações na cena cultural da época prende-se com a importância que tanto elas, na sua reivindicação de direitos políticos e maior liberdade, como o mercado de massas vinham ganhando. A nova autoridade cultural das novas formas associadas ao mercado ameaçava os poderes estabelecidos, como da literatura de elite, que Pound representa. Associada a ideias de acessibilidade, ou seja, identificação fácil, leveza, prazer, sentimentalismo e banalidade, a cultura de massas emergente era associada aos mesmos atributos tradicionalmente associados à feminilidade. Como as revistas literárias eram publicações privilegiadas para circular em mercados de grande consumo, Pound via o mercado de publicação e imprensa periódica enredado na sentimentalização da literatura e no primado do público que tanto detestava. Quando argumenta que a sua "revista masculina" visava pôr termo à "ginocracia" (Pound, 1991: 41), em carta a John Quinn, Pound referia-se precisamente a essa popularização da cultura vista como responsável pelo descrédito da literatura e pela decadência do gosto e dos padrões de qualidade de que Pound tantas vezes acusava a revista de Harriet Monroe.

---

[48] Na mesma linha e no mesmo texto, pode-se ler uma visão complementar da sexualização da atividade mental e criativa: "[O] cérebro é, ele próprio, na sua origem e desenvolvimento, apenas uma espécie de um grande coágulo de fluido genital guardado em suspenso ou de reserva" (Pound, 1958: 203-204).

Suzanne Clark, procurando situar o chamado "discurso sentimental" no modernismo, denuncia a escalada desta estética contra a chamada feminização da cultura como um pretexto que permitiu dar largas aos intuitos misóginos dos teóricos do movimento sem questionação das suas consequências (Clark, 1991: 9). Clark demonstra como a cruzada anticultura de massas correu a par não só da sexualização da literatura, mas da sexualização da intelectualidade,[49] que produziu a nova definição do poeta como "uma mulher intelectualizada" (John Crowe Ranson *apud* Clark, 1991: 9). No entanto, este posicionamento arrastou a marginalização das mulheres, ao inventar uma relação do poeta com o texto que, atribuindo à mulher o papel de signo, impede a definição de um sujeito feminino real. Para esta crítica, o modernismo inventa uma "*écriture féminine*" como desejo de um sujeito homem, que acaba por originar uma situação de ironia entre o sujeito e o texto: ao mesmo tempo que a escrita permite romper com as convenções masculinas, simultaneamente torna impossível o aparecimento de um sujeito feminino dentro da língua, continuando a mulher assim a servir o desejo masculino (*ibidem*: 7-8).

Por outro lado, toda essa teoria de uma fusão dos sexos, gerida contudo pelo masculino, era defendida em termos de representação e, assim, justificava o silenciamento e ausência das mulheres. O gesto não pode, no entanto, se não ser desmascarado como uma ficção de fraternidade que iludia intuitos totalizadores, a que Juliet MacCannell chamou "o regime do irmão". MacCannell assinala como, após as rudes quebras infligidas ao patriarcado ocidental tradicional pelas reivindicações feministas a partir do século XIX, é inventado o "regime do irmão", segundo o qual o homem se assume no direito de representar a mulher em prol de um ideal de fraternidade que, na verdade, apenas disfarça a continuação da subjugação das mulheres (*apud* Felski, 1995: 17). As consequências (ou os benefícios) são várias: conforme é desfeita a necessidade de atribuir uma voz própria à mulher, é adiado o reconhecimento da sua individualidade e da sua quota de responsabilidade nas decisões políticas da nação. De caminho, afasta-se o perigo de concorrência profissional.

---

[49] Clark (1991: 3) usa a expressão "the engendering of intellectuality", que se poderia traduzir como a atribuição de género à intelectualidade.

Mas a justificação modernista do afastamento das mulheres é ainda marcada por preconceitos como o da sua carência natural de autocontrolo, logo, de capacidade de intelectualização (o mesmo preconceito que alia a alegada "hipersensibilidade" feminina a uma histeria latente). A "alergia" de Pound à poeta Amy Lowell, o total desprezo com que trata os esforços desta na publicação das antologias imagistas e a rapidez com que ele próprio se desliga do movimento à medida que cresce o envolvimento dela, confirmam como qualquer parceria com mulheres ameaçava comprometer a seriedade do projecto modernista masculino de recuperação da importância da poesia. Pound protege o "seu" imagismo, autorizando, por assim dizer, a sua conversão na versão ainda mais máscula do vorticismo, ao mesmo tempo que escarnece do que permanece do imagismo, com a definição "Amygismo". Em carta a Margaret Anderson, e em resposta à proposta de Lowell para controlar a secção de poesia de *The Little Review*, Pound opõe-se a qualquer influência desta na revista, mas não enjeita o seu contributo financeiro, provando também que, em funções de bastidores, resistia menos a consentir, usar, ou reconhecer mérito ao contributo feminino. Importa citar o passo da correspondência a Anderson relativo a esse episódio, porque ele prova como a misoginia estava sempre tão latente na ansiedade de manter a pureza do que se considerava ser a masculinidade do modernismo: "se eu ficava contente, de a ver a ser ordenhada do seu dinheiro" (Pound, 1988: 178).[50] Note-se que definições de mecenato sexistas eram um mimo exclusivamente feminino; John Quinn, por exemplo, que financiou *The Little Review*, era literalmente um par, com quem Pound chegava a discutir políticas literárias.

Resgatar o lugar da poesia no plano social e assumir uma sensibilidade tradicionalmente associada ao feminino, como Ezra Pound defendia, era, afinal, devolver ao impulso lírico a aceitação e a respeitabilidade de uma dimensão pública dominada pelo homem: era, de certa maneira, reapresentar a poesia com uma roupagem mais aceitável, porque associada agora também ao masculino. Comenta Frank Lentricchia que, ao empossar a língua do poder de uma renovação social através da restituição de uma relação mais directa com a realidade, que visava criar um novo respeito pelas particularidades do indivíduo, Pound anula a antítese entre a poesia e o poder,

[50] Carta a Margaret Anderson, de 25 de Janeiro de 1918.

assim tornando a lírica um instrumento de acção social. Esta transformação é sugerida na passagem da metáfora da imagem à do vortex, este já indicador do movimento da imagem no plano social. Posto isto, a profissionalização da lírica revolucionou a identidade sexual do poeta, ao fazer com que este se assuma como "duplamente sexuado", ou, na imagem do próprio Pound, "um centauro" (Lentricchia, 1994: 196). Embora esta posição tenha conseguido uma reavaliação do feminino enquanto poesia, não arrastou consigo a partilha do novo espaço de acção com as mulheres participantes da cena modernista. Isto é, a reinserção do poético na sociedade não funcionou em termos de um alargamento do espaço social ao que era identificado com o espaço privado, nem de um reconhecimento do feminino em termos de igualdade (ou, sequer, de diferença); foi tão simplesmente a apropriação de características tradicionalmente associadas à identidade feminina. Tal como no gesto de representação ou na valorização da sensibilidade, o poeta modernista legitimou o feminino em si próprio, aumentando o seu território de identificação, mas fê-lo à custa da diminuição do espaço de identificação das mulheres.

A acção de Pound em *The Little Review* faz-se sentir também nos seus ataques às políticas culturais nacionalistas (Pound, 1988: 80) e ao comportamento burguês. Exemplo de uma crítica combinada desses dois aspectos é "L'Homme Moyen Sensuel" (*The Little Review*, 4.5, 1917: 8-16), que Pound apresenta como representativo do tipo nova iorquino, que existe numa proporção de: "cerca de três em cada quatro cidadãos homens [...] e já é tempo de alguém fazer alguma coisa com ele [...] o 'Homme' vai irritar aqueles que é sua função irritar, e não nos fará qualquer mal". Trata-se de uma sátira centrada na realidade sua contemporânea, feita de citações, episódios e referências a figuras reais, num gesto em tudo paralelo ao de Almada Negreiros em obras como o *Manifesto Anti-Dantas e por Extenso* ou "A Scena do Ódio".

"L'Homme Moyen Sensuel" compõe uma paródia poética do género do *Bildungsroman*, o romance de formação, pois acompanha o percurso de desenvolvimento de uma personagem desde a sua infância, na província, até à vida na cidade, onde acaba por ceder à tentação fácil da estagnação do meio cultural burguês. O texto é facilmente colocado em paralelo com os manifestos de intervenção do modernismo português, pelo que ostenta de ataque ao lepidóptero – como diria Mário de Sá-Carneiro –, o burguês aqui representado na imagem dos "casacos a rebentar pelas costuras que não são nem tépicos, nem distintamente boreais", que é também a figura que domina nas direcções das publicações literárias – "esse fedelho / que é agora o director de *The Atlantic*". Donde se depreende que o alvo da crítica é a cultura de massas, promovida por figuras incompetentes.[51] Daí que os alvos sejam a imprensa e a política, desde as pequenas publicações literárias, aos Correios Centrais que exerciam a censura e às leis reguladoras do mercado livreiro, os quais, tendo a capacidade de mobilizar a opinião pública, pelo contrário só favoreciam a sua estagnação. Uma nação assim devota de uma cultura deleitosa e adocicada ("Uma espécie de sacarina fedorenta a desfazer-se"), acabou por produzir como cultura, nas imagens de Pound, uma mistela pegajosa na qual a musa foi apanhada e caramelizou. Este tipo de ironia domina todo o poema, surgindo cristalizada nas imagens do atraso cultural – ("um gosto por livros que se tornou perene / E é anterior ao Centenário de Filadélfia") e da infantilidade por dependência da imitação ("Pois mentes tão totalmente firmadas em citações / não são o melhor pulso das nações novatas").

Radway, o herói representativo da nação, é a estranha mistura que resulta da sociedade efeminada governada pela tirania da pantomima ("fruto da pantocracia, / A mais fina flor da sua ginocracia"), mas, ao mesmo tempo, ele é um conhecedor da arte dos poucos grandes escritores norte-americanos cujo valor a nação não soube reconhecer, Poe, Whitman, Whistler e Henry James: "Por isso, 'encarou a vida' com intenções bastante confusas". Apesar destas referências, Radway faz a escolha errada, ao deixar-se enredar no prazer fácil da cultura de massas: por influência da mãe, frequenta espectáculos de coristas. Esta prisão na cultura fácil privá-lo-á para o resto da vida de aventuras inesperadas, ou de jogos intelectuais estimulantes como os de Prufrock, no poema de Eliot.

A crítica à hipocrisia burguesa sobressai na imagem de Radway como guardião da moralidade, ao seguir o modelo da Igreja: "Quando o encontrei a última vez, era um pilar numa / Organização pela supressão do pecado. [...]

[51] Compare-se as acusações de Pound à imprensa periódica nesta sátira com as de Almada Negreiros, no *Manifesto Anti-Dantas*, ambas de responsabilização pela decadência das letras nacionais: "E os jornalistas do *Século* e da *Capital* e do *Notícias* e do *Paiz* e do *Dia* e da *Nação* e da *República* e da *Lucta* e de todos, todos os jornais!" (1993: 22).

/ Não que tenha mudado de gosto, nem tão pouco de hábitos". Pound ataca assim o oportunismo de uma classe que arma a sua vida em função de uma moralidade convencional que, na realidade, viola, mas na qual ainda assim vive enredada e em cuja reprodução se empenha como na edificação de uma grande obra. Radway é, afinal, a contraparte de Poggio que, no diálogo "Aux Étuves de Weisbaden: A.D. 1451", faz a outra escolha: "Eu próprio sou uma mala de retalhos, um amontoado de vistas e citações, mas não derrubo a vida por amor a um modelo" (*The Little Review*, 4.3, 1917: 15).

A imagem da estagnação social que Pound ataca é alargada nas imagens pesadas da Igreja e do hipopótamo, no poema sarcástico "The Hippopotamus", de T. S. Eliot, também publicado em *The Little Review* (4.3, 1917: 10-11). O poema constitui uma refinada paródia à burguesia e sobretudo à instituição religiosa enquanto fonte da moralidade vigente que, por sua vez, tinha responsabilidades na sentimentalização da cultura. Ao contrário de "L'Homme...", a sátira de Eliot é bastante menos violenta e menos explícita, resultando o seu efeito de um uso mais fino da alusão e sobretudo num complexo jogo de ironia que depende do que é subentendido, do *understatement*. A comparação, a figura de base do poema, deixa sempre algo em suspenso entre os termos. Daqui resulta a ironia, na medida em que o exagero reside na equiparação de realidades tão díspares como a instituição religiosa e um animal sem apêndice simbólico de sacralidade, nobreza ou qualquer outro valor positivo. A crítica mais contundente resulta porém, não da aproximação mas de um contraste inesperado, quando o prato da balança que pesa a indolência é o da Igreja ("a Verdadeira Igreja nunca precisa de se mexer / Para recolher os seus dividendos / [...] / A Igreja pode dormir e alimentar-se ao mesmo tempo"). Quando, na segunda metade do poema, as figuras se confundem, com o hipopótamo ascendendo aos céus e a Igreja atolada "na velha névoa pestilenta", há uma fusão que anula a antítese entre os dois termos de comparação, ao mesmo tempo que aproxima o leitor da carga alegórica das duas imagens de base: enquanto o animal se revela uma alegoria do burguês, pelas características da obesidade, a Igreja, continuando inerte no lodaçal, perde as características humanas e humanizadoras que normalmente lhe seriam atribuídas. A contaminação de espaços e da linguagem nega, portanto, a antítese de base da comparação: a Igreja e o burguês são um só, unidos pela condição da estagnação.

The Little Review também funciona, para Pound, como um laboratório onde se moldam materiais mais arrojados e provocadores, destinados a ser depois publicados, após as primeiras reacções e as eventuais correcções, quer em revistas de maior tiragem em que Pound também colaborava, como *The Dial*, quer em livro, como refere em carta a John Quinn (Pound, 1991: 200). Para os modernistas, a questão da experimentação é parte do processo de profissionalização e de aproximação à ciência que visa recuperar a credibilidade da arte literária em função das mesmas leis em que se baseava a autoridade da ciência e da tecnologia reinantes. Por outro lado, a objectividade era condição para o exercício poético da impessoalidade, como argumentava Eliot.[52] A poesia, como processo capaz de suspender a identidade individual, era entendida como a forma literária ideal para a concretização da diferença, ou seja, a abolição do Eu dominante nas teorias nacionalistas conforme surgia em *Poetry*. Como afirma Gail McDonald, "O experimentalismo poético, como a investigação científica, permitiram ao poeta e ao leitor ver e rever o mundo e, imaginativamente, tomar pontos de vista diferentes dos seus, libertando-os assim dos provincianismos do tempo, do espaço e da identidade" (1993: 74). Esta independência da arte em relação ao sujeito conferia-lhe a potencialidade da universalidade pela qual teóricos, como não só Pound e Eliot mas igualmente Almada Negreiros e Pessoa, se batiam. A poesia fazia explodir as barreiras nacionais, mas acabava por apenas substituir uma essência por outra: o poeta subestimava a representação nacionalista, porque a projecção transnacional lhe conferia uma possibilidade de domínio ainda maior, como as teorias de Fernando Pessoa acerca do sensacionismo e do Quinto Império, esclarecerão[53] de forma mais clara do que as de Pound.

Deste modo, para Pound, o contacto com outras expressões artísticas era uma forma de superar o espaço imaginativo nacional, o qual, aliás, era um padrão de definição de arte perfeitamente artificial, tendo em mente que o ideal de Pound era uma literatura-mundo liberta de factores como a nacionalidade. Em total oposição com o nacionalismo cultural, o

[52] O passo da teoria de Eliot é o seguinte: "O progresso de um artista é um auto-sacrifício contínuo, uma contínua extinção da personalidade [...] É na sua despersonalização que se pode dizer que a arte se aproxima da condição de ciência" (1975: 40).

[53] Cf. Ramalho (1993: 114-115).

transnacionalismo de que *The Little Review* se torna o arauto definir-se-ia como a fuga deliberada do particular (o nacional), uma ânsia do Outro que implica a rejeição de todo um determinado código de valores ou modelo cultural associado a um determinado território. A defesa de uma arte transnacional surgia assim como reacção do indivíduo ante a ameaça da massificação associada ao nacionalismo e define-se em termos anti-imperialistas por, em teoria, estender aos povos de qualquer ponto do globo o direito básico à identidade.

No número de *The Little Review* dedicado a um dos raros mitos literários norte-americanos de Pound, Henry James, escrevia Pound: "Toda a grande arte luta pela comunicação [...] E esta comunicação não é um nivelamento, não é uma eliminação da diferença. É um reconhecimento da diferença, do direito das diferenças a existir, do interesse em achar as coisas diferentes" (*The Little Review*, 5.4, 1918: 9). Contudo, e como a questão da apropriação do feminino demonstra, a negação do imperialismo político apenas acontecia para dar lugar à apropriação ou influência cultural e, nesse aspecto, o transnacionalismo modernista acabava por ser somente uma extensão do imperialismo político. Como já vimos, Homi Bhabha explica que uma posição de reconhecimento da diversidade não implica necessariamente a valorização e autorização da diferença cultural. No caso da estética modernista, parece ser indiscutível o reconhecimento da diversidade, mas, quando o poeta modernista pretende realizar a síntese do Eu com o Outro através da arte demonstra não saber reconhecer, de facto, o espaço da diferença.

A concepção transnacionalista de arte de Pound não pretende, de qualquer modo, ser democrática.[54] Aliás, ele escarnece abertamente das pretensões igualitárias da democracia, ao defender que não é qualquer indivíduo que pode ser um poeta. Da mesma forma, e como o *new criticism* mais

---

[54] Este passo de uma carta de Pound a John Quinn, de 27 de Julho de 1916, é significativo a respeito da natureza das teorias da elite intelectual: "Não acredito no público. Liberdade, igualdade, fraternidade, democracia, tudo muito bem. MAS a arte existe apesar delas. [...] A aristocracia [...], composta por um número pequeno de artistas, um número pequeno de pessoas que sabem, uma pequena quantia de dinheiro, tem de subjugar um certo meio. [...] Esta subjugação é puramente um processo sem escrúpulos que é possível graças às aspirações e à imbecilidade dos subjugados. O resto é um rebanho de ovelhas" (Pound *in* Materer, 1991: 79).

tarde demonstrará, nem qualquer um pode ser um leitor, tendo em mente a condição de erudição e o culto do mistério da poesia. É este princípio que irá validar a aura de superioridade, isto é, o *poder* de poetas e estudiosos (McDonald, 1993: 117). Este elitismo, tal como as pretensões de universalismo, contribui para o perigo totalizador que estes intelectuais só conseguem apontar todavia à homogeneização nacionalista. As comunidades internacionais de artistas que se desenham aqui, nas revistas, autodefiniam-se como comissões autónomas na supervisão da acção cultural e política das respectivas comunidades nacionais. Além disso, Pound também se debruça sobre a estrutura económica da sociedade, assim como a poética de Pessoa tem ramificações políticas – o Quinto Império e o imperialismo dos poetas podem ser concebidos como espirituais e estéticos, mas, ainda assim, são impérios, ou seja, são estruturas de poder específicas.

Ainda que Wallace Stevens não fosse um dos poetas favoritos de Ezra Pound, presta-se especialmente a ilustrar uma vocação de universalidade e, simultaneamente, o posicionamento na diferença, isto é, a quebra da identidade, conforme a preconizava o cânone modernista que Pound ia definindo, nas páginas das revistas. "Metaphors of a Magnifico" é incluído no primeiro dos "Números Americanos", uma série organizada por Jane Heap (*The Little Review*, 5.2, 1918: 4), destinada a exibir a excelência da arte nacional. Para Heap, era importante demonstrar que a produção de artistas dos EUA ia ombreando com a arte estrangeira que a revista publicava regularmente, pelo que não será talvez acidental que os "Números Americanos" surjam tão perto do armistício. De facto, esta secção da revista e a política editorial que a acompanha poderão ser o fio condutor ideal para a consideração de uma metáfora de pluralidade de sentidos que associaríamos à pluralidade de uma identidade transnacional. Neste poema de Stevens, por exemplo, é através do exercício de questionação da linguagem e da sua capacidade de apreensão do real, que a relação do Eu com o Outro e com o objecto que medeia essa relação, a linguagem, são colocados em causa.

Contrariando o título, o poema de Stevens brinca com a idealização da metáfora enquanto figura totalizadora da realidade e da comunicação. O poema constrói-se a partir da repetição consecutiva da imagem de uma travessia de uma ponte:

Vinte homens cruzando uma ponte
Para uma aldeia,
São vinte homens cruzando vinte pontes,
Para vinte aldeias.

É uma imagem que resiste continuamente à abstracção:

Isto é uma velha cantiga
que não se vai declarar [...]
[...]
Que não se vai declarar
Porém, e certa como o significado.

Quando a voz poética, tal como o leitor, se prepara para moldar uma imagem intelectual, "o sentido foge", restando só, novamente, a mesma imagem inicial. A recusa do processo metafórico (a que Pessoa/Alberto Caeiro chamava a "metafísica das coisas") sugere a renúncia a um sistema estável de referências (ou seja, a um modelo de conversão do Outro ou da diferença) que ofereceria ao leitor a resolução esperada, o reconhecimento, uma imagem familiar.

A teoria de metáfora do próprio Wallace Stevens prevê o seu funcionamento por semelhança, ou aproximação, entre o sentido literal e o figurado (numa dinâmica de intersticialidade, portanto), que suplanta a binaridade tradicional da palavra e do objecto, como do Eu e do Outro. Assim, o real nunca é, para Stevens (1951: 71), o objecto em si, mas tão somente aquilo que o poeta também denomina como "uma estrutura da realidade", uma estrutura formada a partir da descoberta da semelhança entre as coisas. Tudo o que o olhar e a imaginação apreendem é deste modo a semelhança apenas, porque é necessariamente mediada pela imaginação, sendo a realidade concreta inalcançável. Daí que se possa dizer que a imagem que se forma é um terceiro objecto produzido no próprio "acto de enunciação", o espaço onde reside, ou flutua, a diferença cultural, diria Bhabha (1994: 35-36); ou, para Stevens, o espaço da pluralidade de sentidos.

Vinte homens atravessando uma ponte à entrada de uma aldeia são só vinte homens atravessando a ponte e o mesmo que um homem cruzando a ponte, como podiam ser outra coisa qualquer – a imagem não produz, no entanto, um significado, pois "o significado foge". Se a generalização sugere a universalidade: "um homem"/"vinte homens", "uma ponte"/"vinte pontes", "uma aldeia"/"vinte aldeias", a elaboração que a imaginação consegue construir a partir da realidade é, simultaneamente, variável, o que significa que está sujeita à tal diferença cultural de que Bhabha fala, que é a posição da própria voz. Ao furtar-se a uma elaboração pessoal, refugiando-se na tautologia, a voz assume uma posição de identidade bastante ambígua, pois, ao mesmo tempo que forja a identidade totalizadora do Outro, esta é problematizada pelo anonimato tanto da voz, como dos homens e do lugar. O poema prefere deambular pelo terceiro espaço, sem fixação desejada; ele é a possibilidade de sentidos que, tentando negar, todavia não nega sequer a metáfora, porque uma imagem assim límpida e concreta como esta, ainda mais rapidamente gera uma variedade de imagens. Ou seja, o poema de Stevens radicaliza o ideal de imagem depurada que, no ditar de Pound, "dá essa sensação de libertação repentina; essa sensação de liberdade dos limites do tempo e do espaço" que realiza o seu apelo universalizante ("A Few Don'ts by An Imagiste", *Poetry*, 1.6, 1913: 200).

O próprio título do poema é por demais ambivalente, jogando caprichosamente com as expectativas do leitor. Por um lado, o que parecia uma ironia à primeira vista, posto que as metáforas são exactamente aquilo que falta no poema; por outro, o "Magnifico" que atesta a cada passo a sua incapacidade de traduzir a "velha canção". Esta ironia é típica da exigência interpretativa da poesia do chamado "alto modernismo". Apesar do recurso a uma linguagem bastante despretensiosa e depurada, o poema frustra expectativas com o mesmo à-vontade com que "Prufrock" o fazia; como neste, o poema de Stevens tranca-se em si mesmo, encalha a cada tentativa de formulação, confunde o leitor nos apartes que entremeiam as tautologias, desilude na própria solução tautológica. E tudo o que fica é o olhar, como nos versos finais de outro poema de Stevens igualmente publicado em *The Little Review,* noutro dos chamados "Números Americanos": "X" – qual outro "Magnifico" –

> o homem poderoso, o pensamento poderoso
> [...]

Observa a cana com um olhar persistente
[...]
Observa e depois continua a observar. ("Anecdote of Canna", *The Little Review*, 5.8, 1918: 13)

Para Pound, a descentralização do indivíduo é, pois, a condição da própria criação e a falta de uma identidade é a única identidade possível porque liberta a criatividade. Este entendimento permite compreender a falta de tradição, na cultura norte-americana, como um privilégio, uma fonte potencial de criatividade, porque a disponibiliza para outras influências (que só os melhores sabem seleccionar), ideia que mais não é senão uma variante da teoria de Pessoa acerca da universalidade maior do povo português, no sentido da capacidade infinita de identificação com a diferença. Como Frank Lentricchia nota, o que Pound pretende é assumir essa ausência de um centro como "uma não-identidade de possibilidade pura, uma ausência de essência" (1994: 206). Mas o centro não deixa de existir, ele apenas alarga. A diferença, por sua vez, é harmonizada, contida em fórmulas como o multiculturalismo, que, além de conterem a conflituosidade, atestam o seguimento de um modelo de homogeneidade étnica, ou de algo que se lhe assemelha, que mais não era do que o modelo europeu ocidental. Se o modernismo anglo-americano procura, neste momento, se não ainda substituir, pelo menos associar-se a um centro já formado, compreende-se que não lhe interesse inventar modelos de negociação e articulação da diferença cultural.

Apesar destas limitações, as movimentações literárias e culturais que percebemos nas revistas parecem-me demonstrar como o modernismo revelou que a cultura é um terreno necessariamente híbrido, uma arena de forças onde se movem interesses e tendências opostos, mas também complementares e onde os centros e as margens podem lutar pela mobilidade, como a instalação da alta cultura e da "identidade de possibilidade" norte-americana nas páginas de *The Little Review* comprovam.

CAPÍTULO 4

ORPHEU E *PORTUGAL FUTURISTA* A ACTUALIZAÇÃO DOS MITOS, EDS. FERNANDO PESSOA & ALMADA NEGREIROS

Orpheu e *Portugal Futurista* são claramente entendidas pelos seus directores e colaboradores como degraus num mesmo projecto de desautorização da ordem cultural e política vigente e instauração de uma nova ordem, criteriosamente definida por teóricos como Fernando Pessoa e Almada Negreiros. Essa nova ordem visava restaurar não só a vida cultural, mas também e sobretudo a identidade nacional portuguesa. Se atentarmos à instabilidade social e política que marcou as duas primeiras décadas do século XX e em particular às várias tentativas autoritárias, é por certo lícito considerar o momento do primeiro modernismo, e especificamente a publicação das revistas *Orpheu* e *Portugal Futurista*, como o golpe artístico paralelo às sublevações sociais e políticas, ao qual não faltaram sequer os mesmos contornos autoritaristas, muito embora a demarcação da arte em relação ao espaço político fosse ponto de honra nestas vanguardas (se não um subterfúgio inteligente para protegerem os seus excessos).

Orpheu e *Portugal Futurista* foram conspirações óbvias, brotando ambas do seio de um grupo de intelectuais de Lisboa a que Nuno Júdice (1986: 14) aponta uma série de características em comum:

> um certo aristocratismo de comportamento, que se distingue dos ideais democráticos da República; uma origem de classe elevada a que, nalguns casos, correspondia uma vida económica sem problemas; uma formação intelectual superior, ainda que demasiado influenciada pela cultura francesa, contrariamente à formação inglesa de Pessoa.

Essa diferença fica clara logo no editorial de abertura de *Orpheu* (1, 1915: 11-12), no qual Luis de Montalvor (o director do primeiro número), reivindica a diferença ao afirmar que a revista "vincula o direito de se desassemelhar de outros meios, maneiras e formas de realizar arte" e se demarca das outras revistas precisamente por rejeitar a homogeneidade que "esteriliza" o indivíduo.

O pacto de *Orpheu* é estabelecido com base na individualidade dos artistas, mas o projecto de um público específico fica esboçado desde as primeiras páginas da revista. O público que a revista quer que seja o seu deve aderir à expressão artística em projecto; só assim poderá formar-se uma comunidade própria, marcada pelo "bom gosto e refinados propósitos em arte", como escreve o seu director. Conclui-se assim que o grupo dos de *Orpheu* se une com a intenção de "[dar arte] aos outros que, da mesma especie, como raros e interiores que são, esperam ansiosos e sonham nalguma cousa que lhes falta, do que resulta uma procura estética de permutas: os que nos procuram e os que nós esperamos...". Por isso também, Fernando Pessoa se referirá sempre ao grupo como "nós, os de *Orpheu*", realçando que a criatividade individual é a condição de superioridade de cada um dos de *Orpheu*, que a partilham com esse público-comunidade imaginada que os lê e com eles aprenderá a identificar-se. Nisto, a intenção não se afasta muito do projecto de *Poetry,* nem do de *The Little Review,* cujos motos declaravam a relação ideal que pretendiam com o seu público, "para ter grandes poetas, temos de ter grandes públicos" e "a revista daqueles que escrevem os outros" (respectivamente).

Orpheu, que começa a ser publicada em 1915, abre o caminho ao modernismo português, por isso se apresenta ainda como uma ponte entre a corrente artística tradicionalista, marcada pelo decadentismo e pelo saudosismo, e outra já vanguardista que atravessa os vários -ismos dispersos pela revista. Dois anos mais tarde, *Portugal Futurista* dará plena voz à vanguarda iniciada em *Orpheu*, ao assumir-se como a provocação total – e total porque arremete contra todos os aspectos possíveis do Portugal da época, além de atentar igualmente contra o panorama político internacional. De facto, podemos dizer que, se *Orpheu* interrompeu o hábito cultural português só através da metáfora e da poesia e incomodou pela deliberada incapacidade de comunicação que instalava uma comunidade imaginada paralela, *Portugal*

Futurista assumiu abertamente todo o atrevimento, arrojando-se a denunciar os vícios pelos seus nomes ou através de metáforas de qualquer modo mais directas do que a fragmentariedade das novas estéticas de *Orpheu* deixava entender. Mas, mais importante ainda, *Portugal Futurista* apresentava já as alternativas ao sistema, através de manifestos programáticos que exigiam uma nova ordem, as novas direcções a tomar e a missão cultural da nação. Também por isso não teve tempo de asfixiar ante a falta de financiamento como aconteceu com *Orpheu*, que capitulou às portas do terceiro número, porque *Portugal Futurista* foi confiscada pelas autoridades na véspera de distribuição do primeiro número.[55]

Para entendermos melhor os objectivos, as preocupações, o percurso e os reveses destas publicações é porém necessário considerar o panorama político e sociocultural da época e as repercussões na sociedade portuguesa de uma ordem internacional em mudança que viera expor, sem mais disfarce, a inconsequência do poder imperial português que parecia alastrar à governação da própria metrópole. Após a perda do Brasil, em parte já facilitada pelos conflitos políticos internos (a Revolução Liberal de 1822), é sobretudo o Ultimato britânico de Janeiro de 1890 que, pondo fim às ambições territoriais portuguesas em África ao inviabilizar o chamado "mapa cor-de-rosa" de união de Angola e Moçambique, colocou igualmente a descoberto a impotência de gestão do império e o fraco prestígio da nação a nível internacional. A esse episódio segue-se uma série de reacções oposicionistas que acentuam o mal-estar social, como a revolta republicana de 1891 no Porto, seguida da bancarrota do Estado, no ano seguinte, a breve ditadura de João Franco e o regicídio de D. Carlos I, em 1908, até à instauração, em 1910, da República.

Carregado das maiores esperanças, o regime republicano vai-se todavia revelando cada vez mais susceptível aos mesmos vícios imputados à monarquia destituída e será também ele marcado por uma sucessão de golpes e contragolpes políticos, a culminar na sublevação autoritarista do General Carmona em 1926, antecessora directa do que viria a ser a ditadura

[55] É o próprio Pessoa quem escreve a Sá-Carneiro que a revista não pretende senão ser uma pedrada no charco. A carta, de 14 de Maio de 1913, foi publicada juntamente com a correspondência de Sá-Carneiro ao poeta (1978: 137).

salazarista, cujo percurso se iniciaria apenas dois anos mais tarde. Acompanhando o acentuado declínio nacional, ia-se delineando uma avidez na definição de uma identidade nacional que pode ser traçada até à Geração de 70 e às Conferências do Casino, as quais vão dando conta da inflamação crescente do nacionalismo em Portugal, cuja direcção antibritânica vai sendo cada vez mais clara e ganha forma literária precisamente na década inaugurada pelo Ultimato, com a trilogia *Finis Patriae*, *Canção do Ódio* e *Pátria*, de Guerra Junqueiro, este último considerado, quase duas décadas mais tarde, por Fernando Pessoa, como o melhor livro português dos últimos trinta anos.[56]

Toda essa inquietação com o carácter nacional desemboca nos projectos de recuperação da identidade nacional anunciados por Pessoa nos artigos da revista *A Águia* (1912), ideias que ganham forma poética em *Orpheu* (1915) e *Portugal Futurista* (1917), a caminho das obras abertamente nacionalistas *Mensagem* (1934), de Pessoa e *Histoire du Portugal par Cœur* (1919), de Almada Negreiros. Centrando-nos, pois, nas revistas, vemos que os seus projectos apresentam uma identidade portuguesa alternativa à vigente preconizada por intelectuais da época, como Júlio Dantas, cúmplice do republicanismo burguês, que Almada Negreiros ataca sem clemência num texto que antecipa alguns dos manifestos depois publicados nas revistas, o *Manifesto Anti-Dantas* (que foi impresso como folheto em Outubro de 1915).

O desnorte interno era entendido, mais ainda do que como um reflexo da quebra do poderio internacional português, como resultado fatal da "desnacionalização" da pátria, cuja responsabilização Pessoa e Almada Negreiros atribuem à desadequação dos modelos culturais e políticos importados do estrangeiro, que acabava por criar um modelo social artificial e daí incapaz de estimular a sensibilidade nacional. Em entrevista à *Revista Portuguesa*, Pessoa usava uma metáfora que dava conta dessa insatisfação: "estavam interrompidos os portugueses" (Pessoa, 1923: 18), a nação estava suspensa, mas esse vácuo de autenticidade que a desnacionalização criara era simultaneamente condição ideal para um reinício, para a recriação da Ideia Portuguesa, como veremos. Para estes intelectuais, o republicanismo exibia toda

[56] Pessoa assim o afirma em resposta ao inquérito da *República*, o periódico dirigido por Boavida Portugal que enceta dois projectos de levantamento do estado da cultura nacional, em 1912 e 1914.

essa falta de autenticidade, daí que mais ousadia ainda devamos entrever nos ataques visceralmente antiburgueses de Almada Negreiros e na ordem de despejo aos "mandarins da Europa" de Pessoa/Álvaro de Campos, se neles descobrirmos, além da insatisfação com uma ordem política nacional cúmplice da Europa decadente, a afirmação de uma diferença que o próprio regime não tinha a coragem de impor. De uma forma ou de outra, a subjugação evidenciada pelo Ultimato de 1890 perdurava num défice de afirmação da vontade nacional que a República alimentava, como João Medina faz notar, ao apontar não só a natureza burguesa do projecto republicano, mas recordando que Portugal foi apenas o terceiro regime europeu a depor a monarquia, donde a timidez das medidas reformistas republicanas, intimidadas por uma conjuntura europeia pouco favorável à mudança. Isto, já não mencionando o fenómeno da "adesivagem", que convertera instantaneamente milhares de monárquicos ao republicanismo (entre os quais se contava Júlio Dantas), que contribuíam para minar de dentro a ideologia e acção do regime (Medina, 1990).

O fundamento nacionalista do grupo de *Orpheu* – e de Fernando Pessoa em particular – devia muito ao desejo de libertação da nação da sua condição de dependência política e económica da Grã-Bretanha que o Ultimato expusera. Por isso, o projecto cultural iniciado com *Orpheu* baseia-se num compromisso de reformulação da identidade nacional perdida nessa subjugação à Grã-Bretanha, que, sobretudo no caso do ideário pessoano, encontra muitas simpatias na afirmação da autonomia cultural da ex-colónia britânica dos EUA, vizinhos na outra margem do Atlântico (o "mar português"). A relação paradoxal de atracção e repulsa pela cultura europeia que marca a identidade nacional em processo na poética modernista pessoana é prova mesma desse movimento duplo que veremos estar na base da identidade nacional. O projecto identitário de Pessoa vai assumir parcialmente a imagem de Outro que sempre lhe fora atribuída pelos poderes imperiais europeus e virar-se significativamente para um campo de realização mais novo e, ao mesmo tempo, mais velho, o Atlântico, na tentativa de afirmação individual por oposição à autoridade britânica. Já à data de *Portugal Futurista*, observaremos ainda a afirmação da diferença mas por retoma da tradição ocidental: quando Almada Negreiros, "futurista e tudo", toma, por uns tempos, as rédeas do modernismo, é embalado pela participação portuguesa na Primeira Grande Guerra e, nesse momento, volta a integrar a criação artística nacional na cultura europeia, ou seja, a localizar a definição da identidade nacional na partilha do Eu ocidental. É, afinal, o mesmo gesto duplo, simultaneamente nacionalista e cosmopolita, que observámos nas teorias de Harriet Monroe e Ezra Pound, em *Poetry*.

Seria, pois, por demais descabido isolar o fenómeno de *Orpheu* e *Portugal Futurista* a um momento exclusivamente literário ou a uma intenção de realização puramente estética, até porque arte, cultura e nacionalidade são termos muito próximos nos próprios escritos teóricos dos pensadores em análise, ou não fosse Pessoa quem afirma, no seu estudo *A Nova Poesia Portuguesa,* que "[p]oesia absolutamente original e poesia absolutamente nacional são expressões interconvertíveis" (Pessoa, 1944: 64). A intervenção deste na cena literária e cultural portuguesa foi desde o início conduzida por aquilo que Pessoa acreditava ser a sua vocação de representatividade da força cultural e espiritual da nação – autoproposição partilhada por Almada Negreiros –, e assim, a busca de uma realização individual como poeta que simultaneamente cumpriria um destino nacional. Este destino era entendido como uma missão dos portugueses para com toda a Humanidade e partia do pressuposto essencialista de que a raiz da identidade nacional portuguesa era, como Pessoa dizia no poema "Ulisses", em *Mensagem*, "um nada que é tudo" (Pessoa, 1963: 25), uma possibilidade ilimitada de "ser tudo de todas as maneiras", que mais não é, afinal, que uma capacidade inata de universalidade. Pessoa vem a redefinir essa universalidade em termos de capacidade de identificação plena com o Outro, que não só realiza como aumenta o sujeito. O heterónimo Álvaro de Campos apresenta-nos a sua melhor formulação poética num passo de "A passagem das horas", um poema que se crê ter sido destinado a *Orpheu 3* (o número que não chegou a ser publicado, por falta de financiamento):

> Sentir tudo de todas as maneiras,
> Viver de todos os lados,
> Ser a mesma coisa de todos os modos possíveis ao mesmo tempo,
> realizar em si toda a humanidade de todos os momentos. (Pessoa, 1964: 220-221)

Essa essência múltipla da identidade portuguesa tomaria necessariamente como veículo da sua missão a poesia – a "universalidade pura", nas palavras de Almada Negreiros (1992: 138) –, que partiria do cais lisboeta de Alcântara, nas palavras de Pessoa/Campos, à conquista da Humanidade.

Pessoa não perde, aliás, tempo para delinear e anunciar publicamente a sua intervenção no plano de regeneração da cultura nacional a que urgia deitar mãos: na sua estreia na imprensa literária portuguesa, nos artigos que publica em *A Águia,* em 1912, acusa a desnacionalização da literatura e profetiza o ressurgimento poético nacional pela pena do poeta que efectivamente realizará a vocação maior da pátria de uma forma que nem Camões conseguiu cumprir. Este "Supra-Camões" apresenta-se como a encarnação moderna do bardo nacional antigo e ultrapassado, da mesmíssima forma que Pound, como vimos, reconhecia o valor de Whitman, mas apontava a desadequação da sua mensagem à época moderna, proclamando-se o seu sucessor; assim Pessoa é o sucessor de Camões, facilmente se infere.[57] Vindo embora a cortar o vínculo com o saudosismo, de que *A Águia* era o arauto, a profecia do "Grande Poeta", ou o "Poeta Completo", como Pessoa escreverá noutro lugar, persegui-lo-á até ao fim, para lá da publicação de *Mensagem*, duas décadas depois.

Conforme já referido, o projecto de *Orpheu* vai assumir-se desde o início como fruto e semente de uma cultura de elite, por trás da qual se esconde uma determinada ordem alternativa à vigente. Tal como Ezra Pound e Margaret Anderson pretendiam criar, através de *The Little Review,* uma elite intelectual dirigente, completamente desligada das massas e acima do próprio poder político ("Sem qualquer compromisso com o gosto do público"), Fernando Pessoa e os de *Orpheu* também não pretendem converter toda a nação; querem, isso sim, dizer que são outros e criar uma comunidade simpatizante. De uma forma ou de outra, é sempre o Poeta, equilíbrio perfeito de sensibilidade e intelecto, quem se reivindica como o mais apto a elaborar, encarnar e disseminar a identidade nacional. Por isso, também no modernismo português presenciamos uma demarcação convicta em relação

[57] Os artigos em questão são "A nova poesia portuguesa sociologicamente considerada", "Reincidindo" e "A nova poesia portuguesa no seu aspecto psicológico", publicados, respectivamente, nos números 4, 5, 9, 11 e 12 de *A Águia* (1912).

às massas, bastante semelhante à que notámos em *The Little Review.* A relação com as massas é redefinida por volta de 1917, já em *Portugal Futurista* (num movimento algo semelhante ao que se observa em *Poetry* pela mesma altura), quando o patriotismo assoma ante a entrada de Portugal na guerra e emerge sobretudo no "Ultimatum futurista", de Almada Negreiros, mas em nada muda a consciência de base de que as massas constituíam uma ameaça permanente à individualidade/diferença.

É no repúdio desse amorfismo que reside a a-socialidade dos modernos, a qual é manifesta, por exemplo, em toda a poesia ortónima e heterónima de Pessoa, como nota Manuel Villaverde Cabral, o mesmo teórico que interpreta o conflito em termos de classe. Villaverde Cabral faz notar como, nos últimos trinta a quarenta anos à data do modernismo, com a industrialização e a urbanização, se havia assistido a grandes movimentos sociais que romperam os equilíbrios tradicionais entre as elites dirigentes, com a emergência do proletariado e da burguesia, que vieram exigir uma revisão do aparelho social, da qual nem a produção cultural nem a instabilidade social a que já aludi devem ser arredadas (Cabral, 1988: 26). O que passou a preocupar a intelectualidade portuguesa terá sido, nem tanto a pobreza cultural originada pela massificação do indivíduo, já que a essa, a mesma elite cultural tratava de obstar, mas sobretudo o poder político que essa maioria poderia vir a disputar e a consequente ameaça de subversão da lógica de subordinação instituída. É, portanto, também com esta hipótese que deve ser equacionada a ânsia de definição de uma liderança forte como força controladora dessa classe poderosa em número e imprevisível dada a sua novidade (ou a sua modernidade), uma preocupação que, como sabemos, é parte integrante do projecto de Pessoa e de Almada Negreiros, como do de Ezra Pound, e um dos pontos onde se torna mais transparente o reverso político deste projecto poético.

Em 1923, ao ser questionado acerca do estado da arte e da literatura nacionais, em entrevista à *Revista Portuguesa,* Fernando Pessoa declarava: "Nada há a esperar das classes dirigentes, porque não são dirigentes; e ainda menos da proletariagem, porque ser inferior não é uma superioridade. Com razão lhes chamei eu, a estes, *sub-gente*" (1923: 19-20). Do elitismo do projecto pessoano não havia, aliás, dúvidas, já desde a definição da nova arte, nos artigos de *A Águia,* concretizada, ao longo da década que permeou essa definição e esta entrevista, nos projectos de *Orpheu* e *Portugal Futurista*, entre outras pequenas publicações. Eram, pois, os seguintes, os parâmetros gerais que Pessoa ditava, em 1912, para a nova literatura conducente ao ressurgimento cultural da nação: a "não popularidade", a "antitradicionalidade" e a "nacionalidade", constituintes de um estilo "vago, subtil e complexo". É particularmente reveladora a justificação da primeira característica: as novas correntes literárias interpretativas da verdadeira alma nacional "traduz[em] a arte popular para arte suprema [...] fora da compreensão popular, entendendo-se por compreensão popular tudo quanto não seja a compreensão de uma *elite* ou aristocracia de inteligência" (Pessoa, 1944: 75).

Pessoa elaborará poeticamente esse ideal de poeta mais tarde, no "Ultimatum" de Álvaro de Campos, com a definição do "Poeta Completo", o da emoção intelectualizada, que é o "Homem-Synthese da Humanidade", paralelamente ao qual é traçado o papel intelectualmente inferior das massas: "Relegação do povo ao seu papel scientificamente natural de mero fixador dos impulsos do momento". As massas permanecem aprisionadas numa definição que confirma, também no momento artístico português, a conotação da cultura de massas com o sentimentalismo e a impulsividade tradicionalmente associados ao sexo feminino. A sexualização desses atributos indicia igualmente a exclusividade do movimento modernista português como um projecto de homens, que, ademais, irrompia numa sociedade onde o liberalismo era muito mais recente do que nos EUA, embora também as mulheres portuguesas já reivindicassem o direito de voto, o que poderá explicar porque é que as suas portas se mantêm trancadas à colaboração feminina.

A acção de Pessoa sobre a vida cultural portuguesa da época é agendada com cuidado, como fica claro numa carta a Armando Côrtes-Rodrigues, em 1915, pouco antes do lançamento de *Orpheu*. A carta revela a intenção agitadora da invenção do intersecionismo, planeado primeiro para circular sob a forma de uma antologia, depois cedendo lugar à própria revista *Orpheu* (embora esta não venha a ser o seu órgão exclusivo). Dir-se-ia que *Orpheu* se afigurou, entretanto, como um veículo de maior acessibilidade ao público, logo, mais passível de incomodar, o que atesta como o escândalo que originou foi uma *blague* bem programada. A mesma carta a Côrtes-Rodrigues revela ainda uma consciência aguda do poder de intervenção da arte e da sua "missão civilizadora"; escreve Pessoa,

> [s]erá todavia útil – penso – lançar essa corrente [o interseccionismo] como corrente, mas não com fins meramente artísticos, mas [...] como uma série de ideias que urge atirar para a publicidade para que possam agir sobre o psiquismo nacional, que precisa [ser] trabalhado e percorrido em todas as direcções por novas correntes de ideias e sentimentos que nos arranquem à nossa estagnação. (Pessoa, 1959: 74)[58]

O papel do poeta nessa reformulação cultural é, contudo, condição fundamental: "Porque a ideia patriótica, sempre mais ou menos presente nos meus propósitos, avulta agora em mim; e não penso em fazer arte que não medite fazê-lo para erguer alto o nome português através do que consiga eu realizar" (*ibidem*).

Na construção pessoana de uma identidade nacional há, pois, três pilares a ter em conta: o projecto é nacionalista; o projecto é a realização da vocação poética e profética de um homem; e, porque esse indivíduo se assume a si próprio como representativo da comunidade, a sua realização poética individual é a realização da nação. É comum que Sá-Carneiro aprecie a expansão própria do ser-tudo-de-todas-as-maneiras que Pessoa realiza magistralmente na heteronímia como a concretização do homem-nação, metáfora em que o próprio Pessoa se revê.[59] Esta é, aliás, uma ideia que reencontramos em Almada Negreiros, na teorização da interdependência entre a expressão do indivíduo e a da comunidade. Almada Negreiros aprofunda a ideia da representatividade defendida por Pessoa na sua noção de confluência dos termos individualidade e originalidade e na interdependência destes com a continuidade da nação/colectividade. Teoriza Almada Negreiros que, ao dar expressão à sua individualidade única, o indivíduo reanima permanentemente a originalidade e a autenticidade da nação, o que permite situá-la numa origem única, assim reafirmando a sua singularidade.

---

[58] Pessoa, carta de 19 de Janeiro de 1915, *Cartas a Armando Côrtes-Rodrigues*.

[59] Na carta 69, de 24 de Agosto de 1915, Sá-Carneiro (1978: 70) escreve a Pessoa, a respeito da heteronímia: "se [...] eu fosse Honoré de Balzac lhe dedicaria um livro da minha COMÉDIA HUMANA onde você surgiria como o Homem-Nação – O Prometeu que dentro do seu Mundo-Interior de génio arrastaria toda uma nacionalidade: uma raça e uma civilização"; na carta de Pessoa a Gaspar Simões, de 26 de Junho de 1929, Pessoa autodenomina-se também como um homem-nação (Pessoa, 1982: 32).

A nação, por seu turno, é o único garante da continuidade e imortalidade que falha ao indivíduo, permitindo-lhe a permanência da sua obra e expressão individual. É nessa simbiose que se realiza a chamada "direcção única" do indivíduo e da colectividade em conjunto, argumenta o autor num ensaio homónimo (Almada Negreiros, 1992: 31-54). Por outras palavras, e este é um dos traços mais abertamente nacionalistas da teorização de Almada Negreiros, é a nação que responde à ânsia de imortalidade do indivíduo: construir a nação atribui significado ao indivíduo. Ao definir, ademais, a realização plena do indivíduo como a essência da modernidade e, naturalmente, a arte como a forma máxima dessa expressão individual, todo o projecto deste intelectual se revela como uma demanda do direito de expressão a que fica inerente a reivindicação da individualidade e autodeterminação da própria nação.

Orpheu vem assim realizar um crucial momento de transição onde é colocado à prova todo um conjunto de estéticas que Pessoa fora entretanto delineando, do paúlismo ao sensacionismo. O paúlismo (de que são modelos os poemas "Paúis" e "Hora Absurda", escritos em 1914) apresenta-se como a concretização do estilo vago, subtil e complexo que Pessoa propusera em *A Águia*. Esta estética, já adivinhada no fragmento "Na Floresta do Alheamento", do *Livro do Desassossego* do heterónimo prosador Vicente Guedes/Bernardo Soares (publicado ainda em 1912, em *A Águia*), veio a ser concretizado no poema "Chuva Oblíqua", que surge no segundo número de *Orpheu*. Com o interseccionismo e o sensacionismo, Pessoa estabelece as três novas estéticas, em larga medida complementares, mais influentes no modernismo português e é através delas que Pessoa acredita poder realizar poeticamente a vocação portuguesa da universalidade. Analisando com mais cuidado o interseccionismo e o sensacionismo permitirá observar como se legitima esse sentir-tudo, primeiro mediante a quebra das unidades e depois, na atribuição de individualidade a cada fragmento. O clímax do processo seria a imposição a nível internacional de uma individualidade própria correspondente à nação portuguesa, através do imperialismo espiritual do Quinto Império.

"Chuva Oblíqua" (*Orpheu*, 2: 115-123) é um poema-palimpsesto tanto a nível de influências, como, e por consequência, na própria forma: nele confluem teorias relativistas e as estéticas cubista e futurista, sugeridas pela acumulação de diversos planos, que indiciam a desintegração existencial do Eu poético, revolucionando por completo a(s) percepção(ções) do corpo, ao mesmo tempo que sugere a quebra de outras unidades, como o espaço, o tempo, o olhar e a voz. Tomando para análise a primeira secção do poema (*Orpheu*, 2: 117-118), observamos a fusão da realidade e da irrealidade na mesma paisagem múltipla: "Atravessa esta paysagem o meu sonho d'um porto infinito / E a côr das flores é transparente de as velas de grandes navios". Simultaneamente, o presente e o passado anulam-se mutuamente no mesmo momento presente, mas descontínuo, da construção do poema/ /realidade – é, seguindo a teoria de Homi Bhabha (1994: 35-36), o acto de enunciação como gesto performativo que destrói as totalidades instituídas, reinventando-as:

> O porto que sonho é sombrio e pallido
> E esta paisagem é cheia de sol d'este lado...
> Mas no meu espírito o sol d'este dia é porto sombrio
> E os navios que sahem do porto são estas arvores ao sol.

À medida que os diversos planos e objectos da realidade se vão perfurando: "[c]om uma horizontalidade vertical" que funde navios e árvores, amarras e folhas, e o quadro visual se desdobra em outra imagem, sua dupla, no fundo do mar, é o próprio sujeito poético quem se reparte e se torna participante da duplicidade do real: "Liberto em duplo, [...] / [...] / Não sei quem me sonho...". Por fim, um outro/terceiro espaço, entre o imaginado e o real, que é, precisamente, aquele "[e]ntre o meu sonho do porto e o meu vêr esta paysagem", irrompe na realidade e, depois, adentro do próprio sujeito: "[...] chega ao pé de mim, e entra por mim dentro, / E passa para o outro lado da minha alma...". O sujeito não existe como realidade concreta, fechada em si; apenas acontece nos momentos de fusão com os outros planos da realidade – e é esse *acontecer* a prova inultrapassável da sua existência.

Homi Bhabha interpreta essa estratégia de anulação da ideia de identidade, enquanto totalidade e presença, precisamente como uma das técnicas do discurso performativo de intervenção, cujo efeito precipita "um princípio de indecidibilidade na significação da parte e do todo, do passado e do presente, do Eu e do Outro, de tal forma que não pode haver negação ou transcendência da diferença" (1994: 54). Toda a ideia de duplicidade subjacente a este poema acaba por introduzi-lo numa lógica de suplemento às representações unas e homogéneas do real, que, acima de tudo, afirma a possibilidade daquilo a que Bhabha também chama a "diferença cultural" (1990: 314-315). No caso da teorização de uma identidade portuguesa, o espaço da diferença cultural visa colmatar a falta de representação dessa identidade outra que Pessoa acredita ser a da sua elite e a identidade portuguesa-a-ser, contra as representações culturais importadas do estrangeiro. Por seu turno, a presentificação de todo o processo de intersecção que o poema percorre, que também veio a ser designado "simultaneísmo", sugere uma temporalidade de coincidência, do "entretanto", comum com o acto de leitura que acentua o convite à identificação (Anderson, 1983: 30).[60]

O interseccionismo é, assim, um momento crucial do modernismo português pelo princípio de instabilidade que cria. Ao alargar à realidade física e existencial a fragmentação espiritual já sugerida pelo simbolismo, a arte modernista e, neste momento, o interseccionismo, produz uma quebra de espaços, de tempos e do próprio Eu que afirma a existência *simultânea* de duplos. Essa afirmação não só desequilibra as representações estáveis instituídas como sugere a existência de trilhos híbridos e por explorar. Este gesto é, aliás, a grande marca da arte modernista pós-colonial na qual o movimento artístico português é parcialmente enquadrável.[61] A desintegração interseccionista conduziria quase necessariamente ao sensacionismo, a estética por fim inspiradora do "sentir-único-tudo" especificamente português, que, na linha de raciocínio acima descrita, corresponde, por assim dizer, à atribuição e de um sentir e de uma voz próprios a cada imagem outra, que acaba por ser nem mais nem menos do que a delegação de legitimidade em cada fragmento.

---

[60] O conceito de *meantime*, o entretanto, é sugerido por Benedict Anderson, que o indica como o tipo de temporalidade mais funcional na construção da comunidade imaginada nação. O conceito opõe-se ao de "tempo messiânico", de Walter Benjamin, que define uma simultaneidade de passado e futuro num presente instantâneo – incapaz, por isso de conceber a ideia da simultaneidade, que era a vivência temporal anterior à revolução provocada pelo capitalismo de imprensa. Neste poema, a sugestão de simultaneidade é, assim, passível de reforçar o poder de angariação da identificação do leitor.

[61] Refiro-me à marginalização evidente do império português na Europa por parte da Grã-Bretanha, já mencionada.

Pessoa acalentou grandes esperanças para o sensacionismo. Em apontamentos destinados a uma antologia a publicar em inglês e assinados por Álvaro de Campos, um projecto que se propunha divulgar na Europa o modernismo português, Pessoa situa a inovação da nova corrente portuguesa na fusão ideal do espírito com a matéria, assim ultrapassando a incompletude dos movimentos literários seus precedentes (1966: 135-136). Em primeiro lugar, Pessoa localiza a sensação no pensamento, assim acreditando a nova estética através do valor seguro (e correntemente associado ao masculino) da intelectualização no contexto cientifista e tecnológico da época; em segundo, associa a exclusividade da nova estética à nacionalidade aberta do que é ser português, ligando-a à experiência da expansão marítima e comercial, as míticas "Descobertas", pretendendo identificar uma experiência única, distinta de quaisquer outras empresas semelhantes que se lhe possam ter seguido. É a seguinte a leitura da história nacional por Álvaro de Campos:

> Os sensacionistas portugueses são originais e interessantes porque, sendo estritamente portugueses, são cosmopolitas e universais. O temperamento português é universal; esta, a sua magnífica superioridade. O acto verdadeiramente grande da História portuguesa (esse longo período das Descobertas) é o grande acto cosmopolita da História. (Pessoa, 1966: 151)

Desconhecendo-se se a carta acerca do projeto chegou a ser enviada, certo e seguro é que as antologias planeadas por Pessoa não partilharam da oportunidade de divulgação das suas congéneres norte-americanas, tal como não chegou a ver a luz do dia o planeado "Manifesto da Nova Literatura" que *Orpheu 2* anunciava.[62]

Simultaneamente carregado e vazio de nacionalidade, o "sentir tudo de todas as maneiras" preconizado por Pessoa poderia ser associado a uma identidade de fronteira que, na sua arrogância de superioridade, reconhece as diferenças, mas só para delas se apropriar (Canelo, 1998a). O "sentir tudo de todas as maneiras" é, para Pessoa, expressão de uma forma de experienciar,

---

[62] Refiro-me às antologias do imagismo, que Ezra Pound fez publicar, e à antologia de *Poetry,* que Monroe e Corbin Anderson lançaram, em 1922, como Margaret Anderson também fez, já depois do encerramento de *The Little Review*.

interpretar e expressar o mundo caracteristicamente portuguesa, mas de alcance universal. Paradoxalmente ao desejo de afirmação da diferença da qual nasce, ao insistir na recusa de fronteiras nacionais e na atribuição de um significado universal à nação, Pessoa acaba por imaginar para os portugueses um destino em nada devedor do do excepcionalismo americano. A acção superior do poeta, num movimento permanente de sístole e diástole com o Outro, evoca bastante a imagem do "vortex" de Ezra Pound, com a novidade de, na concepção de Pessoa, o vortex ser a imaginação do próprio indivíduo-poeta, ou o "volante" que varre a realidade, na poesia de Campos: "meu corpo é um centro dum volante estupendo e infinito / Em marcha sempre vertiginosa em torno de si, / Cruzando-se em todas as direcções com outros volantes" (Pessoa, 1964: 107).

A superioridade do poeta consiste então em saber absorver e transformar superiormente, numa síntese "harmónica, complexa e completa", todos os sentires da multidão, no que salvaguarda, justifica e alimenta a sua superioridade. As semelhanças das estéticas pessoana e poundiana não se ficam contudo pelo vortex/volante. Logo a definição do sensacionismo como a intelectualização da sensação remete para a teoria da imagem de Pound – "um complexo intelectual e emocional" – e, tal como esta era defendida pela sua possibilidade libertadora de contingentes espaciais e temporais e, consequentemente, possibilitadora de identificações, Pessoa fundamenta na acção da razão sobre a emoção o potencial universalizante da imagem poética.

Sendo a poesia o veículo de realização da identidade nacional, a ênfase no seu poder de realização e na sua transcendência de contingentes como a nacionalidade é prenunciada logo na escolha do título da revista que viria a ser *Orpheu* e que é, ao mesmo tempo, emblemática da relação essencialmente ambígua com a tradição europeia. Com efeito, o dilema entre os títulos *Europa* ou *Lusitânia* é revelador das direcções ou localizações possíveis da cultura portuguesa e, se a primeira hipótese parecia apontar para uma simpatia pelas vanguardas europeias, que, de facto, se confirma sobretudo na teoria de Almada Negreiros, a segunda estaria mais próxima do enraizamento nacional do renascimento poético conforme Pessoa o entendia e explica, na correspondência com Armando Côrtes-Rodrigues (Pessoa, 1959: 99).[63]

[63] Carta a Côrtes-Rodrigues, de 4 de Março de 1915.

A escolha final poderá porém marcar uma vontade de afirmação da universalidade da poesia que é, afinal, a via de realização do domínio espiritual português. De facto, Orfeu remete-nos de imediato para o mito da palavra mágica passível de agir sobre a realidade; como nos diz Eduardo Lourenço, a poesia torna-se "Verbo e Acção" e a representação cede lugar à invenção (1974: 53). Essa magia da poesia de *Orpheu* cumpria-se na transposição da mimese tradicional para a fusão da palavra com a própria coisa, a caminho da realidade absoluta para a qual apela o mais moderno dos heterónimos de Pessoa, que é também o mestre de todos os outros heterónimos, Alberto Caeiro. É Caeiro o poeta-mestre que domina a nova linguagem de ingenuidade que também Almada Negreiros construirá.

A concepção poética dos de *Orpheu* almeja a fazer na poesia uma realidade contra os lugares-comuns que propagavam o marasmo burguês, tão veementemente denunciado por Almada Negreiros em "A Scena do Ódio" (*Orpheu*, 3: 47-73), e manifesta, por exemplo, no poema "16" (*Orpheu*, 1: 18-19), de Mário de Sá-Carneiro. Apresentando-se como um excelente exemplo dessa desconstrução simultânea da realidade e da linguagem, "16" foi justamente um dos poemas mais atacados pela imprensa, no decurso do escândalo que a revista desencadeou, a par de "Ode Triunfal", de Álvaro de Campos. Como em "Chuva Oblíqua", no poema de Sá-Carneiro o Eu poético posiciona-se numa zona intersticial que gere a instabilidade de todo o poema: "Esta inconstancia de mim próprio em vibração / É o que me ha de transpôr às zonas intermédias, / E seguirei entre cristais de inquietação". É uma imaginação solta de rédeas a que faz "ondular" o poema, sem critério, por entre os espaços mais imprevistos e as realidades e associações mais inesperadas. O motor do poema é não só o rodopio, como a identificação sucessiva com as diversas realidades por onde passa: "A cada passo a minha alma é outra cruz, / E o meu coração [...] é uma roda de côres...", até que a fragmentação do sujeito se materializa no desmembramento do próprio corpo, criando a imagem mais glosada e ridicularizada em toda a imprensa periódica que atacou *Orpheu*: "Caiu-me agora um braço... Olha, lá vai êle a valsar / Vestido de casaca, nos salões do Vice-Rei [...]". Em geral, munindo-se de opiniões de figuras como Júlio Dantas, o expoente máximo do academismo da época, a imprensa definia como "loucura" a expressão "incoerente", "extravagante" ou "excêntrica" da poesia de *Orpheu,* que se dignava dispensar de "uma ideia", isto é, que fazia gala na inacessibilidade da sua expressão, ou, de outra maneira, se arrogava a colocar em questão os modelos estabelecidos e a redefinir os padrões de expressão.

Mas *Orpheu* irrita igualmente por ter a arrogância de se apresentar como "uma escola que não tem escola", isto é, uma doutrina sem autoridade, assim passível de ignorar a própria crítica (Júdice, 1986: 61-87). O escândalo, claro, não intimida, antes estabelece uma via de diálogo com o "lepidóptero", que Almada Negreiros aproveitará como nenhum outro, no libelo do *Manifesto Anti-Dantas* (depois de falhada a oportunidade de diálogo com "A Scena do Ódio", destinado ao terceiro número da revista). Falando em nome do grupo de *Orpheu* e em resposta à atitude de desprezo manifestada na imprensa, Almada Negreiros castiga, na figura de Júlio Dantas – este, "a vergonha da intelectualidade portuguesa" – todo o Portugal contemporâneo, no qual a comunidade de Pessoa e Almada Negreiros definitivamente não se revia, que classifica superiormente: "[u]ma geração que nunca o foi! É um coio de indigentes, d'indignos e de cegos! É uma rêsma de charlatões e de vendidos, e só pode parir abaixo do zero! Abaixo a geração!" (Almada Negreiros, 1993: 19-23). Da sua própria geração e por contraste, "a geração constructiva", Almada Negreiros falaria no "Ultimatum futurista", em *Portugal Futurista*.

Uma vez que *Portugal Futurista* não chegou a ver a luz do dia, recorro em particular a *Orpheu* para demonstrar como, paralelamente à marginalização automática do discurso de vanguarda pelo meio literário estabelecido, a que aludi acima, assistimos à autoconstituição desta elite intelectual como uma verdadeira comunidade cultural alternativa. A sua identificação ocorre através de um universo referencial assumido como seu próprio – pela dinâmica de intertextualidade que passa a ser corrente nos textos das revistas, desde o "Opiário" (*Orpheu*, 1: 93-100), de Álvaro de Campos, dedicado a Sá-Carneiro e revestido de imagens e ambientes retirados da poesia deste poeta, até "A Scena do Ódio" (*Orpheu*, 3: 47-73), dedicada por Almada Negreiros a Álvaro de Campos, com "a dedicação intensa de todos os meus avatares". A resposta estava prevista também para *Orpheu 3*, na qual Campos se lhe dirigiria em "A passagem das horas": "Almada não imagina como lhe agradeço o facto de você existir" (Almada Negreiros, 1993: 177); ou ainda o "Ultimatum futurista" (*Portugal Futurista*, 1990 [1917]), de Almada

Negreiros, que, como "A Scena do Ódio", bebe no versilibrismo e tom desgarrado da poesia de Álvaro de Campos. Por outro lado, a reacção da imprensa, a atacar ou a defender, reactualizava o vocabulário de *Orpheu* e afirmava a sua importância, deixando que o assunto animasse o meio literário durante meio ano. Os poemas de *Orpheu* davam origem inclusive a sátiras que reinventavam as imagens, métodos estilísticos e vocabulário tipicamente órphicos, prova de que o imaginário de *Orpheu* conquistara um espaço dentro do discurso central. Estava inventado e tinha sido reconhecido outro discurso, outra voz.

Todavia, e como já referi, a relação desse novo discurso com a tradição portuguesa e europeia era problemática. Na entrevista à *Revista Portuguesa*, em 1923, Pessoa faz declarações importantes acerca da natureza da nova arte portuguesa que nos ajudam a entender melhor a ambiguidade desta questão, indicando a cedência do nacionalismo inicial ao transnacionalismo, que acompanha o movimento de fortalecimento da cultura nacional, num primeiro momento, a caminho de uma libertação gradual que culminará no derrame do Quinto Império, este, sim, o estádio de disseminação da identidade portuguesa (Pessoa, 1923: 30). Pessoa lembrava que os portugueses, na sua essência, não tinham raiz, como afirmava Campos, logo não eram nacionais.[64] Daí que a própria acção da desnacionalização que marcou a forçada (mas consentida) subjugação a outros modelos, tenha acabado por lhes devolver a sua essência desligada de limitações como a nacionalidade e por isso universal (*ibidem*: 19). A ideia é partilhada por Almada Negreiros, que afirma: "Em português, arte significa: espírito universal, presença universal, psíquico universal. Como não podia deixar de ser em arte e em nacional. À Grega. À Romana. À Europeia. À Portuguesa. À Universal" (*ibidem*: 179).

Os projectos das revistas acabam por encenar essa duplicidade, sugerindo que é a ambiguidade de raiz dessa definição de nacionalidade portuguesa, que não é nacionalidade, que explica as contradições na posição de Pessoa em relação à Europa. Pessoa tão depressa é pelo enquadramento

[64] A referência provém do já mencionado poema "A passagem das horas", destinado a *Orpheu 3*, dos versos: "[Eu] que acho que não faz mal não ligar à pátria / Porque não tenho raiz, como uma árvore, e portanto não tenho raiz..." (1964: 227).

da arte portuguesa num panorama e numa tradição europeus (como teoriza n'*A Águia*), como é pelo contrário, pela conversão da Europa a uma portugalidade universal: "a alma recém-nada da futura civilização europeia é que essa civilização europeia será uma civilização lusitana" (Pessoa, 1944: 103). Ou seja, este pegar e largar da Europa é indiciador da deslocação do paradigma de imaginação/criação/poder que sempre foi propriedade (ou identidade) da Europa, mas não deixa de ser cúmplice com a reconstrução do (mesmo) saber ou autoridade ocidental, como defende Fredric Jameson (1990: 43-66).

No caso português, podemos perceber traços transnacionalistas em *Orpheu*, logo na ligação com a ex-colónia, o Brasil, onde os directores Luís de Montalvor e Ronald de Carvalho (este brasileiro) proviam à sua distribuição. Mas, à data do seu lançamento, a ânsia de contágio era com a modernidade artística da Europa. Isto fica claro, antes de mais, na correspondência entre Sá-Carneiro e Pessoa e ganha forma na dimensão internacional que a revista foi adquirindo, sobretudo nos segundo e terceiro números, pela diversidade de colaboradores, chegando até a haver planos para uma distribuição mais alargada na Europa.[65] Ademais, a influência de Sá-Carneiro (herdeiro do simbolismo e decadentismo franceses) era europeizante, simpatia partilhada por Santa Rita Pintor e o próprio Almada Negreiros (estes mais próximos da vanguarda futurista), todos eles estrangeirados e colaboradores de *Orpheu.* A ideia transnacionalista está mais próxima de concretização em *Portugal Futurista,* que apresenta textos em português e francês e tão diversos como a divulgação da actuação dos Bailados Russos em Lisboa, a tradução de um texto de Marinetti acerca do futurismo, o manifesto da pintura futurista em francês, poemas inéditos de Guillaume Apollinaire e Blaise Cendrars na língua original, a poesia de Pessoa e Sá-Carneiro e os poemas-ultimato de Álvaro de Campos e Almada Negreiros, além de reproduções de pintura de Santa Rita Pintor e Amadeo de Souza Cardoso.

De tudo isto talvez se possa concluir que esses veios da cultura europeia seriam, no entender de Pessoa, nada mais do que absorvidos (sem que

[65] A divulgação europeia ficaria a cargo de Sá-Carneiro (em Paris) e envolveria ligações com a revista de poesia distribuída por Marinetti. Sá-Carneiro, carta a Pessoa, de 10 de Agosto de 1915 (1978: 54, 58).

tal chegasse porém a ser admitido), no sentido de sustentarem a modernização da literatura portuguesa. Mais tarde e já culturalmente fortalecido, Portugal proclamaria o seu império, pois devemos lembrar que a profecia de Fernando Pessoa, nos referidos artigos de *A Águia*, era de que a nova civilização que Portugal criaria seria extensível à Europa. Esse ideal de civilização foi, entretanto, reconceptualizado na noção do "Quinto Império", uma era de domínio espiritual português que seria sucessora do império materialista europeu. Por isso, a Europa é ultrapassada e assim temos que, no final de *Portugal Futurista*, o mandado era já de despejo aos vários poderes europeus. Nessa altura, a rota da cultura portuguesa já era Outra, que bebia assumidamente na largueza de uma tradição de Além-mar que se tinha imposto na ordem mundial. Na visão de Fernando Pessoa, íamos então pela mão de Walt Whitman e Álvaro de Campos, a partir das últimas páginas de *Portugal Futurista*, "[d]a barra do Tejo, de costas pra Europa, braços erguidos, fitando o Atlântico e saudando abstractamente o Infinito" ("Ultimatum", *Portugal Futurista*, 1990 [1917]).

O movimento duplo de nacionalismo/internacionalismo no modernismo português aproxima a construção cultural da identidade portuguesa dos projectos norte-americanos analisados nos capítulos anteriores: tanto do nacionalismo de Harriet Monroe, como do cosmopolitismo de Pound e da ambição universalista de ambos. Essa ambivalência é sintomática de uma identidade nacional de fronteira, termo que vem sendo atribuído à identidade portuguesa (Santos, 1992: 100, 104-106) e que se pode dizer ter sido um estádio que, durante o período em questão, os EUA também atravessaram (Ramalho, 1993: 100), sendo particularmente evidente na identidade-possibilidade, de Ezra Pound, como vimos. Os cruzamentos da cultura portuguesa com a cultura norte-americana, em particular a influência de Walt Whitman na poesia de Fernando Pessoa/Álvaro de Campos, aproximam vertiginosamente o poeta português da estética abarcadora e expansionista, licenciada por figuras como Harriet Monroe. Por outro lado, a heteronímia pessoana permite observar a emergência de novas subjectividades que também se manifestam na polifonia da voz poética em "Prufrock", de Eliot, tal como os poemas interventivos de Álvaro de Campos e Almada Negreiros partilham muito do carácter satírico dos textos de Ezra Pound em análise nos capítulos anteriores.

Boaventura de Sousa Santos aponta à identidade portuguesa uma "perícia de extraterritorialidade" (1993: 35) que se manifesta na sua maior capacidade de se identificar com identidades outras do que de criar um núcleo identitário próprio forte, que assinala como característica de nações semiperiféricas como a portuguesa e deve ser relacionada com um percurso histórico particular. A questão é que, mesmo no auge do seu império, Portugal funcionou essencialmente como correia de transmissão entre as colónias e os países industrializados da Europa, nunca chegando por isso a constituir-se como um centro. Daí que tenha construído uma imagem a duas dimensões: era a autoridade em relação às colónias e o súbdito em relação aos países onde comercializava as mercadorias oriundas dos territórios que administrava. Para as colónias, era um centro; para poderes europeus como a Grã-Bretanha, o seu aliado mais antigo, era a periferia (*ibidem*: 28). Um espaço assim agente de duas identidades torna-se um território de "fronteira", que não é um nem o outro, mas é parte de ambos e assim lida com formas de expressão e representação cultural de ambos; é, afinal, o cais da "Ode Marítima" de Álvaro de Campos, com navios outros sempre a chegar e "Navios-Nações" portugueses sempre a partir.

Santos também define a fronteira como "uma zona híbrida, babélica, onde os contactos se pulverizam e ordenam segundo microhierarquias pouco susceptíveis de globalização [e onde] são imensas as possibilidades de identificação e de criação cultural" (*ibidem*: 33-34). Uma das reconstruções de formas outras que é característica da reelaboração cultural na identidade de fronteira é a carnavalização (*ibidem*: 35), no sentido da polifonia bakhtiniana que é reconhecível em várias das manifestações do modernismo português e sobretudo na sua filosofia de base, comum a Almada Negreiros e a Pessoa: a capacidade de identificação plena e múltipla do português. Aliás, é o próprio Pessoa quem afirma e justifica essa interiorização das formas de expressão do Outro, quando, na já citada carta ao editor inglês que divulgaria o sensacionismo na Grã-Bretanha, Pessoa/Campos explica que o que os poetas portugueses basicamente fizeram em relação às tradições romântica e simbolista e às correntes contemporâneas cubista e futurista foi "[i]ntelectualiza[r] os seus processos", mais do que aproveitar a substância dessas obras. Essa "decomposição do modelo", diz ainda Pessoa, é um processo que se desenvolve não nas coisas, mas "*nas nossas sensações das coisas*" (Pessoa, 1966: 136-137; ênfase no original).

Neste sentido, podemos situar a heteronímia de Pessoa, como faz Maria Irene Ramalho, na tradição inglesa da máscara – mas com uma diferença, como diria Homi Bhabha (1994: 91). Glosada por Shakespeare e Keats, Browning e Pound, e com seguimento na estética de "despersonalização" do fazer poético preconizado por T. S. Eliot (e pelo próprio Pessoa), a máscara sofre uma reinvenção muito significativa na estética pessoana.[66] O poeta português apropria a forma, mas maneja diversamente o conteúdo, donde que a heteronímia surja como uma forma essencialmente irónica, passível de pôr em questão e destruir o próprio esqueleto da forma. A heteronímia de Pessoa consiste na criação de "personagens reais": o poeta inventa-lhes datas de nascimento, horóscopos, fisionomias, histórias pessoais, vidas privadas, obras distintas e completamente originais, e fá-las até intervir na realidade, como quando alega que Álvaro de Campos faz isto ou aquilo em lugar do poeta ortónimo. Assim, este processo de desdobramento torna-se uma forma dupla de continuidade e descontinuidade e, ao subverter a autoridade, introduz uma alternativa, ou seja, funciona como suplemento.

O processo reemerge na apropriação da forma do manifesto, originalmente um texto de retórica política. Embora esta reinvenção deva ser atribuída ao futurismo e não ao modernismo português em particular, importa salientar o facto de os dois manifestos modernistas portugueses, os "Ultimatos" de Álvaro de Campos e Almada Negreiros, acrescentarem a essa forma de casamento do poético com o político a referência a um episódio histórico real, latejante de significado e associações dentro da cultura portuguesa: humilhação, impotência e sobretudo perda de identidade. A grande diferença reside, assim, no facto de o conteúdo do documento político original surgir radicalmente do avesso: se os portugueses foram afastados dos territórios africanos que pretendiam, assim os ingleses e, de caminho, os outros poderes europeus, em repúdio de qualquer outra forma de subjugação, são enxotados de Portugal, ao mesmo tempo que se projecta a época da grandeza nacional.

[66] Defende Pessoa, "A composição de um poema lírico deve ser feita não no momento da emoção, mas no momento da recordação dela. Um poema é um produto intelectual, e uma emoção, para ser intelectual, tem, evidentemente, que existir intelectualmente. Ora, a existência intelectual de uma emoção é a sua existência na inteligência – isto é, na recordação, única parte da inteligência, propriamente tal, que pode conservar uma emoção" (1973: 72).

A já mencionada influência whitmaniana funciona nos mesmos moldes; é retrabalhada em função da adequação às necessidades da expressão que lhe dá nova forma cultural: partindo da forma do verso livre e de todas as suas potencialidades libertadoras mas também centralizadoras (Whitman, o autoproclamado Poeta-Universo), Fernando Pessoa, ao invés de absorver o Outro à laia de Whitman, cria-o: oferece-lhe uma existência, um olhar e uma voz completamente originais, embora lhes reclame a origem. O refazer pessoano da poética libertadora de Whitman na invenção de diversos compartimentos ou personalidades pode ser visto como a tónica especificamente portuguesa do projecto identitário do poeta, pois, como Pessoa se assume não raramente como o "poeta-nação", não será um exagero partir da asserção individual de Campos, em defesa da sua diferença no poema "Lisbon Revisited" – "Queriam-me casado, fútil, quotidiano e tributável?" (Pessoa, 1964: 246) –, para a asserção política da independência da nação num momento em que marca a sua diferença em relação à Grã-Bretanha, no palco geopolítico.

Da mesma forma, o outro poema mais atacado de *Orpheu,* "Ode Triunfal" (*Orpheu*, 1: 101-110), de Álvaro de Campos, ilustra, na sua génese, a absorção selectiva de outras formas culturais e a sua colocação ao serviço daquilo que Pessoa cria ser a atitude e o conteúdo expressivos portugueses. Este poema marca o advento do futurismo na sua versão portuguesa, o sensacionismo, conversão só possível a partir da influência de Walt Whitman, que Álvaro de Campos consagra como seu segundo mestre, depois de Alberto Caeiro. De Whitman, Campos usa o verso torrencial e a atitude fraternal; do futurismo, a modernidade mecânica que, aproximando o mundo inteiro, facilita a aproximação (a identificação) do sujeito poético. O versilibrismo whitmaniano, antecessor do dogma futurista da libertação total das palavras, acaba por ser uma técnica que serve na perfeição a estética de identificação levada ao paroxismo pela avidez do Outro e da sensação que é, pois, o chamado sensacionismo modernista português. A crucialidade da "Ode Triunfal" advém exactamente de ter aberto a porta a essa liberdade de *identificação* – o "excesso", como Álvaro de Campos lhe chama –, porque no resto, no canto da realidade e do ruído modernos, ficaria decerto por ser apenas o primeiro poema futurista português, talvez a primeira epopeia da modernidade verdadeiramente cosmopolita.

Mas a adesão ao futurismo era de qualquer forma tardia, tendo em conta que o manifesto de Marinetti já corria em português desde 1909. Naturalmente que a incompreensão do poema resulta do facto de esse excesso e desejo de "ser toda a gente e toda a parte" pouco ou nada dizerem à estabilidade remediada e habituada da sociedade burguesa, no seio da qual Campos proclamava os padrões de beleza modernos em que a natureza cedia lugar à máquina, "motores como [...] uma Naturesa tropical – / Grandes trópicos humanos de ferro e fôgo e fôrça –", e os ruídos mecânicos eram a tradução moderna dos clássicos:

> E ha Platão e Vergilio dentro das máquinas e das luzes eléctricas
> [...]
> Andam por estas correias de transmissão e por estes êmbolos e por estes volantes,
> Rugindo, rangendo, ciciando, estrugindo, ferreando.

Campos percebe, e absorve, toda a realidade nova como a "[n]ova Revelação metálica e dinâmica de Deus". O excesso de sensação do poeta, justamente aquilo que não cabe no contido sentir burguês da época, desenvolve-se numa relação erótica extremamente provocadora, com toques de sadismo, que interessa também pelo que admite da identificação como apropriação: o olhar do poeta é declaradamente devorador – "Amo-vos carnivoramente" –, e, portanto, fala indirectamente das intenções não declaradas da nova estética. Como viria a ser desenvolvido a partir de "A Scena do Ódio", de Almada Negreiros e sobretudo dos "Ultimatos" de *Portugal Futurista*, com a "Ode Triunfal" estava definitivamente instalado o primado do sujeito: a realidade servia a sede de sensação do poeta, que era simultaneamente sede de ser e de *fazer seu.*

O descontentamento de Pessoa em relação ao sistema político e as suas propostas de formas híbridas como a "República Aristocrática", governada pelo "Presidente-Rei", bem como a sua defesa destas em função da adaptação dos modelos à realidade específica da nação são particularmente reveladores de um momento de rebeldia em relação a imposições sentidas como estranhas às necessidades da nação. Para Pessoa e Almada Negreiros, a situação de "desnacionalização" da vida portuguesa acabara por conduzir a um estado ideal de tábua-rasa, a partir do qual se podia encetar novos esquemas de reabilitação cultural, da literatura, como da política e da religião. Qualquer modelo que Portugal importasse e adaptasse mecanicamente à sua realidade específica seria desastroso, que é o que se passava, afirmava Pessoa, com a própria instalação do republicanismo. Por isso, este intelectual apropria versos e reversos de outras teorias, combina-os e recria-os na teoria da "República Aristocrática", o compromisso ideal entre as duas grandes correntes políticas da sociedade portuguesa, republicanismo e monarquia.

A república aristocrática facilitaria uma transição menos abrupta do que o republicanismo estava a provar ser. À cabeça do regime, ficaria o "Presidente-Rei", em último análise o poder sobre todas as diversas áreas da sociedade: depois de abolir o cristianismo, seria ele próprio o gerente de uma nova forma de espiritualidade. Esta forma de espiritualidade era também ela compósito de religiões várias, já que o português sentia e devia sentir tudo de todas as maneiras, por isso "em cada canto da [sua] alma [tinha] um altar a um deus diferente", como professa o heterónimo Campos, no poema "A passagem das horas" (Pessoa, 1964: 221). Mas essa forma de espiritualidade devia também ser compatível com as lealdades para com a nação, ou seja, era uma religião de Estado, a que Pessoa chama o "nacionalismo místico". Defendendo como defende o renascimento cultural e identitário português sempre em termos espirituais, esta mescla ideal de espiritualidade e nacionalidade acentua o nacionalismo latente no projecto literário e cultural de Pessoa.

Homi Bhabha salienta como estas apropriações diversas da cultura central, esta espécie de imitação armadilhada, são fomentadas pela própria relação de poder. Não é só a ironia de base de um sistema hegemónico que promove continuamente formas de imitação necessariamente imperfeitas, de molde a não anular a diferença que autoriza o domínio (é necessário que o subjugado permaneça numa condição de "quase o mesmo, mas não exactamente" (1994: 86); é sobretudo a questão de o discurso contra-hegemónico *reinventar* o espaço do aquém como espaço de resistência, da mesma forma que resignifica a condição de diferença como poder, ou, como declarava Alice Corbin Henderson, no artigo "American Verse and English Critics": "Não é que o poeta americano não possa escrever como o seu contemporâneo inglês, mas que não quer" (*Poetry*, 11.4, 1918: 211).

Esta ideia aproxima a imitação parcial a uma camuflagem que, como notado por Lacan, é uma forma de semelhança que não implica necessariamente uma repressão da diferença (Bhabha, 1994: 90). E parece ser justamente esta a posição de Pessoa e de Almada Negreiros, quando reinventam a heteronímia ou o futurismo "à portuguesa"; entre a identificação e a imitação, eles criam o duplo da identidade central: "nem um, nem o outro, mas o impostor [que regressa em forma estranha] – para troçar e imitar, para soltar o sentido do 'eu' magistral e a sua soberania social"[67] (*ibidem*: 137). Ao apropriar a forma, o artefacto cultural é reconhecido (ou seja, localizado), mas a diferenciação do conteúdo e, neste caso, o próprio remoldar da forma, anuncia uma outra voz, um outro olhar, que subverte a autoridade central. Ao dar vida às máscaras/personagens, Pessoa questiona o próprio conceito de teatro e, consequentemente, o de realidade, ou seja, inverte nitidamente as relações de poder: a ficção torna-se verdade, as marionetas são homens sem fios; quem é, nesse caso, o criador? Por outras palavras, a nação fantoche recusa ser personagem – onde fica, então, a autoridade hegemónica?

No entanto, como Homi Bhabha adverte, uma reconstrução nacional com base no nacionalismo acaba por derrapar para as mesmas armadilhas com que o discurso central ou hegemónico da metrópole se auto-aniquilara. Nomeadamente, acaba por ter uma atitude hegemónica interna que exige novos essencialismos que sustentem o ideal de homogeneidade, o que conduz inevitavelmente a exclusões. É o caso das mulheres enquanto minoria, porquanto devamos salvaguardar que o movimento de exclusão das mulheres, no contexto específico do modernismo, tem, como já foi dito, outras ramificações, mormente no que toca à recuperação da autoridade cultural. Essa ansiedade manifesta-se também no caso do modernismo português: a ênfase que Pessoa coloca na intelectualização, a par da sobrevalorização da sensibilidade, convida a uma reflexão acerca das razões e consequências da ausência de mulheres poetas em *Orpheu*, a qual, reformulada no nacionalismo machista de Almada Negreiros, reencontramos em *Portugal*

[67] O original usa a forma *uncanny*, um termo cunhado por Sigmund Freud para designar algo que é estranho e familiar ao mesmo tempo, uma lembrança do passado que produz um reconhecimento, mas com um paradoxal sentimento de estranheza. Bhabha usa o termo para sinalizar a diferença pós-colonial, argumentando que o sujeito pós-colonial se constrói como o mesmo (o familiar), mas com uma diferença (o estranho) (1994: 136-137).

Futurista. No esquema imaginado por Pessoa, o "espaço feminino" não é necessariamente sinónimo de espaço da mulher e dessa descoincidência emerge a apropriação do feminino entre os vultos do modernismo português. Note-se até que, enquanto na ideologia nacionalista em geral, as mulheres têm um determinado papel e uma determinada posição, mesmo que seja de imobilidade e contenção (Yuval-Davis, 1997), no esquema nacionalista de Pessoa elas são remetidas à mais clara invisibilidade ou à mais profunda abjecção, sem direito a contraponto positivo.

A tendência em geral, nos poemas de Pessoa, e em particular nos publicados em *Orpheu*, é de que, na dissolução geral do sujeito, o homem se identifique com a mulher: o sujeito descobre que parte dele é ela, ou que a outra figura feminina é afinal o seu duplo, o que acaba por ser emblemático de um movimento mais geral de reconhecimento do elemento feminino no homem. Este funciona como uma forma de enriquecimento que acresce à sua humanidade e, por arrastamento, ao seu poder representativo de ambos os sexos, que justifica o silenciamento da mulher. Outras vezes, a figura feminina surge como um mero pretexto visual para a poesia, a tal "mulher bela que não se ama, / Que se encontra casualmente e se acha interessantíssima" ("Ode Triunfal", *Orpheu*, 1, 1915: 105), como Álvaro de Campos apregoa, mas que, mais do que possuída, é *consumida* pelo poeta ávido das sensações através das quais assegura a sua própria sobrevivência como ser superior na imaginação, como ele próprio também denuncia:

> Amo tudo [...]
> [...]
> Para aumentar com isso a minha personalidade.
> Pertenço a tudo para pertencer cada vez mais a mim próprio.
> (Pessoa, 1964: 99)

O gesto masculino é, assim, no geral, nada mais do que predador do feminino, contudo tão bem ocultado que o homem chega a fazer gala na abdicação da mulher como objecto erótico ou de amor; como também dizia Campos, ela é "a companheira que eu não tenho nem quero ter" (*ibidem*: 159), uma recusa que J. Alfred Prufrock, no poema de Eliot, não consegue assumir com tanta determinação, mas cuja tentação fica bem patente no evitar da declaração de amor. Essa abdicação, que também é repúdio, é possível, porque, por um lado, o poeta encontra e admite dentro de si a parte do feminino que considera de valor e, por outro, é a própria realidade que toma o lugar da mulher como objecto do seu amor "carnívoro", como diz Campos, logo, o desejo é saciado intelectualmente.

Esta questão da apropriação do feminino é tanto mais interessante quanto atentarmos no facto de a capacidade de identificação plena que forma o sustentáculo da maior invenção artística de que "os de *Orpheu*" se reclamam, o sensacionismo, ser definida como quintessencialmente feminina. Como Álvaro de Campos o põe poeticamente, na "Ode Marítima", "Perco-me todo de mim, já não vos pertenço, sou vós, / A minha femininidade que vos acompanha é ser as vossas almas!" (*Orpheu*, 2, 1915: 88), num gesto de identificação que Mário de Sá-Carneiro pretende inclusive atribuir mais directamente à mulher, no seu poema "Manucure" (*ibidem*, 25-28), mas que continua a ser ele, o homem, a controlar. Contudo, como Campos também proclama no prefácio à antologia sensacionista destinada ao mercado inglês, o grande avanço do sensacionismo foi conseguir a desejada união perfeita da sensibilidade com o *intelecto* e aqui a componente masculina domina o processo, num movimento que, como vimos, as poéticas de Ezra Pound e T. S. Eliot também justificam. Assim se garante um princípio de objectividade que salvaguarda as intenções sérias do projecto, que a dificuldade de acesso auxilia, e, ao mesmo tempo, mantém-se o poder sobre a diferença, identificada, como já visto, com a cultura de massas e com as mulheres, tendo em conta que elas são objectificadas num mesmo Outro.

Mas o reconhecimento de características femininas no poeta não é feito sem alguma dificuldade, aliás, a par da recusa de relações carnais, sempre uma questão bastante angustiante para Fernando Pessoa (Centeno, 1985). Num muito citado passo de auto-reflexão sobre a sua poesia e poética, Pessoa confessava:

> Não encontro dificuldade em definir-me: sou um temperamento feminino com uma inteligência masculina. A minha sensibilidade e os movimentos que dela procedem, e é nisso que consistem o temperamento e a sua expressão, são de mulher. As minhas faculdades de relação – a inteligência, e a vontade, que é a inteligência do impulso – são de homem. (1966: 27-28)

É a uma coordenação feliz dos dois pólos que Pessoa remete a essência do próprio processo heteronímico, que, brotando do que ele sugere ser uma histeria tipicamente feminina, "uma tendência orgânica constante para a despersonalização e a simulação", por se manifestar num homem, é necessariamente submetida à razão e "tudo acaba em silêncio e poesia" (Pessoa *in* Quadros, 1986: 339),[68] como escreve a Adolfo Casais Monteiro. É, portanto, a heteronímia que ultrapassa, ou sublima a relação desigual entre o masculino e o feminino em Pessoa. Confirmando que é o homem quem, em última análise, dá voz à arte está o facto de nenhuma das suas vozes (dos seus heterónimos) ser feminina. A poética pessoana previa deste modo, como, aliás, a teoria do Quinto Império como um império andrógino confirmaria, mais do que o compromisso, uma *fusão* dos sexos. Daí resulta que a mulher ceda a sensibilidade, sem que tenha todavia qualquer voz na transacção, o que também reflecte porque é que um ideal de androginia como este, abertamente manipulado pelo homem, tem sido tão contestado pela crítica feminista, que acusa nele um desejo não somente de superar, mas também de prescindir da diferença, apagando-a. A partir do momento em que a voz continua a ser masculina, é lícito entender que a origem desejada também é masculina. De facto, a atitude de sobreposição é aceitável se for do feminino pelo masculino, mas não vice-versa. Assim, a fusão, ao invés de anular os géneros, é antes comandada pelo princípio de quem dela toma a iniciativa, ou de quem tem essa oportunidade e o direito reconhecido (Weil, 1992: 145-169). A questão da androginia, em Pessoa, nos sensacionistas, em Álvaro de Campos e na nacionalidade transcendente do Quinto Império não pode deixar de ser vista como a imposição de uma ordem masculina fortemente temente da desordem que o Outro feminino poderá causar.

Dada a sobrevalorização do intelecto, poderíamos atribuir o medo do corpo a uma necessidade de afirmar, por contraste, a superioridade do pensamento sobre a emoção, o que acresceria à seriedade e superioridade do projecto literário modernista. Num efeito estético que Eduardo Lourenço já apelidou de "angelismo erótico", a mulher como objecto erótico dá lugar à mulher como puro objecto estético, pretexto para uma arte que evoca uma

[68] Pessoa em carta a Adolfo Casais Monteiro, de 13 de Janeiro de 1935.

forma de desejo sem sexo (Lourenço, 1986: 66).[69] E assim compreendemos que, ao recusar o corpo e o desejo, no máximo projectando-os em todo o seu excesso em Álvaro de Campos, o heterónimo homossexual, o poeta cresce ele próprio, por contraste, como a consciência superior – completamente intelectual, ou espiritual – da criação. Assim, o sensacionismo torna-se a "orgia intelectual" (Pessoa, 1964: 225), na qual o poeta encontra a saciedade plena: "tudo acaba em silêncio e poesia", como escreve a Casais Monteiro, explicando a génese da heteronímia.

Na supracitada carta a Casais Monteiro, Pessoa fala também no terror de que a "inversão sexual fruste", que corresponde à definição da sensibilidade enquanto exclusivamente feminina, se converta num desejo carnal capaz de ignorar a disciplina intelectual, e a humilhação que tal cedência acarretaria. Sendo talvez indiferente se essa possibilidade de facto se concretizou ou não, o certo é que há um heterónimo de quem Pessoa várias vezes afiança sentir-se mais próximo, que é também aquele em quem o poeta mais delega a sua autoridade no projecto teórico do modernismo, além de ser o único dos heterónimos que colabora tanto em *Orpheu,* como em *Portugal Futurista* – esse heterónimo é Álvaro de Campos.

A homossexualidade de Campos é-nos apresentada quase como uma consequência do seu paroxismo sensacionista; se quiséssemos ser precisos, teríamos até de inventar uma definição de sexualidade-tudo, porque a identidade sexual de Campos está longe de se restringir ao mesmo sexo. Associamos essa forma de expressão ao seu mestre, o bardo da América-mito, Walt Whitman, que, note-se, é o seu *segundo* mestre, porque o primeiro foi o outro heterónimo Alberto Caeiro, o que lhe ensinou o rigor do olhar e a disciplina das sensações. Antes de explodir em sensibilidade, Campos estava já preparado intelectualmente para essa expressão desmedida e é pois com esta salvaguarda que Pessoa garante a carga masculina (e reforça a credibilidade) do poeta homossexual. Como Maria Irene Ramalho sugere, o heterónimo Campos podia até constituir a realização literária do desejo dificilmente assumido a nível social, mas tal reivindicação de um desejo desligado da noção de propriedade e reprodução requeria mais cautela do

[69] No referido passo, Lourenço define o "angelismo erótico" como "[uma] relação afectiva com outrem que se abstrai, voluntariamente da sua realidade carnal e psíquica", uma forma de amor que se apresenta como "indiferente ao suporte sexual do seu fascínio".

que a afirmação do mestre Walt Whitman, cuja reivindicação de alargamento do Eu casava bem com o momento de expansão territorial da própria nação norte-americana, e portanto era muito distinto do clima de instabilidade e até de redução do espaço imperial, que era a realidade portuguesa da época (Ramalho, 1995a: 235).

Delegando ansiedades homossexuais num heterónimo que concretiza, e assim prova possível, o ideal de abdicação da mulher, porque encontra, na homossexualidade, o equilíbrio perfeito, no qual a sensibilidade feminina é masculamente dominada pelo intelecto, Pessoa ortónimo protege a sua empresa poética nacionalista, a qual seria desacreditada se fosse associada ao sentimentalismo (feminino) ou à homossexualidade. Em terreno nacionalista, a homossexualidade era, de facto, bastante penalizada, como prova George Mosse, que denuncia dois gestos cruciais de marginalização desta identidade sexual. O primeiro é a preciosa cumplicidade da medicina com o nacionalismo, na transformação dos desvios à "normalidade" sexual em inimigos da salubridade ideal desenhada para a nação: "Sendo a luta pela sobrevivência nacional vista em termos de firmeza do objectivo da saúde moral e física, o conceito de 'degeneração' emergiu como a antítese da masculinidade";[70] o segundo, complementar, é o reforço dessa noção pela psicologia, que explicava a fixação no mesmo sexo como um atraso no processo de desenvolvimento da personalidade, na diferenciação da individualidade (Mosse, 1985: 25, 34). Esta ideia, naturalmente, criava associações de primitivismo contrárias, neste caso específico, à defesa da intelectualização que era um dos trunfos teóricos de Pessoa na legitimação do papel da poesia na liderança do Quinto Império.[71]

A delegação da homossexualidade em Álvaro de Campos como forma de forjar o equilíbrio do poeta ortónimo sério tem paralelo na delegação da presença feminina ausente de *Orpheu* na figura de Violante de Cysneiros que, como notou Anna Klobucka (1990), é a mulher que nunca o foi, porque foi pura invenção dos d'*Orpheu*. O episódio de Violante de Cysneiros torna-se

[70] O original usa *manliness*, que não tem tradução exacta em português, pois não corresponde nem a "masculinidade", nem a "virilidade"; traduzindo antes a ideia de que há uma qualidade essencial associada a ser homem.

[71] A noção de poesia de Pessoa, baseada na intelectualização da emoção, aproxima-se bastante da de "correlativo objectivo", de T. S. Eliot (Pessoa, 1973: 153).

tanto mais relevante quanto consideramos que a sua responsabilidade é dividida entre Armando Côrtes-Rodrigues e o próprio Pessoa que, não tendo nunca criado uma personalidade feminina na sua heteronímia, delega em Côrtes-Rodrigues a aproximação maior a esse artifício. O caso de "transvestismo literário" tem lugar em *Orpheu 2* (57-65) e é sugerido ao poeta açoriano por Pessoa (Côrtes-Rodrigues, 1953: 3). Violante de Cysneiros é a literal mulher textual e evanescente que Isabel Allegro de Magalhães identifica na poesia pessoana (1996). Atribuir todo o episódio da criação desta figura no seio de *Orpheu* a uma mera brincadeira só seria possível se nos alheássemos de uma série de pormenores. Para já, parece haver consciência da ausência efectiva de mulheres colaboradoras no projecto de *Orpheu*, no seio da comunidade masculina que a constitui, embora não se encontre expressa na correspondência discussão acerca de poetas ou escritoras que pudessem integrar o projecto. Depois e já com os poemas atribuídos a Violante de Cysneiros nas páginas da revista, a apresentação dos poemas também causa estranheza, porque, ao contrário de outras personalidades literárias, insiste em instalar um princípio de dúvida que a referência dos poemas no índice atesta: "poemas de um anónimo ou anónima que diz chamar-se Violante de Cysneiros". Porquê a dúvida, se o nome era feminino? Cria-se assim um princípio de instabilidade que evidencia, mais do que o acto transgressivo da invasão de fronteiras tão comum em *Orpheu*, a insegurança em integrar uma colaboração feminina num projecto e numa comunidade imaginada de homens e para homens.[72] Se ao gesto de Pessoa, além do intuito da brincadeira, podemos atribuir uma certa condescendência no reconhecimento de que a revista pendia demasiado para o mesmo lado, ela acaba por desembocar num paternalismo perfeitamente arrogante, que não é novo em crer (e querer) que esse lugar feminino poderia continuar a ser ocupado por um homem.

Nos poemas de Violante de Cysneiros poderíamos até ver o desenvolvimento refinado da apropriação da voz feminina que se esboça em "Manucure", de Mário de Sá-Carneiro. Quando a mulher "toma" a voz,

[72] Em carta de Pessoa a Côrtes-Rodrigues, de 4 de Março de 1915, são apontados cerca de vinte nomes de assinantes prováveis, que este último propusera; nenhum dentre estes era de mulher e crê-se que a amostra é significativa da comunidade de leitores que *Orpheu* endereçava (Pessoa, 1959: 101).

numa ficção da elaboração feminina da temática órphica do Outro, cada poema curva-se ante um poeta homem de *Orpheu*, como se estes fossem uma espécie de alter-egos; refiro-me à opção por dedicatórias que substituem os títulos, numa encenação de subalternidade confirmada na própria mediocridade dos poemas. Ao mesmo tempo, não podemos deixar de reconhecer em todo o episódio a lógica de representação que silenciava as mulheres e que, no caso português, era bastante sentida a nível do reconhecimento das reivindicações feministas.[73] Seguindo a lógica da sua representação política, a sua pseudo-expressão poética pode ser realizada por um homem poeta que simplesmente encobrisse a sua identidade, como o fez Côrtes-Rodrigues. No contributo das mulheres na construção da nação segundo Pessoa, só nos é dado identificar, portanto, a apropriação da capacidade de identificação que levará a cabo a realização do Quinto Império português, após a sua imprescindível elaboração pelo poeta. Ao poeta homem pertence também a voz inconfundivelmente masculina, como o era a imaginação donde brotava, ou assim entendiam os homens de *Orpheu*. Obviamente, não há figuras femininas de relevo, nem no apoio financeiro à revista, nem muito menos como influentes nas suas políticas editoriais.

Além da aproximação de gestos já referida, entre o modernismo norte-americano e o português, da reivindicação da autoridade da criação e da autonomia através da apropriação da língua e da forma a partir de uma posição de diferença, importa ainda salientar uma importante redefinição de forças que Pessoa deixa esboçada nas suas notas, contida na teoria do "atlantismo". E que melhor confirmação desse gesto de aproximação em relação ao Outro da cultura americana do que a identificação, levada às últimas consequências, de Álvaro de Campos com Walt Whitman, no poema "Saudação a Walt Whitman" – "Não sou teu discípulo, não sou teu amigo, não sou teu cantor, / Tu sabes que eu sou Tu" (Pessoa, 1964: 205) –, que prevê a realização renovadamente atlântica do Quinto Império? Começando por considerar, primeiro, a teoria do Quinto Império como o esquema geral (ou a forma) de realização plena da nacionalidade portuguesa, vemos que

[73] Apesar da legislação progressista aprovada com a instauração da República, logo em 1910, as ambições políticas feministas tinham acabado de sofrer um rude golpe aquando da revisão do código eleitoral de 1913, que ignorava as mulheres – mais um dos volte-faces do republicanismo. Ver Lamas (1995: 29).

Pessoa a entende, basicamente, como uma época futura de domínio espiritual português e simultaneamente universal: "[O futuro da raça portugueza é o] Quinto Império. O futuro de Portugal [...] é sermos tudo. Quem, que seja portuguez, pode viver a estreiteza de uma só personalidade, de uma só nação, de uma só fé?". Esta noção do império possível como o império espiritual que Pessoa propõe é afinal um refazer bastante lúcido do poder geopolítico que Portugal não voltaria a ter, por isso Pessoa deixava a questão da propriedade material para os outros poderes europeus: "Conquistámos já o mar: resta que conquistemos o Céu, ficando a Terra para os Outros, os eternamente Outros, os Outros de nascença, os europeus que não são europeus porque não são portuguezes" (Pessoa, 1923: 21-22). O domínio espiritual revelava-se como a reformulação possível do significado nacional, por isso Pessoa afirmava que

> Por vitalidade de uma nação não se pode entender nem a sua força militar nem a sua prosperidade comercial, coisas secundárias e por assim dizer físicas nas nações; tem de se entender a sua exuberância de alma, isto é, a sua capacidade de criar, não já a simples ciência, o que é restrito e mecânico, mas novos moldes, novas ideias gerais. (Pessoa, 1944: 22)

Dada a incontornável reordenação da ordem mundial e a periferização de Portugal, o império espiritual surge como um prémio de consolação, mas não deixa de demonstrar igualmente a valorização dos traços que marcavam negativamente o subdesenvolvimento nacional em relação à modernização e materialismo europeus. Nessa perspectiva, na recuperação e afirmação da espiritualidade como a essência da alma portuguesa, que, defende o seu ideólogo, propõe um imperialismo mais inofensivo do que o imperialismo militar (que Pessoa condenava), podemos também ver o mesmo princípio subversivo que Edward Said encontra no esoterismo de Yeats. Para Said, apenas a manutenção de um princípio metafísico na imaginação do povo subjugado já é subversiva, porque passível de fomentar uma reflexão do povo sobre si próprio capaz de questionar as relações de poder instituídas (Said, 1990: 81).

A denominação do império espiritual constituía, além disso, uma hábil nova roupagem para a velhíssima forma de subjugação do Outro, denunciada contudo na manutenção da designação "império", embora a concepção de

Pessoa não queira admitir a questão em tais termos. Pessoa manipula a história da expansão de molde a redefinir e valorizar a vocação da nação, estabelecendo a origem da empresa como espiritual no seu cerne, simplesmente desviada, a certo ponto, desse caminho original. Na carta ao Conde de Keyserling, em 1930, Pessoa naturaliza toda a experiência marítima, baseando todo o projecto no cientismo que o torna uma característica *natural* dos portugueses, justificada em função da posição geográfica da nação: os portugueses "[foram] levados *naturalmente* a descobrir" (ênfase minha). Diz Pessoa que foi ao adulterar esse império, que deveria ter sido de cultura em império de conquista, mormente por interferência de uma religião católica tirana sem remédio, que a nação simulou meios de conquista que tanto as suas condições físicas, como a sua própria natureza lhe negavam. É pois nessa simulação – um "desvio psíquico" –, que Pessoa situa o momento crucial de alienação da nação: "O povo português creou uma mentalidade imprópria, estranha, creou-se outro, por assim dizer", que arruinou as suas características naturais de liberalismo, cientismo e intelectualidade (Pessoa, 1988: 20). O Quinto Império é o aperfeiçoamento da História nacional, que lhe confere um significado superior ao ser debruado de desinteresse material. Dada a sua natureza mística, seria a poesia o melhor veículo de realização desse destino nacional.

Essa visão pessoana do Quinto Império é claramente projectada no Atlântico, "de costas para a Europa", como brada orgulhosamente Álvaro de Campos, depois de proclamar a chegada do "Poeta Completo", muito embora Pessoa não tenha concretizado exactamente a localização efectiva da promessa. A ideia vem sendo estudada por Maria Irene Ramalho, do ponto de vista da intersecção das ambições do modernismo português com o anglo-americano (Ramalho, 1995b: 53-77), pois se considerarmos as ansiedades de libertação nacional do humilhante jugo político e militar à Grã-Bretanha, as afinidades entre as nações atlânticas que o poeta cita tornam-se bastante óbvias. Além das referências ao "Ultramar Americano", Pessoa demonstra ainda uma grande intuição em relação à importância futura do Brasil, que porventura é incluído nesse núcleo futuro em virtude da sua consumada declaração de maturidade em relação à metrópole decadente, ao mesmo tempo que a menção da Irlanda tem jeito de se relacionar com a mesma tentativa de libertação (neste caso, do domínio britânico).

Deste ponto de vista, a teoria do atlantismo alicerça a imagem de uma aliança contra o velho império britânico. Note-se que também o Brasil se afirmava já nessa altura como potência económica – uma potência económica de que Portugal dependia desde os seus tempos de metrópole –, que não enjeitará negociar com Portugal o usufruto do prestígio cultural deste.[74] Neste panorama, é possível entrever uma certa complementaridade no projecto de Pessoa em relação a um potencial espiritual de Portugal velho de séculos e o potencial material da América emergente. Posto que o poder espiritual da identidade portuguesa sempre fora mais atlântico do que europeu, é fácil cortar o laço geográfico com a Europa e buscar outros aliados.

Nesta ordem de ideias, o "atlantismo" surge como o traçar de um novo eixo de identidade alternativo à Europa e herdeiro da sua dimensão como autoridade cultural que é condição estratégica para a realização do Quinto Império. Como conclui Maria Irene Ramalho, retomando teorias de Fredric Jameson, trata-se da "criação de uma comunidade do Atlântico capaz de preservar a supremacia do ocidente de raça branca num mundo cada vez mais ameaçado pela descolonização e consequente emergência de nações-outras nos continentes africano e asiático" (Ramalho, 1995b: 66-67). O Atlântico emerge assim como separador e simultaneamente ponte (o próprio "Intervalo") entre o Eu da Europa e o Outro americano, entre o velho e o novo centros de um espaço que a definição de ocidente une e que era o que, em última análise, estava em disputa por entre as batalhas estéticas modernistas. Por sua vez, a identidade portuguesa descobre que não é nem Eu europeu, nem Outro americano, mas o próprio intervalo entre os dois, um Eu a caminho do Outro, ou um Outro próximo do Eu.

A capacidade de se desligar da Europa tem a ver com a identidade de fronteira a que já me referi. Em relação às suas colónias, Portugal funcionava como centro e, nesse aspecto, identificava-se com a Europa, mas, simultaneamente, a nação dá por si como uma parte desautorizada do ocidente,

---

[74] Nos anos imediatos ao pós-guerra, verificou-se um "surto" de luso-brasileirismo que envolveu figuras importantes da cultura brasileira, como Graça Aranha. Enquanto director estrangeiro da revista luso-brasileira *Atlântida*, Graça Aranha escreveu textos apologéticos de uma união luso-brasileira em função do prestígio português de que o Brasil poderia usufruir; veja-se, por exemplo, a carta a João de Barros, de 8 de Outubro de 1919, que foi publicada sob o título "A Nação" (1921: 137-147).

quando a Europa a remete para a periferia da identidade europeia. Nessa altura, a nação reivindica outros espaços de identificação, outros tempos e outras palavras (mas continua dentro do espaço central), o que fica provado justamente por não admitir solidariedades fora desse sistema.

De facto, se as amostras de poesia negra na mais democrática das quatro revistas, *Poetry*, era insignificante (enquanto a imitação branca de temas e ritmos negros, como em poemas de Vachel Lindsay, era aplaudida sem reservas), por seu turno observa-se a sua total inexistência nas outras três revistas e, no caso de *Orpheu* e *Portugal Futurista*, fica patente que a autoridade cultural dos povos das colónias era uma questão que nem sequer se colocava. Pessoa nunca discute o facto, mas há contudo um episódio curioso a propósito da preparação de *Orpheu 3*, que contava incluir poesia de um poeta negro, Numa de Figueiredo. A reacção de Sá-Carneiro é emblemática. Embora se mostre receptivo e encare o facto como uma espécie de cúmulo do cosmopolitismo, "Faltavam-nos mesmo poetas de cor", acaba por se trair ao acentuar o exotismo desse contributo cultural – "*preto* português escrevendo em francês" –, cuja ênfase deixa perceber que "preto" e "português" não eram identidades coincidentes (Sá-Carneiro, 1978: 76). Por razões não apuradas, o poeta negro não chega a fazer parte dos colaboradores de *Orpheu 3*; ou o projecto foi esquecido, ou mereceu menos atenção do que a ausência de mulheres, a que sempre valeu a poeta de papel Violante de Cysneiros.

Mas Pessoa também tem noção do seu posicionamento periférico nas representações de identidade centrais de países como a Grã-Bretanha. A afirmação identitária do modernismo português é, em relação à Grã-Bretanha, essencialmente a alternativa, como ainda um Outro, dentro da representação de alteridade no imaginário britânico. O estudo *Nationalism and Sexuality*, de George Mosse, revela-nos como, sobretudo ao nível da sexualidade, os povos mediterrânicos partilhavam com o judeu e o negro o estereótipo do Outro, para o qual era transferido o excesso de sexualidade que não cabia na imagem nacionalista de contenção e virtude (1985: 89). Esse estatuto de inferioridade é relembrado pelo próprio Almada Negreiros, no *Manifesto Anti-Dantas*, demonstrando o quanto as elites se ressentiam dessa representação da identidade nacional. É precisamente para acabar com ela que Almada Negreiros urge os seus compatriotas a uma manifestação genial do espírito português, pois, caso contrário, a nação permanecerá "[a] África reclusa dos europeus", ou "[o] paiz mais atrazado da Europa e de todo o mundo! O paiz mais selvagem de todas as Áfricas!" (1993: 23). E pode ser com essa pretensão de afirmação de um Eu próprio, mas que simultaneamente admite o seu estatuto de Outro, que se liga a busca de uma linguagem próxima das origens, despida de artifícios, como Caeiro ensina e é colocada em prática tanto pelos heterónimos de Pessoa, como no estilo minimalista do próprio Almada Negreiros. É a volta a um tempo mais livre de artifícios que, à sua maneira, Harriet Monroe, no seu postulado da natureza primordial do continente americano e da poesia índia, e Ezra Pound, na busca da imagem exacta, ensaiavam da mesma forma, e a que também não era estranha a própria natureza espiritual do império que Pessoa anunciava.

Considerando agora com mais atenção o projecto de *Portugal Futurista*, dever-se-á começar por assinalar que, embora companheiros nessa legitimação da diferença nacional com uma teoria que em larga medida é complementar, Pessoa e Almada Negreiros não apadrinhavam necessariamente a mesma realização nacional e é através do confronto entre os dois "Ultimatos" de *Portugal Futurista* que essa diversidade emerge mais claramente. O futurismo sensacionista de Almada Negreiros acaba por ser o seu desenvolvimento próprio do sensacionismo futurista que recebeu de Álvaro de Campos. O futurismo vai ser, com efeito, a estética de base de *Portugal Futurista* e a responsável pelo avanço maior em relação às teorias de Pessoa, na medida em que o cântico futurista da materialidade pura se prolonga, na poética de Almada Negreiros, numa concepção de temporalidade que só concebe o fluir do presente, rejeitando qualquer sentido do passado e, consequentemente, celebrando a *acção* do momento, o *processo* da criação do agora, a reinvenção da origem na actualidade. Como o próprio Almada Negreiros afirma, anos mais tarde: "[o grande-frete da Poesia era] fazer do antigo o novo, do actual o princípio, o eternamente presente, o constantemente perfectível, até à invejável perfeição de 'chegarmos a cada instante pela primeira vez ao mundo'" (1993: 163).[75] Esse "eterno presente" era identificado pelo mesmo intelectual como a Poesia. E é sobretudo nesta concepção de tempo que reside um distanciamento em relação ao passado português da expansão marítima que ainda informava

[75] Almada Negreiros cita aqui "Voltar ao Fim", de Mário Cesariny.

o sensacionismo essencialista de Pessoa, que afasta os projectos de revisão da nacionalidade destes dois intelectuais. Por outras palavras, para Almada Negreiros "futurista e tudo", nem atlantismo nem Quinto Império (pela própria fórmula ainda herdeiro de todo o passado); o presente de Portugal é a Europa – e não esqueçamos que *Portugal Futurista* é publicado num momento em que a nação participava já no conflito mundial a que ainda era alheia ao tempo de *Orpheu*. Se é um facto que a "Ode Triunfal" de Álvaro de Campos encoraja decisivamente o endurecer da atitude poética e social de Almada Negreiros, representada no abismo entre os seus primeiros poemas, "Frizos" (*Orpheu*, 1: 69-82) e logo o *Manifesto Anti-Dantas*, como Ellen Sapega refere (1990), também é certo que não estancou a euforia jovial do poeta, que aposta numa construção presente da identidade nacional que o projecto idealista de Pessoa, construído ainda "daquilo de que os sonhos são feitos", não prevê (Pessoa, 1944: 106).

Assim, embora tomando *Portugal Futurista* como a executora da herança testamentária de *Orpheu* (Seabra, 1985: 188), encaro-a sobretudo como ilustração dos desenvolvimentos possíveis da questão da identidade nacional, alguns dos quais já referi e que, se tinham sido anunciados em *Orpheu* e explicados teoricamente aqui e ali, é em *Portugal Futurista* que recebem forma poética. Esta revista apresenta uma consciência ainda mais acentuada da decadência total da civilização moderna ("Fallencia geral de tudo por causa de todos / Fallencia geral de todos por causa de tudo! / Fallencia dos povos e dos destinos – fallencia total!", brada Álvaro de Campos), mas avança já com os modelos de superação dessa situação. São duas direcções possíveis para a identidade portuguesa, que se tocam a nível das preocupações e do papel do poeta, mas, ao mesmo tempo, divergem significativamente na localização, na fonte de revitalização e na relação com o tempo e a história.

A recusa do passado é bem patente num texto que antecipa a publicação de *Portugal Futurista*, "Primeira Descoberta de Portugal na Europa do Século XX", a respeito da exposição de pintura de Amadeo de Souza-Cardoso (Almada Negreiros, 1993: 25-30). Almada Negreiros contrapõe a figura de Amadeo de Souza Cardoso, exemplo *presente* da "Raça Portugueza do século XX" que aquele queria ver emergir (mas que a nação tradicionalista não sabia reconhecer) ao passado português glorioso, mas intocável e irrepetível:

> [...] A Descoberta do caminho para a Índia já não nos pertence porque não participamos desse feito fisicamente e mais que a Portugal este feito pertence ao século XV.
> Nós, os futuristas, não sabemos história só conhecemos da Vida que passa por Nós. Eles têm Cultura. Nós temos a experiência – e não trocamos! (1993: 29-30)

Por isso, o "Ultimatum futurista" de Almada Negreiros, dirigindo-se ao público presente é performativo no sentido de constituir um apelo aberto aos sujeitos – à nação –, enquanto o texto de Campos que o antecede é ainda a continuação da reflexão de cariz mais pedagógico de Pessoa, iniciada nos textos poéticos de *Orpheu.* Campos ataca os "mandarins da Europa" e delineia, em moldes mais ou menos sebastianistas, a chegada do "Homem--Completo", o qual, rejeitando a Europa decadente, há-de regressar aos mares para realizar o ser português. Ademais, o poeta de Campos era o "Homem-Maioria", aquele que mais Eus continha dentro de si, ou seja, a síntese do Eu e do Outro, que arrasta a anulação de absolutos como a individualidade ou a personalidade, a favor do relativismo e da subjectividade totais. Ao avesso disso, Almada Negreiros crê no refazer do sujeito sólido e forte, a manifestação total e única da personalidade como realização da individualidade e da nação, da mesma forma que adere ao primado da objectividade caro aos futuristas. Por outras palavras, está mais próxima a realização da nacionalidade portuguesa para Almada Negreiros do que para Fernando Pessoa e o contraste entre o discurso performativo e pedagógico da nação nestes dois intelectuais remete para as diferenças entre Ezra Pound e Harriet Monroe.

Antes de proceder a uma comparação entre os dois "Ultimatos", importa reflectir ainda acerca do próprio género, ou subgénero, literário que ambos os poetas escolhem para dar forma teórico-poética ao seu programa nacional e dos quais até os títulos são idênticos. O texto mais marcante deste tipo no século XX fora, obviamente, o "Manifesto Futurista", de Filippo Tommaso Marinetti, de 1909, detonador de uma cruzada em prol da liberdade da palavra e das sensações vigorosas da grande experiência que é "a Vida". A incorporação na literatura deste tipo de texto foi por si só uma provocação que bem pode ser lida em função da reivindicação do poder das letras, que perdiam espaço a favor da ciência, da técnica e de novas formas de entretenimento. Ao apropriar uma forma e um tipo de linguagem do campo da retórica política, a literatura assume o seu contributo, efectivo ou idealizado, no espaço social, donde também o carácter dialógico destes textos. As interpelações, os apelos, os imperativos e a linguagem agressiva que interpela directamente o leitor são técnicas de afirmação de um novo código de valores literários e de uma literatura de face renovada que pretende intimidar a ordem que quer substituir, e que em nada perde em comparação com os métodos publicitários que o mercado de consumo em crescimento na época também ia afinando. Como nota Nuno Júdice, em geral, o manifesto precedia a obra, de maneira a preparar o terreno de recepção, e afirma-se como "uma forma autonoma, independente da obra a que se liga doutrinariamente, e finalizando-se a si mesmo constituindo um subgénero literário" (Júdice, 1990: 3). É assim que, de facto, devemos entender os dois Ultimatos, os quais, mais do que um conjunto de ditames literários, adiantam a realidade que querem ver emergir e daí a intertextualidade a nível do título com o documento político que tanto marcara a cultura portuguesa a partir de 1890; cada um expõe todo um projecto cultural, bem como um protagonista para ele, neste aspecto ultrapassando largamente os manifestos imagistas que observámos na fundação do modernismo norte-americano.

A auto-suficiência deste tipo de texto poético alarga-se à crítica, numa arrogância de autoridade que o sujeito poético de forma alguma se coíbe de assumir. De facto, são os poetas quem dita os parâmetros; o resto são os Dantas retrógrados que devem morrer/calar-se. Essa atitude alastra à definição do poeta não só como autoridade máxima a nível estético, mas também a nível da cultura e da política. Daí que da crítica ainda tradicional, quieta no seu lugar, dos artigos de Pessoa em *A Águia* passemos ao primado do Eu nas odes de Campos, em "A Scena do Ódio", de Almada Negreiros, e, finalmente, nos "Ultimatos". A alteração marca não só um momento literário particularmente autoritário e imperativo como o era o futurismo, como também o eclodir da campanha de glorificação do sujeito poético, num momento de busca de líderes fortes, capazes de obstar ao descalabro de impérios e certezas. Simultaneamente à automatização da linguagem escrita que pretende já não representar, mas sobrepor-se à realidade, e porque a poesia é a "universalidade pura" (Almada Negreiros, 1992: 138) e cumprir o universal é destino português (e norte-americano...), o poeta vai assim inventando um lugar novo também para si próprio. Note-se que Almada Negreiros reflecte acerca desta questão num ensaio de 1935 que se intitula "Fernando Pessoa o Poeta Português" (1992: 137-139). Enquanto os modernistas norte-americanos preparavam o terreno para a autoridade da disciplina académica do *new criticism*, os poetas portugueses autorizavam-se a si próprios a tomar nas mãos a direcção da nação, ora pela profecia, ora pela realização concreta. Basta ler os "Ultimatos" de *Portugal Futurista* para que esse intuito passe do gesto à declaração clara nas anáforas iniciais – em "eu" – um Eu que é sempre o contraponto de toda a mediocridade e degeneração cultural e intelectual. É então o poeta o modelo de audácia, vontade, poder e visão que caracteriza o líder da regeneração do projecto nacional.

O "Ultimatum" de Álvaro de Campos é ainda uma sequela daquele episódio com a Grã-Bretanha que tão fortemente se entranhou no imaginário nacionalista. A ferida volta a ser tocada à data das negociações com a Grã-Bretanha que precedem a entrada de Portugal na Primeira Grande Guerra e marca uma posição de clara demarcação em relação a tudo o que a Europa representa e ao envolvimento de Portugal nela. Este é, ademais, o poema que vem concretizar os preceitos políticos e culturais que regem a ideia do Quinto Império, o da "Humanidade-Completa" e do "Portugal-Infinito", esta última designação inaugurando o poema "Saudação a Walt Whitman", de Álvaro de Campos (Pessoa, 1964: 202). Estas fórmulas também atestam o discurso nacionalista em presença, a concepção de um passado imemorial e de um futuro ilimitado. A primeira parte do poema resume-se a uma ordem de expulsão a toda a tradição cultural ocidental do lado de cá e de lá do Atlântico, de Anatole France a Rudyard Kipling, Bernard Shaw, Maeterlinck, D'Annunzio e Yeats, bem como às principais figuras da classe política dirigente, de Guilherme II a David Lloyd George. Campos faz tábua-rasa de todo o Ocidente (e dos EUA e Brasil como seu reflexo mais próximo), escarnecendo de quaisquer vaidades nacionais e ridicularizando qualquer pretensa superioridade e, necessariamente, também portuguesa.

A própria guerra, que Almada Negreiros exalta como a experiência e a aventura máxima do espírito, é, para Campos, um momento desprovido de qualquer glória ou prestígio, antes exibição maior das cobardias e ânsias de poder mais disfarçadas: "Proclamem bem alto que ninguem combate pela Liberdade ou pelo Direito! Todos combatem por medo dos outros!"

("Ultimatum", *Portugal Futurista*, 1990 [1917]: 31-32). Dada a "falência total" da ordem europeia, Campos, que usa sem pudor a racialização e a glória histórica, identificando-se com a "da Raça dos Navegadores" e dos "Descobridores", indica o caminho para a construção da "Grande Idéa" que virá repor o poder da Europa. O Ocidente continua a ser o paradigma a salvar, mas um Ocidente novo, com uma nova sensibilidade mediante um processo de adaptação artificial, que consiste na eliminação de tudo quanto seja "aquisição fixa", em particular os dogmas cristãos; a saber, o da personalidade, o da individualidade e o do objectivismo pessoal. Firmando a autoridade das suas teorias nas novas ciências da sociologia e da psicologia, o programa de Campos é, no geral e como ele próprio afirma, de "[q]uebra inteira de todas as continuidades", de afirmação total do relativismo, da subjectividade, da indefinição e da incoerência, todavia dinamizados e acomodados num todo que é o "Homem-Synthese da Humanidade".

Esta figura é definida como "uma harmonia entre as subjectividades alheias" –, ele é aquele também que, apto a representar a maioria por conter tudo e todos dentro da sua sensibilidade tentacular, tornará obsoleta a democracia. É o "Media", o "Entre-Expressão", sempre consciente da sua condição intersticial e simultaneamente "o mais completo", "o mais complexo" e "o mais harmónico". É o poeta. Mas Álvaro de Campos tem apenas a visão deste "Superhomem" produzido pela "Humanidade dos Engenheiros"; ele proclama a sua vinda "para um futuro próximo" e só sabemos que esta não emanará da Europa, mas do Atlântico. De uma ou outra forma, o Quinto Império de Pessoa revelava ainda os despojos do idealismo panteísta e sebastianista do saudosismo, de que herda uma concepção de tempo que se afasta da de Almada Negreiros justamente por associação ao messianismo: o tempo do projecto pessoano é o "tempo messiânico" que Walter Benjamin assim define e Benedict Anderson refere como "uma simultaneidade de passado e futuro num presente instantâneo" (Anderson, 1983: 22-26). É, portanto, um tempo incapaz de conceber o momento presente da acção propriamente dita, que vive da projecção da realização; uma mera correia de transmissão entre a legitimidade do que já foi e a autoridade do que há-de ser.

Ao contrário, a voz do "Ultimatum futurista", de Almada Negreiros (*Portugal Futurista*, 1990 [1917]: 36-38), não só reclama uma temporalidade diferente, mais imediata e mais independente do passado, como é muito mais actual logo pelo seu alinhamento com o envolvimento de Portugal na guerra. *Portugal Futurista* surge numa nação imersa no conflito europeu, por isso Almada Negreiros quer uma nação que participe condignamente no esforço da guerra, de molde tanto a afirmar o seu prestígio no plano internacional, como a participar do rejuvenescimento que se prevê no final do conflito. A fixação de Almada Negreiros no presente comporta um sentido de simultaneidade, de comunhão da sociedade portuguesa envolta no conflito bélico com as suas congéneres, que permite imaginar uma comunidade mais ampla do que a delimitada pelas fronteiras nacionais e que é a Europa. E embora este cumprimento do destino nacional aponte numa direcção completamente diversa da de Pessoa, ela socorre-se, como já vimos, dos mesmos argumentos de universalidade e capacidade infinita de identificação dos portugueses, isto é, da tal identidade aberta que é a identidade de fronteira.

Ao apostar na demonstração do poder nacional, a maior preocupação deste poeta deixa de ser a de uma pátria "desnacionalizada", como Pessoa acusava, e passa a ser de uma pátria "desvirilizada", cuja força máscula deve ir beber, muito futurista mas também muito nacionalistamente, na guerra. Em consonância com o patriotismo presente desde o primeiro momento de identificação do sujeito – "Eu sou um poeta portuguez que ama a sua patria" –, a primeira parte do poema é uma clamorosa exaltação da guerra como "*a grande experiencia*" através da qual a nação se reencontrará, porque estará de novo em contacto com a fonte de vida do continente. Aliás, a apologia da guerra não o será tanto da guerra em si, como de uma oportunidade específica que esta guerra proporciona: a oportunidade de Portugal fazer parte de uma fusão única de toda a cultura europeia, isto é, de reassumir a sua quota da identidade ocidental. A nação renovada que Almada Negreiros traça tem dois imperativos de base: "uma *nova patria inteiramente portugueza e inteiramente actual*" (*ibidem*); mas há um terceiro, inadiável: é também uma nação com um lugar firme e orgulhoso na Europa. "É preciso saber que sois Europeus e Europeus do Seculo XX", relembra o poeta, preparando a consciência da transnacionalidade. A revista *Portugal Futurista* é ela própria a síntese desse desejado contacto transnacional ao fazer desfilar nas suas páginas textos de várias proveniências e sobre movimentos artísticos de várias origens.

Ao reavivar o valor da vida e da emoção, a guerra trará à superfície a artificialidade, indiferença e falsidade que dominam o Portugal actual, a que o passado não serve porque é necessariamente fonte de saudosismo e pessimismo que reforçam o seu atraso e a debilidade do sentimento nacional; denuncia Almada Negreiros: "É preciso destruir esse nosso atavismo alcoolico e sebastianista de beira-mar. / É preciso destruir systematicamente todo o espirito péssimista proveniente das inevitaveis desilusões das velhas civilizações do sentimentalismo". Esta recusa do passado liga-se com um tratamento diverso da noção de origem. Almada Negreiros quer reinventar uma origem, mas ela não está na história nacional, ao contrário do que advoga Pessoa. A origem nacional de Almada Negreiros é totalmente nova e tem de ser agora, num tempo que Pessoa não sabe conceber. Essa redescoberta do presente-origem como fonte de autenticidade e pureza enquadra a demanda num gesto pós-imperial a que Edward Said chama a criação de uma "terceira natureza", a qual não só visa legitimar um recomeço independente da nação, como é originada pela consciência da vacuidade presente (Said, 1993: 79). Neste aspecto, Almada Negreiros é, por assim dizer, a combinação do imediatismo de Alberto Caeiro e da euforia de Álvaro de Campos, combinação não tão descabida se o considerarmos o cantor do nascimento moderno da nação. A origem liga-o a Caeiro, a presentificação, em plena modernidade de celebração da máquina, a Campos. O futurismo permite-lhe contudo recusar qualquer herança ("prescindi[r] em absoluto de todas as epochas precedentes") e inventar essa origem no presente: no século XX a que se dirige em exclusivo.

Mas o elogio da guerra tem necessariamente efeitos a nível da identidade sexual da própria nação e essa intensificação do masculino vai reflectir-se não apenas nos discursos estéticos de *Portugal Futurista,* mas na composição da comunidade de colaboradores da revista. A guerra sexualiza o amor à pátria, que passa a sinónimo de virilidade, contra a indiferença e o sentimentalismo que só promoviam o descrédito nas potencialidades nacionais, uma ideia que claramente desautoriza o sentir e o agir absolutamente espirituais que o Quinto Império de Pessoa prevê. Portanto, ao mesmo tempo que o discurso de Almada Negreiros desespiritualiza a nação, ressexualiza-a e é desta forma que a mulher – que, durante o percurso de *Orpheu,* o andrógino imperial e o universalismo de Pessoa canibalizam e por isso era praticamente invisível e certamente dispensável à acção –, reaparece, neste "Ultimatum", para tomar um papel próprio na reconstrução da nação. No entanto, pouco muda; o aparecimento da figura da mulher continua a implicar a continuação do silêncio e da imobilidade.

À maneira futurista, o papel feminino não envolve mais do que o uso dos seus recursos biológicos insubstituíveis – pede-se-lhe que seja fêmea, tão simplesmente: "É preciso educar a mulher portugueza na sua verdadeira missão de fêmea para fazer homens". Assim se lhe assiste no desempenho da sua inultrapassável natureza irracional, confirmada por outras representações degradantes, onde a expressão máxima de subjectividade que lhe é admitida é a sensualidade, todavia também ela associada ao corpo e, portanto, ao serviço do desejo masculino, como em "Mima-Fatáxa Sinfonia Cosmopolita e Apologia do Triangulo Femenino"[76] (*Portugal Futurista*, 1990 [1917]: 25-29). É todavia um facto que *Portugal Futurista* não era tão exclusivista como *Orpheu* no que toca ao género, pois promove efectivamente o escandaloso "Manifesto Futurista da Luxúria" (*ibidem*: 38-39), de uma conhecida artista francesa na época, Valentine de Saint-Point, e recupera figuras femininas de papel, como a mulher cigana (oriunda de poemas publicados em *Orpheu,* "Frisos") que dá o nome e a quem é dedicado o poema experimentalista de Almada Negreiros "Mima-Fatáxa", acima referido.

Mas note-se que, mesmo no manifesto da luxúria, o tom agressivo da apologia do desejo carnal como forma de poder não oferece necessariamente uma alternativa à masculinidade. A afirmação brutal da luxúria é feita em termos de força, estímulo e energia e basicamente como apelo aos sentidos masculinos, não femininos (os soldados, os homens de negócios, os heróis), uma forma de selecção natural porque exalta os fortes. Apesar de ser escrito numa voz feminina, a defesa da luxúria como "[a] luxúria é o gesto de criar e é aprópria Criação", no contexto bélico que se vivia, não atribuía mais poder às mulheres do que o que já lhe era tradicionalmente reconhecido. Na verdade, apenas a pintora Sonia Delaunay se aproxima de uma colaboração mais activa em *Portugal Futurista,* na medida em que permite a publicação dos poemas de Apollinaire e Blaise Cendrars na revista (*ibidem*: 24); e, mesmo assim, é apenas o veículo de transmissão dos materiais.

Fornecer os homens que iam aprender na guerra a ser genuinamente portugueses era o serviço das mulheres à nação, um sinal de identidade

[76] Doravante referido apenas por "Mima-Fatáxa".

europeia, para as mulheres portuguesas. Não assoma em nenhum destes escritos miragem sequer do contributo das mulheres para o esforço intelectual de reconstrução da vida cultural nacional e da identidade nacional. No ideal de "fôrça e inteligência" que devem orientar a educação da nova geração de portugueses não cabe aspiração ou característica feminina, salvo a da sensibilidade, mas essa já fora devidamente dignificada pela submissão à inteligência, como Fernando Pessoa salvaguardara. A nova nação portuguesa será, pois, feita por homens, os únicos com acesso à energia europeia revitalizadora que se bebe nas trincheiras, que voltarão depois para recriar e cantar a nação, e na qual as mulheres continuarão a ser representadas de acordo com as necessidades da época que eles inventam. Daí que, embora os homens e as mulheres portugueses, nos textos poéticos almadianos, sejam, de uma forma geral, igualmente maltratados, diminuídos e insultados, a esperança reside claramente no renascimento da virilidade a partir da guerra e dos ódios. Logo, para as mulheres não há sequer a perspectiva de reforma e recriação; afinal, não se recupera aquilo que não era reconhecido haver. A confirmar a misoginia inerente ao projecto nacional de Almada Negreiros observamos que, apesar de toda a exaltação de valores patrióticos e do apelo às mulheres no esforço de guerra, falha a associação tipicamente nacionalista de ligação do feminino à natureza ou à origem, com o efeito de a banir também desse momento crucial de reinvenção da origem atribuído às gerações por vir.

É também a esse reencontro com a origem que devemos ligar a própria libertação da linguagem e a consequente afirmação da palavra como "um ser", como defendia Marinetti no texto "O Futurismo", publicado também em *Portugal Futurista* (1990 [1917]: 7). Essa demanda manifesta-se na linguagem poética de Almada Negreiros de duas formas: na simplicidade, que aproxima por vezes a sua linguagem do discurso infantil, como podemos observar nos poemas em prosa de "Frizos" publicados em *Orpheu 1*, e na automatização da palavra, como encontramos em "Mima-Fatáxa" (*ibidem*: 25-29), ou na prosa perfeitamente desregrada de "Saltimbancos" (*ibidem*: 15-19). Assim livre de constrições e depurada de uma significação vaga ou "poluidora", a língua começava outra vez e com ela a nação. A coincidência desse renascimento da língua como poesia com a reinvenção da nação confirma como, para estes poetas, a afirmação da identidade nacional passava pela revitalização da palavra poética. Poesia e nação respondiam, assim, ao desafio de Almada Negreiros, em "A Scena do Ódio": "Põe-te a nascer outra vez!" (publicação prevista para o n.º 3 de *Orpheu*). Em larga medida, o projecto de Almada Negreiros é complementar ao de Pessoa, ao fornecer um momento concreto e presente de partilha de gestos, anseios e preocupações que permite imaginar uma identificação à escala da Europa; isto é, colmata a lacuna de presente que o plano de Pessoa criava, sem que tal invalide encarar o desejado protagonismo na guerra como a preparação dos outros destinos mais vastos, de influência transnacional, que bem podiam ser os que Pessoa esboçava.

CONCLUSÃO

Parece irónico que as revistas definidas como pequenas pelo formato e pela tiragem, não tenham deixado de conseguir promover ideias que vieram a definir a orientação da história literária e cultural e de ter um enorme alcance, à escala, por fim, de movimentos internacionais como o modernismo, no caso em apreço.

Contudo, resumir o contributo destas publicações ao âmbito específico da construção do modernismo, da criação de uma estética ao desenvolvimento de uma crítica e ao estabelecimento de cânones, pode ser redutor. Na senda dos estudos de periódicos modernos e como este trabalho demonstra, importa reconhecer o contributo das pequenas revistas para a imaginação de novas dinâmicas e formas de relação entre os protagonistas da história literária, se não para a própria ideia de literatura. Refiro-me em particular a aspectos como a criação e autoridade colaborativa do texto; a concepção do grupo, movimento ou escola através de redes de contactos que fazem circular as ideias; e as alianças e compromissos estratégicos entre ideologias bem distintas, de que a relação de Ezra Pound e Harriet Monroe é um exemplo.

Apesar das orientações diversas de tantos destes intelectuais e artistas, como fica patente desde logo na ambiguidade das suas posições entre o nacionalismo e o transnacionalismo – que conviviam, por vezes, contraditoriamente, em algumas das publicações –, as revistas acabavam por ser espaços acolhedores de certas formas de diferença. Pela sua heterogeneidade, instabilidade, hibridez e carácter experimental, elas são lugares onde é a diversidade e não a unidade a palavra de ordem. Afinal, sem diferenças, não há debate e este é a característica mais marcante e específica da revista enquanto artefacto cultural.

Por isso, é importante valorizar a revista como factor de significação de seu próprio direito. Reconhecer, na forma instável da revista e nos seus códigos específicos, a condição do desenvolvimento dos projectos que nelas encontramos. Ou seja, a cultura literária, estética, ou crítica que as revistas promovem é uma cultura própria, que é múltipla e diversa, porque abraça plenamente o carácter efémero e transitório do projecto em curso. A revista pressupõe textos em processo, ideias em debate, alianças, solidariedades, lealdades – e comunidades – em construção.

Nesta obra, a questão que se coloca é se as mesmas formas de dinâmica interna da revista não anunciariam também alternativas no plano social, inspiradas pela configuração da comunidade da revista, as maneiras específicas como se auto-imaginava e organizava, e a partir daí concebia o seu papel na vida cultural da nação e para lá das suas fronteiras. Se seguirmos a tese largamente aceite de Benedict Anderson, de que o capitalismo de imprensa revolucionou a forma como as sociedades se imaginavam ao permitir que se vissem como unas e coerentes na partilha de um tempo homogéneo delimitado apenas pelas fronteiras nacionais, podemos assim perceber a extensão da alternativa que as revistas oferecem. As redes e o trabalho colaborativo em curso nestas publicações desafiavam as fórmulas identitárias totalizadoras e exclusivistas, no que à nação diz respeito, pese embora a reprodução das relações sociais e dos preconceitos vigentes à época pelas direcções das revistas. Mas uma investigação mais aprofundada poderá revelar que a ausência de alternativas às relações sociais não é só responsabilidade das publicações e da falta de vontade e de imaginação de quem nelas colaborava, mas de uma história literária conservadora, que seleccionou cuidadosamente os projectos e os sujeitos a visibilizar.

As revistas literárias são, pois, documentos-chave não apenas no acompanhamento dessa conversa maior que foi o modernismo, mas na imaginação de formas ainda por concretizar. Enquanto impulsionadoras das vanguardas artísticas e críticas, são publicações direccionadas para o futuro. Quer retomassem o passado para renovar as lendas da tribo, quer para revolucionar a tradição, ou para actualizar os mitos nacionais, *Poetry*, *The Little Review*, *Orpheu* e *Portugal Futurista* eram projectos impulsionadores do futuro. Daí que as suas propostas acerca de categorias como a nação e a transnação continuem a importar, porque participam de debates que ainda importam, um século após o apogeu das *little magazines*.

OBRAS CONSULTADAS

Almada Negreiros, José de (1989), *Obras Completas, IV Contos e Novelas*. Lisboa: Imprensa Nacional-Casa da Moeda.

Almada Negreiros, José de (1990), *Obras Completas, I Poesia*. Lisboa: Imprensa Nacional-Casa da Moeda.

Almada Negreiros, José de (1992), *Obras Completas, V Ensaios*. Lisboa: Imprensa Nacional-Casa da Moeda.

Almada Negreiros, José de (1993), *Obras Completas, VI Textos de Intervenção*. Lisboa: Imprensa Nacional-Casa da Moeda.

Anderson, Benedict (1983), *Imagined Communities: Reflexions on the Origin and Spread of Nationalism*. London: Verso.

Anderson, Margaret (1930), *My Thirty Years War. An Autobiography by Margaret Anderson*. New York: Covici Friede Publishers.

Anderson, Margaret (org.) (1953), *The Little Review Anthology*. New York: Hermitage House.

Aranha, Graça (1921), *A Estética da Vida*. Rio de Janeiro: Livraria Garnier.

Baker, Denys Val (1943), *Little Reviews 1914-1943*. London: George Allen & Unwin.

Bennett, David (1989), "Periodical Fragments and Organic Culture: Modernism, the Avant-Garde, and the Little Magazine", *Contemporary Literature*, 30(4), 480-502.

Benstock, Shari (1986), "At the Sign of the Printing Press: The Role of Small Presses and Little Magazines", *in* Shari Benstock, *Women of the Left Bank. Paris 1900-1940*. Austin: University of Texas Press, 357-395.

Benstock, Shari; Benstock, Bernard (1991), "The Role of Little Magazines in the Emergence of Modernism", *The Library Chronicle*, 20(4), 69-87.

Bercovitch, Sacvan (1981), "The Rites of Assent: Rhetoric, Ritual, and the Ideology of American Consensus", *in* Sam B. Girgus (org.), *The American Self. Myth, Ideology and Popular Culture*. Albuquerque: University of New Mexico Press, 5-42.

Bhabha, Homi K. (org.) (1990), *Nation and Narration*. London: Routledge.

Bhabha, Homi K. (1994), *The Location of Culture*. London: Routledge.

Bishop, Edward (1996), "Re:Covering Modernism: Form and Function of the Little Magazines", *in* Ian Willison; Warwick Gould; Warren Chernaik (orgs.), *Modernist Writers and the Marketplace*. London: Palgrave Mcmillan, 287-319.

Bornstein, George (1991), "Introduction. Why Editing Matters", *in* George Bornstein (org.), *Representing Modernist Texts. Editing as Interpretation*. Ann Arbor: University of Michigan Press, 1-16.

Bradbury, Malcolm (s.d.), "Modernism and the Magazines". Consultado a 27.08.2020, em http://malcolmbradbury.com/criticism_little_magazines.html.

Brennan, Timothy (1990), "The National Longing for Form", *in* Homi Bhabha (org.), *Nation and Narration.* London: Routledge.

Brooker, Peter; Bru, Sascha; Thacker, Andrew; Weikop, Christian (orgs.) (2013), *The Oxford Critical and Cultural History of Modernist Magazines. Vol. III: Europe 1880-1940*. Oxford: Oxford University Press.

Brooker, Peter; Thacker, Andrew (orgs.) (2009), *The Oxford Critical and Cultural History of Modernist Magazines. Vol. I: Britain and Ireland 1880-1955*. Oxford: Oxford University Press.

Brooker, Peter; Thacker, Andrew (orgs.) (2012), *The Oxford Critical and Cultural History of Modernist Magazines. Vol. II: North America 1894-1960*. Oxford: Oxford University Press.

Bulson, Eric (2017), *Little Magazine, World Form*. New York: Columbia University Press.

Bush, Ronald (1990), "Ezra Pound", *in* Bonnie Kime Scott (org.), *The Gender of Modernism. A Critical Anthology*. Bloomington: Indiana University Press, 353-371.

Cabral, Manuel Villaverde (1988), "Fernando Pessoa na Sociedade do Seu Tempo", *in* Eduardo Lourenço; António Belo Oliveira (orgs.), *Fernando Pessoa no Seu Tempo*. Lisboa: Presidência do Conselho de Ministros, Secretaria de Estado da Cultura e Biblioteca Nacional, 25-29.

Canelo, Maria José (1997), "Recensão crítica de *Women Editing Modernism. 'Little' Magazines & Literary History*, de Jayne Marek [Lexington: The University Press of Kentucky, 1995]", *Revista Crítica de Ciências Sociais*, 47, 201-205.

Canelo, Maria José (1998a), "Portuguese modernism unbounded: a poetics for the 'border identity'", *Portuguese Literary & Cultural Studies*, 1, 89-108.

Canelo, Maria José (1998b), "Shifting Bonds in Modernism: male and female father-figures in The Little Review", *in* Virgínia Ferreira; Teresa Tavares; Sílvia Portugal (orgs.), *Shifting Bonds, Shifting Bounds. Women, Mobility and Citizenship in Europe*. Oeiras: Celta, 357-363.

Canelo, Maria José (2000), "Elitism and populism: modernism's midwives at *Poetry A Magazine of Verse*", *in* Álvaro Pina; João Ferreira Duarte; Maria Helena Serôdio (orgs.), *Do Esplendor na Relva. Elites e Cultura Comum de Expressão Inglesa*. Lisboa: Cosmos/Associação Portuguesa de Estudos Anglo--Americanos, 99-108.

Canelo, Maria José (2002), "Nações em Revista(s). As revistas literárias e a reconstrução da identidade nacional nos modernismos brasileiro, português e norte--americano", *in* Maria Irene Ramalho; António Sousa Ribeiro (orgs.), *Entre ser e estar. Raízes, Percursos e Discursos da Identidade*. Porto: Afrontamento, 437-471.

Canelo, Maria José (2018), "Nations in Review(s): modernist 'little' magazines and the (trans)national imagination", *Comparative Literature Studies*, 55(3), 595-617.

Centeno, Yvette K. (1985), "Ophélia – bébézinho ou o horror do sexo", *in* Yvette K. Centeno, *Fernando Pessoa: o Amor, a Morte, a Iniciação*. Lisboa: A Regra do Jogo, 13-21.

Churchill, Suzanne W.; McKible, Adam (2007), "Introduction", *in* Suzanne W. Churchill; Adam McKible (orgs.), *Little Magazines & Modernism. New Approaches*. London and New York: Routledge, 3-18.

Clark, Suzanne (1991), "The Unwarranted Discourse. Estranging the Sentimental", *in* Suzanne Clark, *Sentimental Modernism. Women Writers and the Revolution of the Word*. Bloomington: Indiana University Press, 1-16.

Coelho, Jacinto do Prado (1964), "O Nacionalismo Utópico de Fernando Pessoa", *Colóquio. Revista de Artes e Letras*, 31, 53-57.

Cohen, Philip N. (1996), "Nationalism and Suffrage: Gender Struggle in Nation--Building America", *Signs. Journal of Women in Culture and Society*, 21(3), 707-727.

Cookson, William (org.) (1973), *Ezra Pound – Selected Prose 1909-1965*. London: Faber and Faber.

Côrtes-Rodrigues, Armando (1953), "Diálogo com o poeta Côrtes-Rodrigues", *O Primeiro de Janeiro*, 28.10.1953, 3.

Dunbar, Paul Lawrence (1952), *The Complete Poems of Paul Lawrence Dunbar*. New York: Dodd, Mead & Company.

Eliot, T. S. (1975), "Tradition and the Individual Talent", *in* Frank Kermode (org.), *Selected Prose of T. S. Eliot*. New York: Hartcourt Brace Jovanovich, 37-44.

Elliott, Bridget; Wallace, Jo-Ann (1994), *Women Artists and Writers. Modernist (im)positionings*. London: Routledge.

Ellmann, Maud (1987), *The Poetics of Impersonality: T. S. Eliot and Ezra Pound*. Brighton: The Harvester Press.

Felski, Rita (1995), *The Gender of Modernity*. Cambridge, MA: Harvard University Press.

Fishkin, Shelley Fisher (2005), "Crossroads of Cultures: The Transnational Turn in American Studies – Presidential Address to the American Studies Association, November 12, 2004", *American Quarterly*, 57(1), 17-57.

Gellner, Ernest (1993), *Nações e Nacionalismo*. Lisboa: Gradiva [Trad. Inês Vaz Pinto].

Gellner, Ernest (1996), "Ernest Gellner's reply: Do nations have navels?", *Nations and Nationalism*, 2(3), 366-370.

Hamilton, Ian (1976), "Divine Afflatus"; "Poetry in Porkopolis", *in* Ian Hamilton, *The Little Magazine: A Study of Six Editors*. London: Weidenfeld, 11-43, 44-66.

Hanscombe, Gillian; Smyers, Virginia L. (1987), *Writing for Their Lives: The Modernist Women, 1910-1940*. Boston: Northwestern University Press.

Hobsbawm, Eric (1990a), *A Era do Império 1875-1914*. Lisboa: Presença [Trad. Henrique de Barros].

Hobsbawm, Eric (1990b), *Nations and Nationalism since 1780: Programme, Myth, Reality*. Cambridge: Cambridge University Press.

Hobsbawm, Eric; Ranger, Terence (orgs.) (1993), *The Invention of Tradition*. Cambridge: Cambridge University Press.

Hoffman, Frederick; Allen, Charles; Ulrich, Carolyn F. (1947), *The Little Magazine: A History and a Bibliography*. Princeton, NJ: Princeton University Press.

Jameson, Fredric (1990), "Modernism and Imperialism", *in* Terry Eagleton; Fredric Jameson; Edward Said, *Nationalism, Colonialism and Literature*. Minneapolis: University of Minnesota Press, 43-66.

Jameson, Fredric (1995), "On Cultural Studies", *in* John Rajchman (org.), *The Identity in Question*. New York: Routledge, 251-295.

Júdice, Nuno (1986), *A Era do "Orpheu"*. Lisboa: Teorema.

Júdice, Nuno (1990), "O Futurismo em Portugal", *in Portugal Futurista*. Lisboa: Contexto, I-VI [ed. facs.].

Kenner, Hugh (1984), "The Making of the Modernist Canon", *Chicago Review*, 34(2), 49-61.

Klobucka, Anna (1990), "A mulher que nunca foi. Para um retrato bio-gráfico de Violante de Cysneiros", *Colóquio/Letras*, 117/118, 103-114.

Kopley, Richard; Latham, Sean; Scholes, Robert (2006), "Fostering Periodical Studies", *PMLA*, 121(5), 1743.

Kostelanetz, Richard (1981), "A Magazine of Worse", *in* Richard Kostelanetz, *The Old Poetries and the New*. Ann Harbor: University of Michigan Press, 52-63.

Lamas, Rosmarie Wank-Nolasco (1995), *Mulheres para Além do seu Tempo*. Lisboa: Bertrand Editora.

Latham, Sean (2011), "The Mess and Muddle of Modernism: The Modernist Journals Project and Modern Periodical Studies", *Tulsa Studies in Women's Literature*, 30(2), 407-428.

Latham, Sean; Scholes, Robert (2006), "The Rise of Periodical Studies", *PMLA*, 121(2), 517-531.

Lauter, Paul (org.) (1994), *The Heath Anthology of American Literature, Vol. 1*. Lexington, MA: D.C. Heath & Company.

Lentricchia, Frank (1994), *Modernist Quartet*. New York: Cambridge University Press.

Levenson, Michael H. (1984), "Egoists and Imagists", *in* Michael H. Levenson, *A Geneology of Modernism. A Study of English Literary Doctrine 1908-1922*. Cambridge: Cambridge University Press, 63-79.

Loeffelholz, Mary (1992), *Experimental Lives: Women and Literature, 1900-1945*. New York: Twayne Publishers.

Lourenço, Eduardo (1974), *Tempo e Poesia*. Lisboa: Relógio d'Água.

Lourenço, Eduardo (1986), *Fernando, Rei da Nossa Baviera*. Lisboa: Imprensa Nacional-Casa da Moeda.

Lyra, Pedro (s.d.), "O ultimatum como fundamento da poética de Pessoa", *Actas do IV Congresso Internacional de Estudos Pessoanos, II*. Porto: Fundação Engenheiro António de Almeida, 223-233.

Magalhães, Isabel Allegro de (1987), "Almada: Mima Fataxa em dois tempos", *Colóquio/Letras*, 95, 49-59.

Magalhães, Isabel Allegro de (1996), "'O gesto, e não as mãos'. A figuração do feminino na obra de Fernando Pessoa: uma gramática da mulher evanescente", *Colóquio/Letras*, 140/141, 17-47.

Marek, Jayne (1988), "Alice Corbin Henderson, Harriet Monroe and Poetry's Early Years", *Illinois Writers*, 7(2), 16-22.

Marek, Jayne (1995), *Women Editing Modernism. "Little" Magazines and Literary History*. Kentucky: The University Press of Kentucky.

Marques, Ricardo (2018), *Portugal Futurista e outras publicações periódicas de 1917*. Lisboa: Imprensa Nacional-Casa da Moeda.

Massa, Ann (1986), "'The Columbian Ode' and *Poetry, A Magazine of Verse*, Harriet Monroe's Entrepeneurial Triumphs", *Journal of American Studies*, 20(1), 51-69.

Materer, Timothy (org.) (1991), *The Selected Letters of Ezra Pound to John Quinn*. Durham: Duke University Press.

McDonald, Gail (1993), *Learning to Be Modern. Pound, Eliot and the American University*. New York: Oxford University Press.

Medina, João (1990), *«Oh! A República!...»: Estudos sobre o Republicanismo e a Primeira República Portuguesa*. Lisboa: Instituto Nacional de Investigação Científica.

Michaels, Walter Benn (1995), *Our America. Nativism, Modernism and Pluralism*. Durham: Duke University Press.

Miller Jr., James E. (org.) (1959), *Complete Poetry and Selected Prose by Walt Whitman*. Boston: Houghton Mifflin Co.

Monroe, Harriet (1912), "Modern American Poetry", *The Poetry Review*, 1(10) (Out. 1912), 469-472.

Monroe, Harriet (1932), *Poets and Their Art*. New York: Macmillan [1926].

Monroe, Harriet (1935), "The Columbian Ode", *in* Harriet Monroe, *Chosen Poems. A Selection from My Books of Verse*. New York: Macmillan, 75-85 [1892].

Monroe, Harriet (1938), *A Poet's Life. Seventy Years in a Changing World* (Autobiography). New York: Macmillan.

Monroe, Harriet; Henderson, Alice Corbin (orgs.) (1947), *The New Poetry. An Anthology of Twentieth-Century Verse in English*. New York: Macmillan [1917].

Mosse, George (1985), *Nationalism and Sexuality. Middle-Class Morality and Sexual Norms in Modern Europe*. Madison: University of Wisconsin Press.

Mott, Frank Luther (1968), "The Little Review", *in* Frank Luther Mott, *A History of American Magazines, Vol. V*. Cambridge, MA: Belknap.

Nadel, Ira B. (org.) (1993), *The Letters of Ezra Pound to Alice Corbin Anderson*. Austin: University of Texas Press.

Neves, João Alves das (1987), "Actualidade do Manifesto Anti-Dantas", *in* João Alves das Neves, *O Movimento Futurista em Portugal*. Lisboa: Dinalivro, 35-41.

Nicholls, Peter (1995), *Modernisms. A Literary Guide*. London: Macmillan.

Orpheu (1984), *Orpheu*, 1-3 (Jan. – Jun. 1915). Lisboa: Ática [ed. facs.].

Paige, D. D. (org.) (1950), *The Letters of Ezra Pound 1907-1941*. New York: Harcourt, Brae & Company.

Pessoa Plural (2017), "Modernismos portugueses: contextos, facetas e legados da geração Orpheu", *Pessoa Plural*, 11.

Pessoa, Fernando (1915), "O Preconceito da Ordem", *Eh real!*, 1 (13.5.1915), 7-9.

Pessoa, Fernando (1923), "O escritor Fernando Pessoa expõe-nos as suas ideias sobre os varios aspectos da arte e da literatura portuguesas", *Revista Portuguesa*, 23-24, 17-22.

Pessoa, Fernando (1944), *A Nova Poesia Portuguesa*. Lisboa: Inquérito [1912].

Pessoa, Fernando (1959), *Cartas a Armando Côrtes-Rodrigues*. Lisboa: Inquérito.

Pessoa, Fernando (1963), *Mensagem*. Lisboa: Ática.

Pessoa, Fernando (1964), *Poesias de Álvaro de Campos*. Lisboa: Ática.

Pessoa, Fernando (1966), *Páginas Íntimas e de Auto-Interpretação*. Lisboa: Ática [org. e prefácio de Georg Rudolf Lind e Jacinto do Prado Coelho].

Pessoa, Fernando (1973), *Páginas de Estética e de Teoria e Crítica Literárias*. Textos estabelecidos e prefaciados por Georg Rudolf Lind e Jacinto do Prado Coelho. Lisboa: Ática.

Pessoa, Fernando (1980), *Poesias*. Lisboa: Ática.

Pessoa, Fernando (1982), *Cartas a João Gaspar Simões*. Lisboa: Imprensa Nacional-Casa da Moeda.

Pessoa, Fernando (1988), *A Grande Alma Portuguesa*. Lisboa: Edições Manuel Lencastre [1930].

Pessoa, Fernando (1990-1991), *Livro do Desassossego, por Vicente Guedes e Bernardo Soares*. Vols. I e II. Lisboa: Presença.

Pires, Daniel (1986), *Dicionário das Revistas Literárias Portuguesas do Século XX*. Lisboa: Contexto Editora.

Poetry: A Magazine of Verse (1912-1918), *Poetry: A Magazine of Verse* (Vols. 1-13) (Out. 1912 – Dez. 1918). New York: A.M.S. Reprint Co.

Portugal Futurista (1990), *Portugal Futurista*, 1 (Nov. 1917). Lisboa: Contexto [ed. facs.].

Pound, Ezra (1958), *Pavannes and Divisions*. New York: New Directions [1918].

Pound, Ezra (1962), *Patria Mia and the Treatise on Harmony*. London: Peter Owen Limited [1912].

Pound, Ezra (1968), "The Serious Artist", *in* T. S. Eliot (org.), *Literary Essays of Ezra Pound*. New York: New Directions, 41-57 [1913].

Quadros, António (1986), *Obra Poética e em Prosa de Fernando Pessoa, Vol. II*. Porto: Lello & Irmão.

Ramalho, Maria Irene (1987), "Poetry in America: The Question of Gender", *Gender: Literature as Women's History II*, 20(2), 153-170.

Ramalho, Maria Irene (1990), "Poetas do Atlântico: as Descobertas como metáfora e ideologia em Whitman, Crane e Pessoa", *Revista Crítica de Ciências Sociais*, 30, 113-135.

Ramalho, Maria Irene (1991), "A ilha incontinente: o atlantismo de Walt Whitman e Fernando Pessoa", *in* Encontro Internacional do Centenário de Fernando Pessoa, *Um Século de Pessoa*. Lisboa: Fundação Calouste-Gulbenkian, 300-304.

Ramalho, Maria Irene (1992), "An Imperialism of Poets: The Modernism of Fernando Pessoa and Hart Crane", *Luso-Brazilian Review*, 29(1), 83-96.

Ramalho, Maria Irene (1993), "A poesia e o sistema mundial", *in* Boaventura de Sousa Santos (org.), *Portugal – Um Retrato Singular*. Porto: Afrontamento, 93-128.

Ramalho, Maria Irene (1994), "American Exceptionalism and the Naturalization of 'America'", *in* Jack Salzman (org.), *Prospects: An Annual of American Cultural Studies, Vol. 19*. New York: Cambridge University Press, 1-23.

Ramalho, Maria Irene (1995a), "From Whitman to Pessoa", *Journal of the Institute of Romance Studies*, 3, 213-239.

Ramalho, Maria Irene (1995b), "Um Imperialismo de Poetas. Fernando Pessoa e o Imaginário do Império", *Penélope*, 15, 54-77.

Ramalho, Maria Irene (2003), *Atlantic Poets: Fernando Pessoa's Turn in Anglo--American Modernism*. Hanover and London: University Press of New England.

Ramalho, Maria Irene (2017), "Orpheu *et al.*: Modernism, Women, and the War", *Pessoa Plural*, 11, 44-65.

Reis, Carlos (1990a), "Fernando Pessoa e o Modernismo Português", *in* Carlos Reis (org.), *Literatura Portuguesa Moderna e Contemporânea*. Lisboa: Universidade Aberta, 184-204.

Reis, Carlos (1990b), "O Modernismo em Portugal: enquadramento geracional e sociocultural", *in* Carlos Reis (org.), *Literatura Portuguesa Moderna e Contemporânea*. Lisboa: Universidade Aberta, 166-180.

Renan, Ernest (1994), "Qu'est-ce qu'une nation?", *in* John Hutchinson; Anthony D. Smith (orgs.), *Nationalism*. Oxford/New York: Oxford University Press, 17-18 [1882].

Ribeiro, António Sousa; Ramalho, Maria Irene (2001), "Identidade e nação na(s) poética(s) da modernidade: Os casos de Fernando Pessoa e Hugo von Hofmannsthal", *in* Maria Irene Ramalho; António Sousa Ribeiro (orgs.), *Entre ser e estar: Raízes, percursos e discursos da identidade*. Porto: Afrontamento, 411-435.

Rocha, Clara (1985), *As Revistas Literárias do Século XX em Portugal*. Lisboa: Imprensa Nacional-Casa da Moeda.

Sá-Carneiro, Mário de (1978), *Cartas a Fernando Pessoa* (Vol. I e II). Lisboa: Ática.

Said, Edward (1990), "Yeats and Decolonization", *in* Terry Eagleton; Fredric Jameson; Edward Said, *Nationalism, Colonialism and Literature*. Minneapolis: University of Minnesota Press, 69-96.

Said, Edward (1993), *Culture and Imperialism*. New York: Vintage Books.

Samuel, Paulo (org.) (2016), *Orpheu e o Modernismo Português*. Porto: Fundação Engenheiro António de Almeida.

Santos, Boaventura de Sousa (1992), "11/1992 (Onze Teses por Ocasião de Mais uma Descoberta de Portugal)", *Luso-Brazilian Review*, 29(1), 97-113.

Santos, Boaventura de Sousa (1993), "Modernidade, Identidade e a Cultura de Fronteira", *Revista Crítica de Ciências Sociais*, 38, 11-39.

Sapega, Ellen W. (1990), "Fernando Pessoa e Almada Negreiros: Reavaliação de uma amizade estética", *Colóquio/Letras*, 113/114, 169-174.

Sapega, Ellen W. (1992), *Ficções Modernistas: um estudo da obra em prosa de José de Almada Negreiros, 1915-1925*. Lisboa: ICALP-Ministério da Educação.

Saraiva, Arnaldo (1984), "Introdução à Leitura de Orpheu 3", *Orpheu 3*. Lisboa: Ática, III-XL-IV [ed. facs.].

Scholes, Robert (2007), "Afterword: Small Magazines, Large Ones, and Those In-Between", *in* Suzanne W. Churchill; Adam McKible (orgs.), *Little Magazines & Modernism. New Approaches*. London/New York: Routledge, 217-225.

Scholes, Robert; Wulfman, Clifford (2010), *Modernism in the Magazines. An Introduction*. New Haven: Yale University Press.

Scott, Bonnie Kime (1990), "Introduction", *in* Bonnie Kime Scott (org.), *The Gender of Modernism. A Critical Anthology*. Bloomington: Indiana University Press, 1-18.

Scott, Thomas L.; Friedman, Melvin J.; Bryer, Jackson R. (orgs.) (1988), *Pound/ /The Little Review. The Letters of Ezra Pound to Margaret Anderson: The Little Review Correspondence.* New York: New Directions.

Seabra, José Augusto (1985), *O Heterotexto Pessoano*. Lisboa: Dinalivro.

Shukla, Sandhya; Tinsman, Heidi (2007), "Introduction: Across the Americas", *in* Sandhya Shukla; Heidi Tinsman (orgs.), *Imagining Our Americas: Toward a Transnational Frame*. Durham: Duke University Press, 1-33.

Simões, João Gaspar (1981), "Sinopse Cronológica do Nascimento e Morte de 'Orpheu'", *Cultura Portuguesa*, 1, 83-88.

Spingarn, Joel Elias (1964), *Creative Criticism and Other Essays*. New York: Kennikat Press [1915].

Stevens, Wallace (1951), *The Necessary Angel*. New York: Random House.

Stevens, Wallace (1984), *Collected Poems*. London: Faber & Faber.

Thacker, Andrew (2017), "Orpheu and the Periodical Scene", *Pessoa Plural*, 11, 66-86.

The Little Review (1967), *The Little Review*, Vols. 1-5 (Mar. 1914 – Abr. 1919). New York: Kraus Reprint Corporation.

Weil, Kari (1992), *Androgyny and the Denial of Difference*. Charlottesville: University Press of Virginia.

Williams, Ellen (1977), *Harriet Monroe and the Poetry Renaissance. The First Ten Years of Poetry 1912-1922*. Urbana: University of Illinois Press.

Wolseley, Ronald E. (1969), "Social responsabilities and effects", *in* Ronald E. Wolseley, *Understanding Magazines*. Ames, IA: The Iowa State University Press.

Wood, James Playsted (1971), *Magazines in the United States*. New York: Ronald Press Company.

Yuval-Davis, Nira (1997), *Gender and Nation*. London: Sage.

ARQUIVOS ONLINE

Modernist Journals Project. Consultado a 27.08.2020, em http://modjourn.org/.

Modernismo – Arquivo Virtual da Geração de Orpheu. Consultado a 27.08.2020, em https://modernismo.pt/index.php.

Arquivo Pessoa – Obra Édita. Consultado a 07.07.2022, em http://arquivopessoa.net/.